Official Guide Book of The Shield Hero

メルロマルク編から異世界編の
『盾の勇者』の軌跡をたどる公式設定資料集

盾の勇者の成り上がり《クラスアップ》

公式設定資料集

編：MF ブックス編集部
原作：アネコユサギ

INDEX

目次

エクストラストーリー
二つの世界の友好 7

ストーリーズダイジェスト 39
第1巻　ダイジェスト 40
第2巻　ダイジェスト 46
第3巻　ダイジェスト 52
第4巻　ダイジェスト 58
第5巻　ダイジェスト 64
第6巻　ダイジェスト 70
第7巻　ダイジェスト 76
第8巻　ダイジェスト 82
第9巻　ダイジェスト 88

キャラクターファイル 95
岩谷尚文 96
ラフタリア 102
ラフちゃん 107
フィーロ 108
ビッチ 112
北村元康 114
天木　錬 116
川澄　樹 118
リーシア＝アイヴィレッド 120
メルティ＝メルロマルク 122
フィトリア 124
エクレール＝セーアエット 126
エルラスラ＝ラグラロック、キール 128
エルハルト 129
ベローカス 130

魔法屋、ヒークヴァール、志願兵たち、ヴァン＝ライヒノット、イドル＝レイビア 131
ミレリア＝Q＝メルロマルク 132
クズ 134
ビスカ＝T＝バルマス 135
オスト＝ホウライ 136
霊亀 138
風山 絆 139
クリス 141
グラス 142
ラルクベルク＝シクール 144
テリス＝アレキサンドライト 146
エスノバルト 148
アルトレーゼ、ロミナ 149
キョウ＝エスニナ 150
ヨモギ＝エーマール 152
ツグミ、クズ二号、アルバート 153

ワールドガイド

ワールドガイド 155
世界の概要 156
波と異世界 158
伝説の武器と勇者 160
盾の力 163
盾の勇者・シールドリスト 164
種族・魔物 170
魔法 172
各地案内 メルロマルク 174
各地案内 その他の地域 182
各地案内 絆たちの世界 184

INDEX

サイドストーリーズ 187

七つの旗 188
はじめてのおつかい 193
もしもフィーロが走り屋だったら…… 199
もしもラフタリアが幼いままだったら…… 203
もしもマインが清楚で尚文を罠に掛けるような性格じゃなかったら…… 206
もしもメルティが最初に尚文の仲間だったら…… 210
もしもラフタリアが尚文以外に心を開かなかったら…… 214
もしもフィトリアがフィーロと同じ口調、性格だったら…… 218
もしも尚文が槍で元康が盾の勇者だったら…… 221
もしもメルティが尚文の仲間になる時、最高Lvだったら…… 225
もしもクラスアップする時に肉体的成長が一度リセットしてしまったら…… 228
もしも尚文が最初に四聖武器書を読まなかったら…… 231
もしもカルミラ島の波の時に尚文がペックル着ぐるみを着ていたら…… 234
もしもテリスが依頼したアクセサリーの品質が最高品質だったら…… 237
もしもリーシアが実は物凄く強かったら…… 240
もしも尚文が最初の奴隷をラフタリアではなくキールを購入していたら…… 243
もしもラルクとテリスがチャラ男とスイーツ(笑)だったら…… 247
リユート村美食騒動 250
カルミラ島ビーチスポーツ大会 255
もしも霊亀の進行でメルロマルクの避難誘導が完了していたら…… 261
もしも霊亀の甲羅が柔らかかったら…… 264
もしもたまごガチャで選んだ卵から孵ったのがバルーンだったら…… 267
もしも無限迷宮に一緒に落とされたのがグラスだったら…… 271
尚文によるラフタリアの教育問題 274
フィーロのやきもち騒動 278

Extra Story

エクストラストーリー　二つの世界の友好

二つの世界の友好

キョウを討伐し、色々なゴタゴタが一気に解決した翌日の夜のこと。

ラルクが城で大々的に戦勝会を開催した。

発案者のラルクが大はしゃぎで今回の戦勝会の準備に走り回っていたのを、俺達は戦いの疲れを癒《いや》している合間に見聞きしていた。

「それじゃあ……堅苦しい口上とか面倒だからよ。キョウの世界征服の野望を砕き、戦争を阻止できたことを祝って……乾杯！」

「「「かんぱーい！」」」

みんな持っているコップを上げて乾杯する。

キョウを追ってきた異世界でのゴタゴタもやっと解決したと思うと、心底ホッとした気持ちになるな。

「お？　今日の戦勝会の飯、すげー美味《うま》いな。坊主が料理に参加したな」

「よくわかったな」

厨房《ちゅうぼう》で人手が足りないのか忙しそうにしていたから、気を利かせて俺も手伝った。

さすがに何もせずに祝われるだけってのもむず痒《がゆ》くなるからな。

「そりゃあ坊主が作ると美味いってのはわかってるからな」

「尚文《なおふみ》も無茶しなくてもいいのに」

絆《きずな》が何やら俺の行動に対して意見してくる。

「『この魚を今日の戦勝会のメインディッシュにしよう！』って言いながら、厨房に楽しげな顔して釣った魚を持ってきた奴が言ってもな……」

厨房にいたコックが想定外の食材を持ちこまれて困ってたぞ。

だからそのあたりの料理は俺が担当してやった。

まったく……激戦を乗り越えた翌日に釣りに行く絆の行動力は感心すべきなのかね……。

「いいじゃないか！　結果的にみんなが食べる料理が増えたんだからさー！」

ぷくーっと絆が頬《ほお》を膨らませて抗議している。

「ところで尚文《なおふみ》って握り寿司とかも作れたりする？　今回はなんかムニエルにしたみたいだけど、握り寿司が食べたいな」

「あ？　握り寿司？　そんなの米と酢、それと食える魚があれば大体どうにかなるだろ」

異世界だけど米とか一応あるんだよな。

どうもこのあたりは俺を召喚した異世界も絆の方の異世界も共通でしている。

話によると過去の勇者が広めたとか作ったとかの逸話はあるらしい。

小麦粉なんかもそれだな。

ちょっと風味が違ったりするから俺は小麦粉モドキって認識しているけど。

「坊主の作った寿司か……なんか凄《すご》そうだな」

「若……お前は相変わらず俺の呼び方を改めないな……」

「こう……スナップ掛けた感じで握るアレってできる？」

「ちょっと待ってろ」

俺は厨房の方に行って絆達用に炊かれたご飯を持ってきて、酢と砂糖と塩でサッと寿司酢を作り、混ぜ合わせて酢飯……シャリにしてから絆が釣った魚を刺身にして一口大のネタを作る。

「いいか？　よく見てろよ？」

手を水で洗ってからネタを片手で持ち、わさび……に近い香辛料を練ったものをちょんと付けてからシャリを一口大に取ってネタにくっ付けて、一旦穴を開け……二度握って成形する。

握る前にシャリに穴を開けることで口の中で程良く溶ける寿司になる。

「ほらよ。これが小手返しって握り方だ。そんな難しくないだろ？」

「速くてよくわかんなかった」

絆が眉を寄せて俺を見てくる。

「よく見ろ。こうやるんだ。俺も寿司屋の職人を見よう見まねでやっているだけだぞ」

「その割には卓越した淀《よど》みのない動作に見えるんだけど」

「気のせいだ。で、シャリとくっつきづらいネタは立て返しって握り方な？　寿司屋で伝統的な握り方だと本手返しってやつだな」

できる限りゆっくりと絆にもわかるように握ってみせる。

そういや家族で寿司屋に最後に行ったのは……数年前だ。

なぜか回転していないカウンター席で握ってくれる寿司屋に連れていかれた。

両親と弟が俺に『職人の手つきを見ておくんだぞ』ってしきりに注意してきたのを覚えている。

アレ以降……寿司を食いたいと言ったら自分で作れって言われるようになった。

挙句、俺に寿司をリクエストするようになったっけ……もしかして見て覚えさせたのか？

微妙に悲しくなってきた。

「はー……」

「キズナの嬢ちゃん、できそうか？」

「いや、普通に無理でしょ……見てるだけでレベル高いのがわかるよ」

「作る前から物怖じしてどうするんだ？　あと、日本じゃなくて異世界だから食中毒には注意しろよ」

そもそもこれで店を開くってわけでもないだろうに。

自分達で消費する分にはこれでいいだろう。

「ナオフミ様、せっかくの戦勝会なのに、まだ料理を？」

「ラフー？」

ラフタリアがラフちゃんとグラスを連れてやってきた。

「絆が握り寿司を食いたいって言うからな」

絆が握る分だけを分けて渡し、残りは余り物の食材等をまぶしてちらし寿司にして盛りつけて、ラフタリア達に渡す。

「あ、ありがとうございます。あ、これも美味《おい》しいですね」

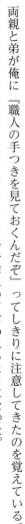

ちらし寿司を食べるラフタリア……巫女《みこ》服を着ているから似合うな。

作ってよかったかもしれん。

「で、出来た！」

絆が握り寿司ではなく、小さなおにぎりみたいな寿司を皿の上に置いている。

まあ、初めてだったらこんなもんじゃないか？　形にはなってるし。

「キズナの嬢ちゃん、坊主のに比べると口の中でふわっとしてないぜ」

「わかってるよ！」

「寿司ですか……キズナは魚料理が好きですね」

「好きだけど、なんでオレまで作る側に!?」

グラスも絆が握った寿司を食べている。

やっぱりグラスは寿司とか食べたことあるんだろうな。

和風美女だし……いや、異世界だから実際はないかもしれないが、発音がしっかりしてるからこの世界にはあるか。

「ナオフミの作った寿司……程良い口溶けをしますね。キズナ、もっとがんばりましょう」

「なんで!?」

「聖武器の勇者だからですよ」

絆が首を傾《かし》げながらグラスに寿司を食べさせ続けている。

「もしも食い残しとか失敗作が出来たら、あそこに持っていけば処理してくれるぞ」

「んー？　ごはんおーいしー！」

バクバクと食いまくっているフィーロのいるテーブルを指差しておく。

「フィーロは残飯処理の箱じゃないんですが……」

「似たようなもんだろ。あの食いしん坊は」

「フィーロちゃんって何でも食べてくれるけど、尚文と比べるから困るんだけどなぁ……」

「ったく……坊主は底しれねえなぁ」

何やら絆とラルクが呆《あき》れた目を向けてくるが知ったことではない。

「とにかくよー、今回の戦いで大活躍した坊主達が楽しまねぇでどうするってんだよ」

「いや、やりたがったのはお前だろ、ラルク……」

俺はできればゆっくりしたかったんだが……。

「俺やラフタリアは疲れてるから、まだ元気なリーシアあたりにでもその役目は与えておけ」

「ふ、ふえええ？」

いきなり注目を受けたリーシアがキョロキョロと辺りを見渡している。

キョウ相手に覚醒して追い詰めていたのがリーシアだしな。

一番の功労者なのは間違いないだろ。

「わかってねえなー坊主。俺はな、どんどん酒を飲ませられる奴が欲しいんだよ。リーシアの嬢ちゃんに酒をどんどん飲ませたら、テリスに何言われると思ってんだ？」

いや、そんな個人的な理由を察しろと言われてもな。

つーか俺には酒を飲ませてもいいとでも？

「絆、お前も飲めよ」

「オレは未成年だし！」

あ、逃げやがった。

「ほらほら坊主ー、飲め飲め！　酒は疲労回復にいいんだぞ」

「栄養的にはそうだが、疲れを完全に取るのには向いているとは言いがたいぞ」

酒を飲むと眠りが浅くなるって言われている。

俺は酔ったことがないからそのあたりはよくわからんけどな。

ルコルの実を食うと魔力とＳＰが大幅に回復するから、異世界でもその辺は変わらないだろう。

一応、酒って魔力回復効果高いし。

とにかく、ラルクが俺に酒を進めてくる。

良い酒を出しているのか、酒自体は美味《うま》いな。

果実酒が多い。俺は酒をあまり飲まないが……味の違いくらいはわかる。

やっぱり異世界故か酒も場所によって色々と味や風味が違うんだよな。

リユート村の酒場で手伝いをした際に、カクテルも作ったっけ。

リユートドライバーっていう辛めのやつだ。

とにかく、面倒なのでラルクはさっさと酔いつぶした方がいいかもしれんと判断し、ラルクが勧める分だけ、俺もラルクに酒を注《つ》いでやる。

「ういいい……ヒック……」

そうこうしているうちにラルクが酔い始め、顔が赤くなってきた。

この調子ならすぐに潰《つぶ》せるな。

「しょうりに……かんぱーい！　ひょら……うぃーふぃあのりょうちゃん。たのしんでーるかー？」

「ふぇえええ……」

ラルクが千鳥足で、大人しく飯を食っているリーシアに絡み始める。

「きいたじぇー……りょうちゃんは、おおきなちからが眠ってるってよー、しっかりと使いこなせるようになったらしょうぶしようぜー」

「い、イツキさまぁあああ……」

樹《いつき》はこの世界にいないだろ。なに助けを求めてるんだよ。

「ナオフミさん」

ここでリーシアと一緒に飯を食っていたテリスが、ラルクに対して笑顔で手に持った酒瓶を指差している。

「ラルク、リーシアさんが困ってるでしょ。はい」

テリスがコップをラルクに差し出す。

焦点の合っていない泥酔気味のラルクは、テリスの顔を見て若干酔いが冷めたのかサッとリーシアから離れてテリスに近づいた。

「だ、大丈夫だぜ。テリス」

「ええ、私も信じているわ。だから、はい。ナオフミさんも一緒に」

テリスはラルクに酒を勧められてそのまま飲む。

なんだろう。ラルクの奴、もう酔いが冷めたんじゃないか?

「う……テリス、もう……」

「あらあら、ラルク、もう少し楽しみましょうね。ナオフミさんも一緒なんだから大丈夫でしょ」

どんどんと注がれる酒にラルクも限界が近づきつつあるのか、少しばかり青くなっている。

……俺が先に飲むべきか。

グイッと酒を飲み干すと、テリスが今度はラルクの番とばかりに笑顔で応対した。

「俺は……酒に、強いぜ!」

ラルクはそのまま杯の中に注がれた酒を飲み干し、キラッとさわやかに親指を立てる。

「どうだ――」

直後、白眼を向き崩れ落ちようとするが、倒れる前にテリスが支える。

「まあ……じゃあラルク、部屋に連れていくわね。みんな、先に失礼するわね」

「うぃぃいいいい……ひっく」

完全に酔い潰れたのは間違いない。

……前は酔い潰れる寸前でテリスが連れていったっけ。

ラルクの酔い潰れるラインを把握しているのだろう。

とにかく、一番面倒くさい奴が出ていったな。俺も適当なタイミングで退散するとしよう。

寿司を握っている絆の方に行く。

「本当、尚文はお酒強いね」

「よく言われるな」

正直、酒に強いと言われても大して嬉《うれ》しくもないぞ。

大体が酔っ払いの世話になるからな。

「そういえばさ、この世界には酒の中を泳ぐ不思議な魚がいるんだ！　尚文は見た？」

「見てないな」

そんな奇想天外の魚の話をされても俺はどう答えりゃいいんだよ。

いきなり話題を変えてきやがったな……。

「で、絆は握り寿司作りは進んだのか？」

「いや……別にオレは尚文に頼んだだけだし……」

ラルクが去ったのを察したのか、離れていたラフタリアとグラスが一緒にやってきた。

「戦勝会は楽しめてるか？」

「ええ……賑《にぎ》やかで昔を思い出しますね。キズナ」

「そうだねー……一番大きいのだと魔竜討伐した時が凄《すご》かったかな。世界中で祝ったよ」

ああ、絆が昔倒した魔王とも呼ばれた竜帝の話か。

絆って割と王道な異世界召喚でこの世界に来たらしいしな。

それくらい単純な方がわかりやすくていい。

「あれから随分と時間が経《た》ちましたね……こんな日が来るとは思いもしませんでした」

グラスが思い出に浸っている。

「キズナ……これからも世界のためにがんばっていきましょうね」

「うん。そうだね。これからは尚文達もいないんだし、オレ達ががんばってオレ達の世界を守っていかなきゃね」

そういや、ヨモギとかはいないんだったっけ。

キョウの所属国で、色々と事情説明に出かけていったそうだ。

まあ、そのあたりのゴタゴタは絆達に任せて、俺達は元の世界に戻ればいいだけだ。

「いい加減、俺達はそろそろ休ませてもらうとしよう」

「そうですね」

戦勝会を切り上げて部屋に帰ると絆たちに伝えると、ラフタリアも同意してくれた。

フィーロはまだ食っている……どんだけ食うんだ。

リーシアは疲れているのか、会場の隅にある椅子で船を漕《こ》いでいた。起こして部屋で寝るように注意する。

「そうそう。明日はエスノバルトが船で温泉に連れてってくれるってさ」

「了解。そっちの方が無駄に賑やかで酔っ払いに絡まれるパーティーよりはいいな」

「そう言わないでよ。ラルクなりの尚文達との宴《うたげ》のつもりなんだからさ」

まあ……俺達が帰ったらもう二度と会わないかもしれないわけだし、派手に遊びたかったんだろうって気持ちもわからなくもない。

縁があったらまた会えることくらいはあるかもしれないけどさ。

波が起こった際にＬｖが大幅に上がるから、どの世界と波で繋《つな》がったのかわかるだろうし。

軽く話くらいは……できるかもしれない。

ただ……出来れば会わない方がいいのも事実か。

「じゃあまた明日な」

「また明日ー」

というわけで俺達は部屋に戻って呪いで辛《つら》い体を寝て癒したのだった。


翌日。

「もうすぐ着きますよ」

俺達はエスノバルトが大きくさせた船の眷属器に乗って温泉へと案内された。

空からの景色を見る感じだと……山奥の整備されていない温泉とかではなく、しっかりした建物が建っている。

絆達の方の世界って和風な文化が多いからか、温泉地もそれっぽい。

まあ……俺の方の世界も和風な温泉地が多いけどさ。

このあたりは召喚された勇者からの伝来って話らしい。

「うぷ……」

なお、ラルクは二日酔いで青い顔をしており、船に乗ると同時に気持ち悪さでダウンしている。

城で休んでいればいいのに、どうしても行きたいと騒いだので連れてきた。

もう少し落ち着きのある奴だと思ったが……俺の過大評価だったのだろうか。

「びゅーん！」

「ラフー！」

ラフちゃんを乗せたフィーロがパタパタと羽ばたいて船に追随して飛んでいる。

元の世界だと飛べない鳥だけど、絆達の世界だと飛べるもんな……なんか楽しそうだ。

「到着しましたよ」

エスノバルトがしっかりと着地させたので、みんな船を下りる。

さて、とりあえず温泉に入るとするか……っと、皆で銭湯に来た感じで建物の中へと行こうとしたところ……。

「あ、ナオフミ様」

「なんだ？」

「もしもラルクさんが覗《のぞ》きとかしようとしても、そのままにして置いていかないでくださいね」

なんでそんなピンポイントな緊急事態を想定して俺に注意してくるんだ？

まあ、間違いなくその状況だと俺は巻き込まれる前に逃げ出すが。

「騒ぎになったら私がナオフミ様を擁護しますから、絶対に先に行かないようお願いします」

「いや……余計な騒ぎは避けたいんだが……」

「あのですね、ナオフミ様。その場にいないからといって疑いが晴れるわけじゃないんですよ？」

「どういう意味だ？」

「前にカルミラ島でラルクさんが覗きをしてばれた際、あの元王女がこの場にいないナオフミ様も怪しい！　逃げ切ったのよ！　と、ナオフミ様こそ全ての元凶に仕立て上げようとしたんですから」

何その状況……無理があるだろ。

しかしあの女、隙《すき》あらば俺を悪人に仕立て上げようとしてやがるな。

「止めなかったナオフミ様にも非があるって、かなりの暴論を言って影さんに厳重注意をされていましたが、注意できる人がいなかったらどうなっていたことか……」

「その場にいなくても犯人扱いされる場合があるのかよ……どうすりゃいいんだ」

疑わしきは罰するってか……電車の痴漢冤罪《えんざい》みたいなことがその場にいなくても出来るとか……果てしないな。なんでも理由にできるじゃないか。

「むしろナオフミ様がその場にいる方がまだいいですし……その……」

なんかラフタリアが顔を赤くしている。

ああ……置いていかれるのが嫌なのか。まだまだラフタリアも子供だな。

「わかった。じゃあラフタリアがいいって言うまで待っていてやるよ」

と、ラフタリアに優しく答える。

「はい」

ラフタリアも納得したのか頷《うなず》いている。

これでいいのだろう。前も家族風呂に入りたがったしな。

「なんか尚文ってラフタリアさんの保護者みたいな顔で言ってない？」

絆がグラスの裾を掴《つか》んで俺達を指差している。

何を今更。俺はラフタリアの保護者だぞ。

「キズナ、この話題は突《つ》くと藪蛇《やぶへび》かもしれません。早く行きましょう」

「ううう……頭が痛い……温泉……」

「ラルク、本当に大丈夫？」

「おうよ……俺は酒に強いからな……」

なんて様子の絆達が俺達の横を通り過ぎていった。


脱衣所で服を脱ぐ……客は俺達だけか。

ふらついているラルクとエスノバルトが服を脱いでいる。

……絆達と一緒に来ていて、話をしていたアルトがいつまで経《た》っても来る気配がないな。

「アルトは？」

「彼は一人風呂を好む方なので入らないですよ」

「ふーん……」

そう言う奴もいるよな。できれば俺もゆっくりと一人で入るのがいいと思ったりする。

無理やり誘うのもどうかと思うし、好きにすればいい。

ササっと浴場の方へと向かう。

ふむ……温泉だけあって造りがいいな。濁り湯のようだ。

カルミラ島ともまた違った風流のありそうな温泉だ。ゆっくりと休むにはいいだろう。

その前に……体を洗うのがマナーだ。

と、入浴前に体を洗おうとしていると、垣根……女湯の方から声が聞こえてきた。

「おー！　ここに来るのも久しぶりだね！」

絆が元気に声を出している。

「キズナ、今回は温泉に釣り針を垂らしてはいけませんよ」

「わ、わかってるよ！」

温泉に釣り糸を垂らす……やはり水があったらどこでも釣り糸を垂らすのか。

酒に潜む魚がいるとか言っていたし……試したんだろうな。

「温泉で釣りですか？　その……釣れるんですか？」

ラフタリアが絆に尋ねる。

「え？　釣ったことあるよ」

温泉に潜む魚とは……異世界だからこそなのか、温度が高いところに生息している魚とかがたまたま引っかかったとかか？

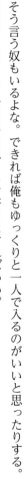

いや、魚とは言っていない。

海底にいる甲殻類が高温地帯に生息しているのをテレビで見た覚えがある。

あんな感じで魔物が引っかかったとかありそう。

「ところで……ラフタリアさん、胸大きいねー。グラスも着物の所為《せい》で普通に見えるけど意外とあるし……テリスも大きい……リーシアさんもあるね」

「お、大きいですか？」

「私は何とも……」

「うふふ……」

「ふぇぇえ……」

ラフタリアが絆に胸が大きいと言われ、グラスが関心の薄い返事をし、テリスが小さく笑っている。

「お胸ー？」

「そうそう、フィーロちゃんも羨《うらや》ましいよね？」

「んー？　おっぱい！」

なんだその返答は。おっぱいなんて言葉を誰が教えた!?

「おっぱい！　グラスは前に比べて大きくなったかな？」

「キャ!?　ちょっとキズナ！　やめてください！」

「ふぇぇえええええ!?」

なんか絆達が騒ぎ始めた。

あっちは男キャラクターの登場しない日常系マンガみたいなことをしているな。

「ナオフミさん、背中を洗いましょうか？」

エスノバルトが大きなウサギ姿で隣に腰かけ、聞いてくる。

絆達の方はいいのか？

……気にしない方がいいってことか。

「ああ、頼めるか？　洗ってもらったらこっちもやるから」

「ありがとうございます」

大きなエスノバルトが泡立ったタオルを使って俺の背中を洗ってくれる。

体格故から手も大きく、その手がタオル代わりになっているような感じだな。

「じゃあ次はこっちだな」

「はい」

気を利かせてエスノバルトは人姿になる。

「鳥姿のフィーロを洗ったこともあるから楽な姿でいいぞ」

「そう言ってくださったのはナオフミさんが初めてですね……ありがとうございます」

エスノバルトが楽な姿としてウサギ姿になったので洗う。

毛が多くて大きいから滅茶苦茶泡立つな。

なんて感じでエスノバルトの背中を洗っている間、女湯の方で騒がしい音が響き続けていた。

「ちょっとキズナさん！　みなさんの胸を揉《も》むのをやめてください！」

「フフフ……揉むことでその分がオレに還元されないとは言い切れないでしょ！　貧相なオレのために、胸を揉ませてー！」

「この人、女性なんですよね!?　なんか覗きをされているって騒ぎになった時より身の危険を感じます！」

「キズナ！　毎度、胸を揉みたがるのは何なんですか!?」

「羨ましいからだよ！　さあ、フィーロちゃんも一緒に！」

「えー……フィーロごしゅじんさまと一緒にお風呂はいりたーい」

「胸が大きいと尚文も喜ぶよー！」

いや、それはない。

「そうなのー？」

「ラフ？」

「ペン？」

激しくばかばかしいことをしている……絆はどうも所々おかしい奴だよな。

なんて思いながら俺はエスノバルトを洗っていた。

うん……一心不乱にモフモフした奴を洗っていた方が精神的に安定する気がする。

「うほ……女湯からロマンチックな声が聞こえてやがるぜ！」

で、二日酔いのラルクが少しばかり元気になったのか、垣根の方に向かっていく。

男湯はこんなもんか……アルトが来たらまだよかったか？　いや、ラルクに便乗するかもしれないからまだマシか。

「坊主……覗きをしようぜ」

「お前は懲りないな……テリスに怒られて正座させられたのを忘れたのか？　やるなら俺達が入浴を終えてからしてくれ。まだ体を洗っている最中なんだ」

まだ温泉に入ってすらいないんだ。

俺達が入り終わった後、存分に覗きをしてくれ。

「フッ……こんな美味《おい》しい状況で大人しくしてるなんて男が廃るってもんだ」

ラルクが拳を握って力説を始める。

「キズナの嬢ちゃんだって楽しんでいるだろ！　勇者として挑まないのがおかしいってもんだ。ああキズナの嬢ちゃんが羨ましい！」

いや、絆もそこで羨ましがられたくないと思うぞ。

まあ……現在、女湯で女性陣の胸を揉む攻防が繰り広げられているみたいだけどさ。

ラルクの妄言を流し、ザバァっと俺とエスノバルトは体を洗い終えて、それぞれ温泉に浸《つ》かった。

ふう……と顔に付いた雫《しずく》を拭《ぬぐ》って周囲を見渡す。

「何度も来たことがあるのですが、良い湯ですね。ナオフミさんはどうですか？」

「悪くはないな」

カルミラ島の温泉に入るような感じで、呪いで重たい体が軽くなったような気がする。

異世界の温泉故か、傷や魔力の回復とか促進する効果があったりするらしい。

……隣にエスノバルトがいる。大きなウサギと一緒に温泉か……中々にシュールだな。

「ん——……フィーロ、ごしゅじんさまのところにいってくるねー」

「あ！　フィーロ待ちなさい！　キズナさんを止める手伝いをですね——」

フィーロがまたも垣根を越えて男湯にやってくる。

「あ！　ごしゅじんさまがエスノバルトと入ってるー！　フィーロもー！」

バッシャーン！　っとフィーロが俺の隣に着水し、そのまま温泉に浸かり始める。

ウサギと鳥のサンドイッチ状態にさせられたぞ。地味に視界が狭まって熱い。

「フィーロさん、ラフタリアさんが注意していましたし、女湯に戻った方がいいと思いますよ」

「えー……フィーロごしゅじんさまと一緒に入りたーい」

「熱い。帰れ」

「やー！」

まったく……元康《もとやす》がいれば速攻で女湯に逃げるのに、いないからな。

そんなに俺と一緒に温泉に入りたいのか？

「お？　フィーロの嬢ちゃん！　坊主を喜ばせるために人の姿になるんだ！」

「えー？」

「むしろ若、喜ぶのはお前だろ」

ラルクの奴、元康とおんなじ反応だぞ。

それをフィーロも察したのか人化はしない。

「フ……当然だろ。女子の裸体を喜ばねえ坊主がおかしいんだぜ」

そんなキラッとしたウインクをされても、俺はイラッとしかできんぞ。

「エスノバルトも覗き……しねえか？」

「生憎《あいにく》ですが……」

「チッ！　船で浮かべば覗き放題の奴はいいよな！」

コラ！　勇者の武器を悪用するような台詞を言うんじゃない。

なんてしている間に、ラルクが桶《おけ》を積み終えた。

「ホラ坊主……この先には楽園が待っているんだぜ。それとも垣根に穴を開けるか？　いや……通過技能を持つ武器で少しだけ顔を通過させるのもいいぞ……」

壁抜け系の技能が武器には内包されていたりするんだが……勇者の武器でなんて真似をしようとしてやがるんだコイツは。

つーか俺を勧誘するのをやめてくれ。

「せめてラフタリアが入浴を終えるまで覗きはやめろ。俺はラフタリアがいいと言うまで上がらずに我慢しているんだからな」

「なんだ坊主、ラフタリアの嬢ちゃんを見られるのがそんなに嫌なのか？」

なんか、ラルクが鬼の首を取ったみたいな笑みを浮かべてこっちを見てる。

その目をやめろ。腹が立つ。

「別に？　言われたから待ってるだけだ」

見られて減るもんじゃないし、傷跡の治療のためにやっているし。

「そういや坊主はラフタリアの嬢ちゃんの裸体を見てなんとも思わねえ奴だった！　本気で同情するぜ」

「うるさい」

「えーっと……ラフタリアさんは苦労してますね」

「絶賛苦労させようとしている絆とラルクが悪い」

覗きを警戒しないといけないとか、女湯の連中は大変だな。

「そういう意味では……」

「へへへ、キズナの嬢ちゃんが騒いでいるうちに……覗くことが肝心なんだぜ」

「あっそ……」

おいキズナ、お前の悪癖の所為《せい》でラルクがチャンスだと覗こうとしているらしいぞ。

二日酔いが残っているくせによくやる。

「食いつきの悪い奴らだ。坊主のところの勇者共は付き合いよかったってのによ」

元康共と仲良く覗きで捕まっていたもんな。

「特に槍《やり》を持ったアイツは付き合いがよかったぜ。女の子は覗かれることで魅力が上がるんだ！　って持論も素晴らしくて感銘を受けたくらいだ」

元康、お前って奴は……その所為でラルクが覗きをするようになったのか？

「ごしゅじんさまとお風呂ー」

フィーロとエスノバルトのサンドイッチで視界がな。

むしろ、のぼせる心配をした方がいいかもしれん。

「ぐへへへ……グラス、大人しくするんだ」

「ふぇえええええ!?」

「キズナ、いい加減にしないと帰りにエスノバルトの船でバンジージャンプをさせますよ」

その脅しは何なんだ？　むしろそっちが見たい。

「そんな脅しは通じないよー！」

「ちょ……やめなさい！」

本当……女湯はラルクにとって都合の良い混乱具合になってしまっているようだな。

「ラフー……」

「ペーン」

「ラフちゃん、なにクリスと一緒にいい湯を楽しんでいるんですか！　キズナさんを抑える手伝いをしてください」

この二名がほのぼのとした入浴をしているのがラフタリアの声でわかる。

「……フィーロさんがこっちに来たのがわかる気もしますね。ゆっくりできなさそうです」

「そうだな」

男湯ではラルクがバカをしているが、女湯では絆がバカをしている。

きっと絆達の日常はこんな感じだったんだろう。賑やかで楽しそうだ。

「ラルクって前に来た時もやっぱり覗きをしようとしたのか？」

「前回はそんなことはしてませんでしたね。でも若かりし頃にはしていたと聞きます」

昔から……ラルクも王子時代はやんちゃをしてたらしいとか、そんな話を絆が言っていた。

ただ……ラルクの雰囲気からして、覗きとかしても憎めないポジションにいるのは間違いない。

って話をしている合間に、ラルクが桶を足場に垣根から覗きを始めようと乗りだした直後。

「ラールークー」

ヒョイっと、顔を出したラルクと向かい合うようにテリスが顔を出す。

「やっぱり覗こうとしたのね」

「よ、よくわかったな、テリス」

「この前もやらかしていたし、きっとやると思っていたわ。ついでにキズナさん達が騒いでいる間、男湯の方に耳を傾けていたもの」

そりゃあ女湯の騒動が丸聞こえだもんな。男湯の会話も耳を澄ませば聞こえるか。

「念のために宝石達にも声を掛けておいたから」

あ、いつの間にか垣根の支えにテリスの腕輪が引っかかっている。

男湯をアクセサリーで監視していたのか。

「テリス……俺を信用してくれたんだな……」

真顔でラルクがテリスに微笑《ほほえ》みかける。

そこで甘い雰囲気に持っていこうとするラルクの根性が凄《すご》いな。

「ラフタリアさん、もっと縛り上げて！」

「はい！」

「く……放せー！　オレはおっぱいが大きくなりたいだけなんだー！」

お？　どうやら絆がついに縛り上げられたっぽいな。

「服を着せましょう。キズナ、外で反省してください」

スタスタと、何名かの足音と共にキズナの声がどんどん遠くなる。

「ラルク、貴方《あなた》もよ。はい、この看板を首にかけてキズナさんの隣で正座していてね？」

「テ、テリス、せめて少しでも楽園をだな。見ることで女ってのは羞恥心《しゅうちしん》から魅力が上がるんだぜ」

元康が言ったらしい戯言《ざれごと》をラルクが言い訳に使う。この戯言は忘れた方がよさそうだ。

「ラルク……今度やったら許さないと私は言ったわよ？」

「……おうよ」

ふらふらとしながら、ラルクはテリスからもらった看板を首に掛けて脱衣所の方へと向かっていった。

「ナオフミさん、失礼しました。存分に入浴を楽しんでくださいね」

「ああ」

で、テリスに合わせてラフタリアも垣根から顔を覗かせる。

「ナオフミ様、今回はちゃんといますね」

「言われたからな。むしろ熱くてのぼせそうだ」

エスノバルトとフィーロに挟まれた光景をラフタリアにこれでもかと見せる。

「そろそろ出ていいか？」

「わかりました。フィーロ、ナオフミ様がもう出るのですから戻ってきなさい」

「はーい！　ごしゅじんさま、またねー」

「ああ、またな」

バタタッとフィーロが羽ばたいて女湯の方へと飛んでいった。

「ラフタリアはどうする？」

「私はもう少し温泉に入ります。女湯でちょっと騒ぎがありまして」

「聞こえていた。さて……出るか」

温泉にも浸かったし、湯あたりする前に出よう。

「じゃあナオフミ様、後で……」

ラフタリアとテリスは垣根から顔を出すのをやめて女湯で温泉に入り始めたようだった。

「……逆に覗かれてますね。ナオフミさん」

考えてみればラフタリアとテリスに物凄く自然に男湯を覗かれたのは間違いない。

ま、別に見られてもなんとも思わんがな。

ラフタリアも恥ずかしがる素振りをしてないから問題ない。

「フィーロはよく男湯に来るのをどうにかしたいんだがなぁ……」

「まだ子供なんですからいいかと思いますよ」

確かにフィーロの男湯に入りに来るそれは、子供が父親と一緒に入りたいと言うそれと同じだな。

「エスノバルトはどうする？」

「ワタシはもう少し入っていますよ」

「そうか、まあゆっくりな」

微笑むエスノバルトに、なんとなく爺臭《じじくさ》さを感じながら俺は温泉から出たのだった。


脱衣所から出ると絆とラルクが一緒になって正座で待機させられていた。

首には何やら似たような札をかけられていて、グラスが仁王立ちで二人を見張っている。

グラスに聞いた話によると、『私は女湯で女性達の胸を執拗《しつよう》に揉みました』と『私は女湯を覗こうとしました』と書かれているらしい。

「あ、尚文、温泉どうだった？」

正座させられた絆が俺を見つけて声を掛けてきた。

「熱くてのぼせそうになるくらいには浸かった。フィーロとエスノバルトの魔物サンドイッチでな」

入り直した方がいいかもしれないが、もう少し体が冷めてからにしたい。

「おー！　モッフモフだね！」

「二人とも温泉に浸かっていたからシットシトだったがな」

ペットをお湯で濡らしたみたいに痩せて見えるわけじゃない不思議な二人というか二匹だが、さすがに濡れてフカフカはしてなかったぞ。

「ラルクから聞いたよ。本当に覗きをしないんだね」

「そりゃあな」

「ここまでさっぱりしてると逆に悔しい気もするなぁ。グラスはどう？」

「私に聞いて何の意味があるんですか……それよりキズナ、貴方こそ、いい加減お風呂で女性の胸を揉もうとするのをやめなさい」

「ちぇー……あ、リーシアさん。リーシアさんは好きな人に覗かれるのはどんな感じ？　確かそういった出来事あったんでしょ？」

風呂上がりで俺たちの後ろを通ったリーシアに絆が尋ねる。

「ふえぇぇええ……」

リーシアは一応、樹に覗かれそうになったことがあるわけだから……聞いたら答えられるだろうが、嬉《うれ》しくはないだろう。

羞恥心でリーシアは顔が真っ赤だ。

「グラス、女湯で……まさしく、姦《かしま》しく騒いでいるんだな」

ここまで賑やかだと逆に羨ましいと思えるのかもしれない。

俺もビッチに嵌《は》められることなく勇者をしていたらイベント感覚で便乗していたのか？

俺の理性が、そこはしちゃいけないとブレーキを掛けてくれると信じるほかない。

「くっそー……坊主にこのロマンを教えきれなかったぜ」

「ロマンだよ尚文！　おっぱいがね！　そこにあって揉めば分け前がもらえるかもしれないからオ

レはやったんだ！　吸収だよ、ドレインだよ。だからわかって！」

「わかるわけあるか！」

何がロマンだ、くだらない！

「……こういうところだけはラフタリアさんのことを羨ましく思いますね。ナオフミは勇者として正しいでしょう」

「俺の知る勇者って、温泉だとはしゃぐ奴らばかりなんだがな……」

「聖武器の勇者とは……揃《そろ》いも揃って覗きをするのが資格なのでしょうか？」

言うな。悲しくなる。

俺の出会った聖武器の勇者共は揃って温泉ではしゃぐ連中ばかりだ。

ともかく、こうして賑やかな戦勝会と慰労の入浴をしたのだった……。


「グラス……落ち着こう？　こんな罰ゲームしたって、良いことはないからさ」

「アレだけ暴れてまだ言うんですか。脅しに屈しないのでしょう」

エスノバルトの空飛ぶ船の手すりに板が通され、その先で絆とラルクが足に紐《ひも》を巻かれてツンツンとグラス達に突《つつ》かれている。

これはどんな見世物だ？

「いいから落ちなさい！　ハ！」

ドン！　っとグラスは絆とラルクを突き落とした。

「バンジィイイイ――ジャァアアーンプ」

「ぬわぁああああああああああああ！」

余裕のある絆とラルクの絶叫が響き渡った。

「処刑か」

「ふぇえええええ！」

「キズナさん達って結構過激ですよね……」

「んー？」

「ラフー」

その光景を椅子に腰かけて見物している俺達もなんか酷《ひど》いような気もするが、これが絆達の日常なのだろう。

こうして元の異世界に戻るまでの騒がしくも心地の良い時間は過ぎていったのだった。

Stories Digest
ストーリーズダイジェスト

Stories Digest 1

世界を救うために召喚された勇者、罠にはめられ、すべてを失う

発売日：2013年8月23日

「盾の勇者」が誕生

平凡な大学二年生の岩谷尚文は、図書館で「四聖武器書」という古い本と出会う。そこには、剣、槍、弓、盾を武器に持つ四人の勇者たちが世界を救うべく奔走する物語が描かれていた。読み進めていくうちに尚文の意識は薄れ、次に目を覚ました時には盾を持ち、見知らぬ部屋の中に立っていた。

同じく異世界から現れた三人の少年、剣を持つ錬、槍を持つ元康、弓を持つ樹と共に、尚文は国王のオルトクレイから厳命を授かる。それは、「災厄の波」からこの世界を救うこと。龍刻の砂時計の予告に従って現れる次元の亀裂から迫

POINT

四聖武器書

剣、槍、弓、盾を持った四人の勇者たちが世界を救う、王道的ストーリーの古いファンタジー小説。可愛いヒロインではなくビッチな王女が登場する。勇者全員が主人公だが、盾の勇者のページだけ白紙になっていた。

クローズアップ

尚文と他の三人の大きな違い

尚文は「四聖武器書」を読んでいる最中に召喚されたが、他の三人は死んだ直後に召喚されている。また、尚文は「四聖武器書」でしかこの世界を知らずにやって来た。ところが、他の三人はこの世界に似たゲームをプレイしており、ルールをすでに理解していた。

りくる凶悪な魔物たちを、四人の力で撃退してほしいという。尚文は、まさしく「四聖武器書」の世界に召喚されていた。そこは、魔力や装備がステータスとして可視化され、己のレベルを上げていくゲームのような世界。尚文は「盾の勇者」となったのだ。

非道な裏切り

異世界に勇者として召喚された状況にオタクとして燃えた尚文は、元の世界に戻るべく、世界を救う役割を快諾。しかし前途は多難だ。他の三人はこの世界と似たゲームを知っていたが、尚文だけは知らない。なぜか国王の態度も尚文にだけはきついうえに、盾の勇者の仲間になりたいと申し出る者はゼロ。唯一尚文の仲間になったのは、可愛い女冒険者マインだけだったので、彼女を大切にしようと尚文は心に決める。剣などの攻撃できる武器は伝説の盾と反発してしまい持てなかったが、素材を盾に吸収させることで様々な盾が増え、スキルが解放されることがわかり、尚文は地道にレベル上げに励もうとした。

その翌日、宿屋で目覚めると、装備や資金がすべて盗まれ、おまけにマインまでいない。城の騎士た

Encounter／マイン

尚文に値の張る装備と武器を購入させてから、宿で「尚文に襲われた」と狂言を打ち、尚文を犯罪者に仕立て上げた悪女。尚文が着ていたくさりかたびらも盗み、新しく仲間となった元康にプレゼントしていた。

ナオフミ様は、私と出会う前はこんなにもひどい目に遭っていたのですね。初めて会ってからしばらくは笑ったところを一度も見たことがなかったので、この頃は怖かったです。

ちが突然現れ、助けを求める尚文であったが、逆に尚文自身が犯罪者として捕らえられてしまう。マインへの強姦の罪として……。
　尚文は必死に潔白を叫ぶが、国王や三人の勇者は耳を貸さない。マインは最初から尚文の仲間になるつもりはなく、高い装備を購入させたらパーティーを解消するつもりだったのだ。犯罪者のレッテルを貼られた尚文は、ドス黒い復讐心を抱えたまま、城を追い出される。信頼も資金も失った状態でも、勇者としての役目から逃れることはできず、災厄の波を迎え撃たなければならなかった。行き詰まっていたところ、尚文は奴隷商に出会う。そこで、病を患ったラクーン種の亜人の少女、ラフタリアと奴隷契約を結んだ。

新たな仲間との信頼

　防御しかできない尚文に代わって敵を攻撃するよう、ラフタリアを育てる尚文は、経験値を稼ぐため彼女に魔物を次々と殺させ、満足な食事や装備も惜しみなく与えていった。初めは殺すのを嫌がるラフタリアだったが、いつしか積極的に魔物を倒し、尚文との旅にも前向きになっていく。ある日、二人は双頭黒犬に襲撃される。ラフ

Encounter／双頭黒犬

全長で尚文の身長ほどの大きさがある二つの頭を持った犬。尚文がエアストシールドで頭の一つを押さえたところ、もうひとつの頭に噛みつかれてしまう。その隙に、ラフタリアが心臓部分を剣で刺し、見事撃破した。

番外編エピソード紹介

お子様ランチの旗

災厄の波から出現した魔物に村を襲われ、両親を亡くしたラフタリア。一度は生き延びた者たちと村の復興を誓ったものの、王国兵士たちによる略奪に遭い奴隷として売り飛ばされてしまう。最初の主人にひどい扱いを受け何も信じられなくなっていたところを尚文に買われたが、尚文は前の主人と違い、ラフタリアに生きる力をくれた。つらい過去を乗り越え、故郷の村を取り戻すため、ラフタリアは前を向き歩き続けることを誓う。

タリアは黒い犬に故郷を襲われたトラウマが蘇りパニックに陥るが、尚文の言葉に我に返る。奮起したラフタリアは尚文による盾を呼び出すスキル、エアストシールドに守られながらなんとか双頭黒犬を撃破。二人の間の信頼が、この一件でより深まっていった。

本当なら人々を波の侵攻から助けるはずの騎士たちがナオフミ様を攻撃したときは、私も我慢が限度を超えました。いくらなんでもひどすぎます。

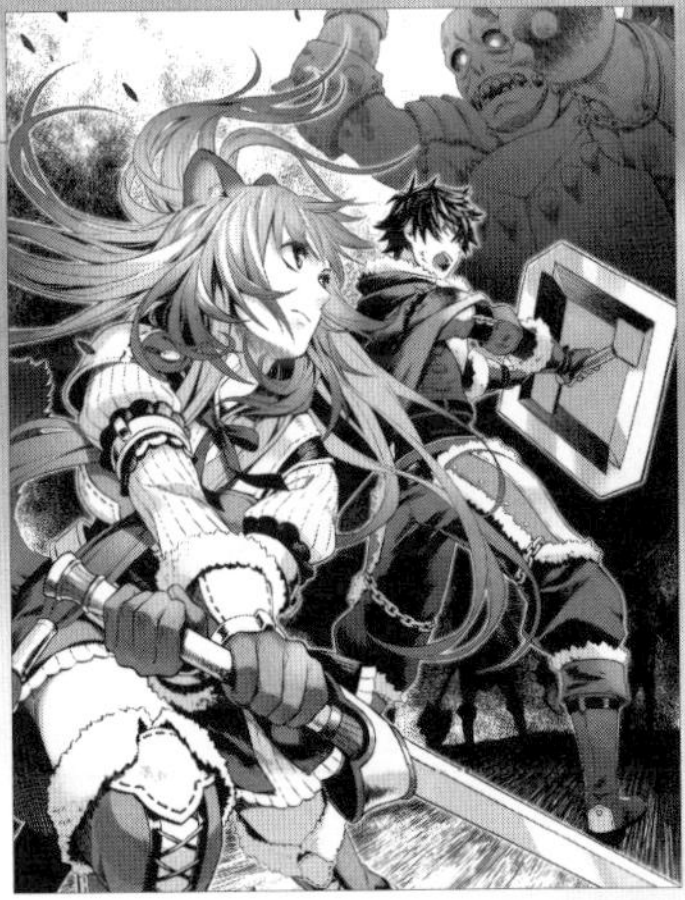

そして、ついに災厄の波を迎える。他の勇者たちが前線に赴くなか、尚文とラフタリアは魔物が向かうリユート村の人々の避難誘導に徹する。味方であるはずの王国騎士団から理不尽な攻撃にあうものの、被害を最小限に抑え波を乗り切ることに成功。しかし、民衆を顧みずボスだけを倒す他の勇者たちの「ゲーム感覚」に尚文の不信

災厄の波発生時の戦況

波の亀裂から湧き出た魔物たち
次元ノイナゴ
次元ノハチ
次元ノ屍食鬼
BOSS 次元ノキメラ
進攻
リユート村
協力
防衛
ラフタリア
尚文
尚文ごと魔物を攻撃
王国の騎士団
災厄の波周辺で戦闘
元康
錬
樹

クローズアップ ラフタリアと最初の波

ラフタリアが育った村の近隣で最初の災厄の波が発生。はじめは冒険者たちが対処していたものの抑えきれなくなり、大量の魔物が出現する。とりわけ三つの頭を持った黒犬が大暴れし、村人たちを蹂躙していった。ラフタリアの両親も、娘を庇いこの黒犬に殺されてしまう。

感は募っていった。

城で開かれた宴に参加していると、尚文は、元康から奴隷を使役していると非難され、決闘を申し込まれる。ラフタリアの解放をかけた対決は、相手を檻に閉じ込めるシールドプリズンで元康の動きを封じるなど、尚文が善戦。しかしマインが陰から手を貸し、元康が勝利してしまう。約束通り奴隷契約は解かれたが、ラフタリアは元康に平手打ちを食らわせると、尚文の信用できる存在でありたいと心底願い、再度奴隷になることを望む。尚文とともにこれからも戦うことを誓うと言うラフタリアの腕の中、尚文は異世界でやっと得られた仲間からの信頼に、涙をこぼすのであった。

番外編エピソード紹介

槍の勇者の道化道

大学生の北村元康は、伝説の武器である槍の勇者として異世界に召喚され、世界を救う使命を課せられる。知っているゲームと似た世界だったため攻略もたやすく、元康は美女を侍らせ最強の勇者ライフを謳歌していた。マインら仲間たちの声で元康の悪口を話すボイスゲンガーが出現するダンジョンも難なくクリア。戦利品の、みるみる成長する奇跡の種を飢饉の村に授け、人助けもこなす自らに酔いしれるのであった。

盾ログ ～解放した盾の使用感メモ～

ロープシールド

★★☆☆☆ **2.6** [防御力 0.2 使い勝手 3.0 スキル 4.5]

空中に盾を呼び出すスキル、エアストシールドが使えるようになるだけでも、この盾の価値は十分高かった。専用効果でロープも出せるし、防御力は低いが便利な盾だったな。

双頭黒犬の盾

★★★☆☆ **3.4** [防御力 3.0 使い勝手 3.4 スキル 3.8]

攻撃してきた相手に噛みついてくれる初めてのカウンター型の盾で、これを解放できたのは嬉しかった。決闘時にこれに噛みつかれた元康の慌てようは無様で、爽快だったな。

ナオフミ様の人間関係

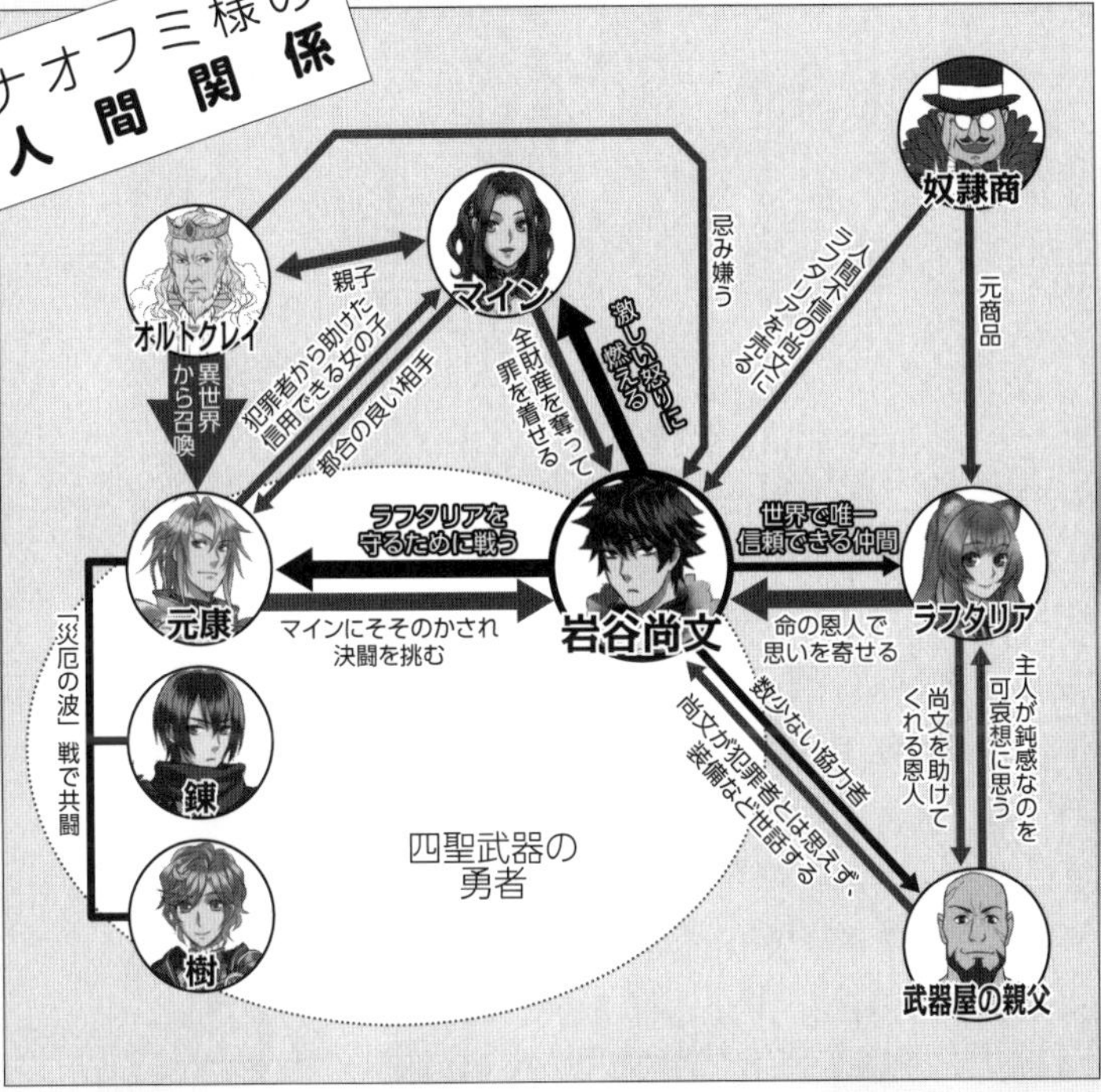
オルトクレイ
マイン
親子
奴隷商
忌み嫌う
人間不信の尚文にラフタリアを売る
元商品
異世界から召喚
犯罪者から助けた信用できる女の子
都合の良い相手
全財産を奪って罪を着せる
激しい怒りに燃える
ラフタリアを守るために戦う
世界で唯一信頼できる仲間
元康
岩谷尚文
ラフタリア
マインにそそのかされ決闘を挑む
命の恩人で思いを寄せる
「災厄の波」戦で共闘
錬
数少ない協力者
尚文が犯罪者とは思えず、装備など世話する
尚文を助けてくれる恩人
主人が鈍感なのを可哀想に思う
四聖武器の勇者
樹
武器屋の親父

盾の勇者一行の振り返り

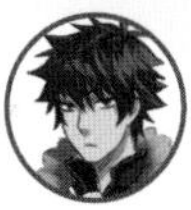

せっかく異世界に来たっていうのに、クソビッチな王女に濡れ衣を着せられてこのザマだ。王も共謀みたいだしな。

……でも、そのお陰で私はナオフミ様と出会えたんですよね。それはとても幸運なことでした。

ふんっ。武器屋の親父や奴隷商に助けられたのが不幸中の幸いだった。ラフタリアのお陰で波も乗り越えられたしな。他の勇者どもは自己中ばかりだが。

うぅ……。でも、槍の勇者様が私を解放しようと決闘してくれたお陰で、ナオフミ様が私を信じてくれるようになりましたから。そこだけは感謝しています。

発売日：2013年10月25日

Stories Digest 2

人に変身する不思議な魔物少女 フィーロ誕生！

卵から孵った魔物の少女

元康との決闘のすえ、ラフタリアの奴隷契約は解除されてしまった。しかしラフタリアが「ナオフミ様から信じてもらっている証が欲しい」と願い、奴隷紋を復活させるべく、尚文たちは奴隷商を訪ねる。そこで「魔物の卵くじ」を目にし、孵る魔物が何かは卵の段階ではわからないものの、戦力の増強に魔物が必要と考えた尚文は、ひとつ買ってみることに。生まれたのは、荷車を引く習性を持つダチョウのような姿をした魔物、フィロリアルの雛だった。

フィーロと名付けられたその雛は、旺盛な食欲と、盾の成長補正の効果により、驚くほどの速さでぐんぐん成長していく。そんな時、

クローズアップ リユート村の復興作業

災厄の波で大きな被害を受けたリユート村を拠点にしていた尚文たち。フィーロが荷車を引きたがったため、村人から復興作業の手伝いと引き換えに荷車の提供を受ける。森の中へ行き材木を運びながら、その道中で魔物を倒しレベルを上げていった。

一行が拠点としていたリユート村へ元康とマインが現れ、突然この村を統治すると言い出した。重税を課そうとする元康たちに村人も反発し、村の統治権をかけ尚文が、騎乗用の竜に乗った元康と魔物レースで勝負をすることに。フィーロに乗った尚文は、騎士やマインの妨害を受けながらも元康に勝利する。勝利の報酬に尚文は、村から商業通行手形を与えられた。

　翌日、フィーロはさらに大きく、ずんぐりした短足胴長の姿に変化する。フィロリアルであることを疑い始めた尚文だったが、奴隷商からフィロリアルの群れをまとめる長のような個体が存在することを聞く。その時、フィーロがいたはずの檻から「ごしゅじんさま」と声が聞こえ、そこには羽の生えた少女が裸で立っていた……。

このお洋服もごしゅじんさまたちと一緒に冒険して、魔法屋のおばちゃんと洋裁屋のお姉ちゃんに作ってもらったんだよー。フィーロ、もっとごしゅじんさまの役に立つんだー。

犯罪者から奇跡を生む行商へ

フィーロは人間の姿に変身する

クローズアップ 行商中に助けた老婆

薬を行商中、尚文たちは先を急ぐ男と出会う。彼は病に臥せっている母親に一刻も早く薬を届けようと急いでいたのだ。男についていくと、いたって普通の農村の民家に、病に苦しむ老婆がいた。尚文は薬効果上昇のスキルを発動させ、老婆に薬を飲ませて回復させる。

Encounter ヌエ＆ボイスゲンガー

フィーロの魔法の服を作るために潜ったダンジョンで戦った、声マネで人々を惑わすボイスゲンガーと、色んな動物が合わさったヌエ。同伴した魔法屋と共に尚文たちはボイスゲンガーシールドの「メガホン」で討伐した。

ことができるフィロリアルの長、フィロリアル・クイーンだったのだ。尚文のことを「ごしゅじんさま」と呼んで慕うフィーロは、ラフタリアに「ごしゅじんさまはあげないよ?」と、尚文を取り合おうとする微笑ましい一面も見られる純真無垢な少女となった。尚文は二人の少女の親代わりとなってしまったのだ。三人はフィーロの引く馬車で移動しながら、手に入れた通行手形で薬の行商を始めることに。あちこちで行商、病の治療をしながら、荷物や人も運び始めるうちにいつしか「神鳥が引く、奇跡を振りまく馬車」として噂になっていた。ある時、盗賊に狙われたアクセサリー商を助けたことにより、尚文は魔法の使い方、そして宝石への魔力付与の方法を教えてもらう。また、元康が考えなしに封印を解いてしまった、凶悪なバイオプラントに侵食された村も、尚文たちの活躍により元の平和を取り戻した。尚文たち「神鳥の馬車」は民の信頼を獲得していく。

憤怒の盾の解放

フィーロもラフタリアも戦力としては十分だが、本来は戦う運命ではなかった少女たちを戦いに巻き込んだ責任を感じる尚文は、世界が平和になっても二人が幸せで

クローズアップ 尚文の魔法の覚え方

他の勇者が水晶に封じられた魔法を解放することでその魔法を覚えていくのに対し、尚文は移動中に魔法屋から譲り受けた魔法書で地道に勉強し、魔法を習得していった。魔法書を読むために、この世界の言葉も村人に読み書き表を作ってもらい覚えた。

クローズアップ 盗賊たちの受難

尚文たちが馬車に乗せたアクセサリー商を狙った盗賊たちは、一時ラフタリアを人質にしたものの、フィーロとラフタリアの連携により撃破された。「盾の悪魔」からの脅迫に恐れをなした盗賊たちはアジトの場所をあっさりと明かし、逆に尚文たちに略奪されてしまう。

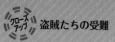

行商のおかげでナオフミ様への不名誉な陰口がだいぶ減ったようです。人からも感謝されることが増えましたし、ナオフミ様の優しさを理解してくれる人が増えて嬉しいです。

いることを願うようになっていた。
　ある日、三人は疫病が流行る村へ、薬を売りに訪れる。聞くと、錬が山に住むドラゴンを倒したが、彼が持ち帰らなかった死骸が腐り、疫病が発生してしまったらしい。元凶の錬や、村を救いに来ない元康、樹に腹を立てつつ、尚文はドラゴンの死骸の撤去に乗り出す。

　現場に向かうと、死骸が動き始めドラゴンゾンビとなって尚文たちに襲いかかってきた。撒き散らされる毒ガス攻撃に怯んでいると、フィーロがドラゴンゾンビの餌食となってしまう。その時尚文に、元康との決闘でラフタリアを失いそうになった時と同じ、とて

Encounter／ドラゴンゾンビ

錬が倒したドラゴンの死骸が、体内に宿った魔力が結晶化することで再び動きだした。体の器官を再生させながら、高濃度の毒ガスを吐いて攻撃してくる。死後、心臓のあたりから紫色の水晶片（竜の核石）が見つかった。

Encounter／バイオプラント

人型で毒の花粉をまくプラントリウェと、酸を吹きかけるマンドラゴラからなる植物の魔物。本体の根本に尚文が除草剤をまくと枯れていき、種に戻った。尚文はそれを改良し、魔物に変異しない安全な植物を作った。

つもない怒りの感情が湧き上がった。尚文の怒りから憤怒の盾が解放され、攻撃を反射する専用効果、セルフカースバーニングがドラゴンゾンビを焼き尽くそうとする。怒りの奔流に呑まれそうになる尚文。しかし、咄嗟に重ねられたラフタリアの手の温もりに、尚文は我に返る。気づけばラフタリアは攻撃に巻き込まれ、重傷を負っていた。もはや絶体絶命か……と思われた矢先、突然敵の動きが止まった。なんと腹を食い破り、フィーロが生還したのだ。無事にドラゴンゾンビを倒し、疫病の村を救った尚文たちであったが、セルフカースバーニングに巻き込まれたラフタリアが負った傷は、消えないまま。尚文は自らの行いを省み、二人の仲間を守ろうと固く決意した。

番外編エピソード紹介

あの人への贈り物

尚文に恋するラフタリアは、ラチウムと呼ばれる珍しい鉱石をプレゼントしようと火山に出かける。そこで、同じく尚文に贈るガゴッコの卵を探すフィーロと遭遇。しかしシルバーレイザーバッグという魔物が現れ二人の目当てのものを蹴散らしていってしまう。怒った二人はシルバーレイザーバッグを仕留め手土産に。それが街の人に高値で売れ、売上金で二人は、尚文への感謝を込めてアクセサリー作りの器材をプレゼントしたのであった。

盾ログ
~解放した盾の使用感メモ~

キメラヴァイパーシールド
★★★★☆ 4.3 [防御力 4.2 使い勝手 3.8 スキル 4.8]

波のボスの素材で出てきただけあって、防御力も効果も他の盾を圧倒する盾で、使い勝手抜群。スキルのチェンジシールドでエアストをカウンター型の盾に変えられるのがいい。

バイオプラントシールド
★★★☆☆ 3.2 [防御力 ー 使い勝手 2.4 スキル 4.0]

盾そのものは大したことないが、植物の品種改良ができる変わり種だ。バイオプラントを改造して作ったトマトみたいな実のなる木で、飢饉の村とか助けられたのは嬉しかったよ。

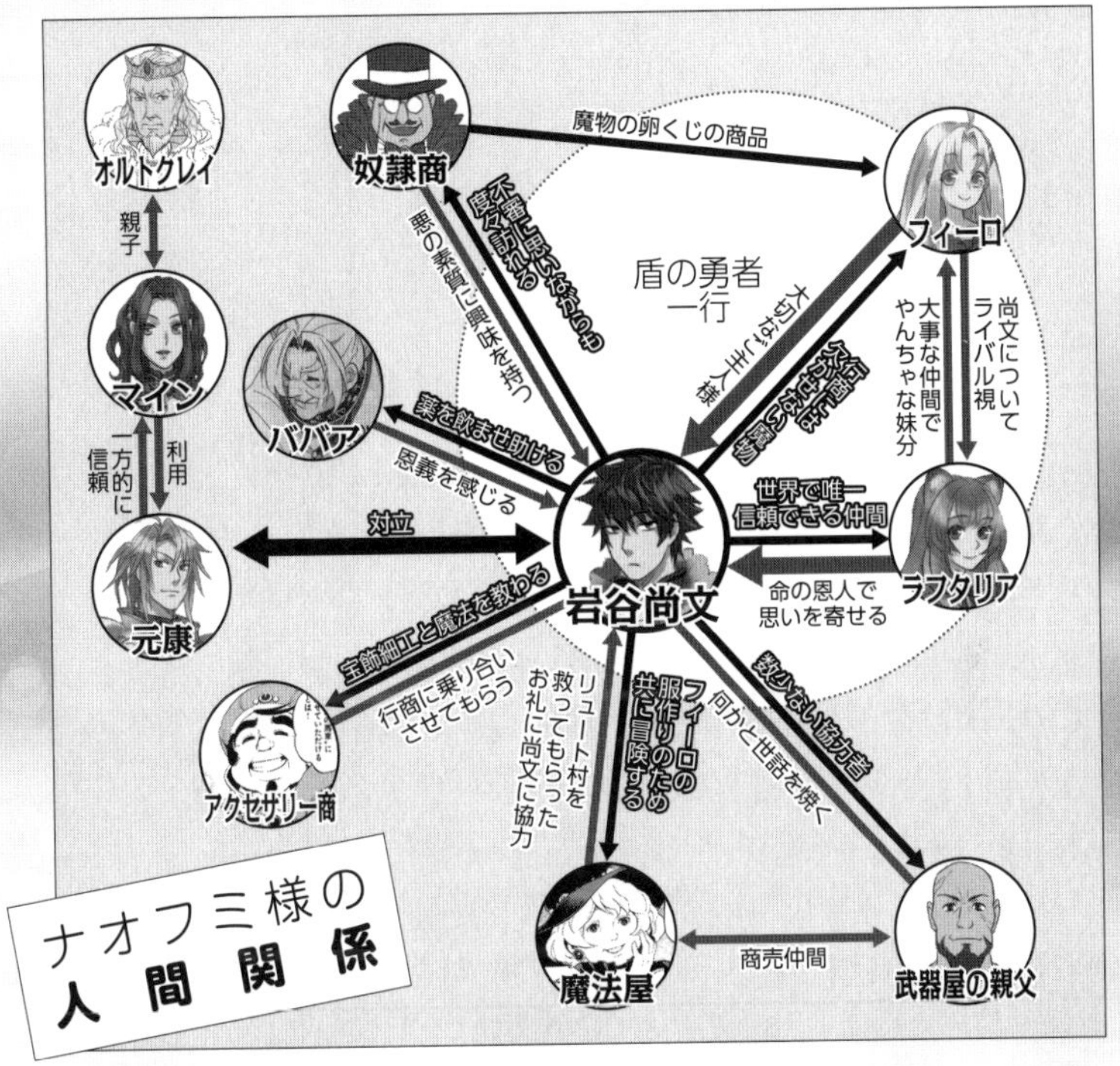
ナオフミ様の
人間関係
オルトクレイ
親子
マイン
利用
一方的に信頼
元康
対立
奴隷商
魔物の卵くじの商品
フィーロ
盾の勇者一行
不審に思いながらも度々訪れる
悪の素質に興味を持つ
大切なご主人様
行商には欠かせない魔物
尚文についてライバル視
大事な仲間でやんちゃな妹分
ババア
薬を飲ませ助ける
恩義を感じる
岩谷尚文
世界で唯一信頼できる仲間
ラフタリア
命の恩人で思いを寄せる
宝飾細工と魔法を教わる
行商に乗り合いさせてもらう
アクセサリー商
リュート村を救ってもらったお礼に尚文に協力
フィーロの服作りのため共に冒険する
何かと世話を焼く
数少ない協力者
魔法屋
商売仲間
武器屋の親父

盾の勇者一行の振り返り

ナオフミ様が奴隷商から買った卵くじから、こんな子が孵るなんて思いませんでした。

フィーロはごしゅじんさまと会えて良かったって思う！　ワンピースも作ってもらったし。

ワンピースづくりに必要な宝石を求めて冒険しましたね。フィーロがいることで行商もできるようになりました。

色んな場所で荷車引けて楽しかったなあ。たくさん戦ったし。ドラゴンゾンビ強かった～。

フィーロったら……。食べられた時は心配したんですよ！　でも無事でよかったです。

発売日：2013年12月25日

第三の波を退けた尚文、誘拐犯として国から追われる

Stories Digest 3

忌まわしき王女の妹

尚文たちは平原で、野生のフィロリアルたちに囲まれた高貴な身なりの少女メルティと出会う。メルティはすぐにフィーロと仲良くなり、メルロマルクの城下町まで送り届けることになった。街に到着し、彼女と別れると一行はラフタリアの傷を治すために教会へ向かう。ここでも盾の勇者として迫害されるが、教皇が「神の慈悲」と恩着せがましく救ってくれた。

教会を出ると尚文は元康に遭遇し、勝負を仕掛けられる。防戦一方の尚文が押されていると、二人の兵士たちが尚文に加勢。更にメルティが強い効力の署名を持って現れ、尚文と元康の私闘を制した。

Encounter／クリームアリゲーター

ある貴族が下水道で秘密裏に育てていたが、育ちすぎて手に余る存在になってしまったワニの魔物。飼い主の最後の記録によるとLv50。フィーロが買ったばかりのツメの威力を試すために戦い、あっさりと勝利した。

騒動のあとで話を聞くと、加勢した兵士たちは尚文が救ったリユート村の出身で、波との戦いにも志願兵として参加したいという。そしてメルティの正体は、王位継承権一位の第二王女であった。しかし、あの忌まわしき国王の娘で、マインの妹だと知った尚文は、信用できずメルティを遠ざけ始める。

謎多き強敵の出現

フィーロとラフタリアはすでにレベル上限に達していたが、その上限を突破させるためには、龍刻の砂時計のもとで行うクラスアップという儀式が必要だった。尚文たちは龍刻の砂時計を訪れるが、国王の命により盾の勇者一行のクラスアップが禁じられていた。国王の卑劣な仕打ちに憤る尚文は、別の道を探ろうと奴隷商を訪ねる。結局、クラスアップが可能な裏のルートはなかったが、フィーロの新たな武器のツメを購入。尚文たちは、災厄の波が訪れるまで再び行商の旅に出かけることにする。

旅先では、正体を隠して圧政をしく領主を懲らしめる樹と遭遇。陰のヒーローを演じる樹の自己顕示欲に尚文は呆れてしまう。正体を隠していたせいで、樹は報酬を何者かに横取りされてしまったら

メルティさんが王女様だったのはビックリでしたね。でも、フィーロにとても優しいですし、いい方だと思うのですけど、やっぱりマインさんの一件が忘れられないんですね。

クローズアップ

武器屋の親父特製！尚文たちの装備

盾以外の尚文とラフタリアの装備はすべて武器屋の親父の手によるもの。行商で得た金と、盗賊から奪った武器を下取りに出し鎧や武器を新調したところ、尚文の「蛮族の鎧」と名づけられた鎧は、以前より悪人のような見た目になってしまった。

しく、「自分の手柄を横取りした」と尚文を責める。結局、証拠不十分で話がついたが、尚文には不快な思いだけが残った。

　時は満ち、第三の災厄の波が現れる。尚文は、先日出会ったリユート村出身の志願兵たちを編隊し、近隣の村の救援にあたった。以前に病から救った、元気すぎる老婆のサポートもあり村人の救助は順調だったが、なかなか災厄の波が終わらない。前線で問題が起きたのかと見に行くと、作戦もなくバラバラに戦う三人の勇者の姿があり、尚文は呆れ果てる。三人の話を手がかりに、ボスである巨大なソウルイーターを出現させることになんとか成功。グロウアップした憤怒の盾Ⅱにより、敵を串刺

クローズアップ

初めてのカースシリーズグロウアップ

ドラゴンゾンビを倒して手に入れた竜の核石により憤怒の盾Ⅱへ進化。盾にはドラゴンがあしらわれ、蛮族の鎧も漆黒の竜を模した鎧へと変化した。尚文と連動して、フィーロも暴走するように。SPを代償とする強力スキル、アイアンメイデンも使用可能になった。

Encounter

厄災の波＆次元ノソウルイーター

この波では幽霊船や骸骨船長、クラーケンといった魔物が勇者たちを襲う。さらにラフタリアが魔法で照らした魔物たちの影からソウルイーターが出現。尚文が憤怒の盾Ⅱによるアイアンメイデンで撃破した。

しにするアイアンメイデンを発動させ、尚文はソウルイーターを瀕死に追い込んだ。
　ところが、突如現れた謎の少女グラスがいともたやすくソウルイーターにトドメを刺し、四人の勇者に襲いかかってきた。その圧倒的な強さに、四勇者たちはなすすべもなく翻弄され、絶体絶命に。しかしグラスには制限時間があったようで、災厄の波が消え去る直前に撤退していった。

波から出てきたおねーちゃんねー、すっごく強いんだよ！　ごしゅじんさまの盾からイヤな感じがしてから、フィーロも自分じゃないみたいに暴れ回ったけど、無理だったー。

命を狙われた王女

　波を乗り切ったあと城に呼び出された尚文だったが、国王と言い争いになり、改めて決別する。奴隷商から教えてもらった、国外にある龍刻の砂時計でクラスアップをしようと旅立とうとすると、メルティが追いかけてきた。王との和解を迫られるが、尚文は聞く耳を持たない。その時、なぜか護衛の兵士たちがメルティに刃を向けた。メルロマルク国教「三勇教会」

クローズアップ　その後の盗賊たち

尚文にアジトを略奪されてしまった盗賊たちは、親方が田舎に帰ってしまったため、敵対する盗賊の下っ端になり下がって細々と盗賊を続けていた。不運にも再び尚文たちの乗る馬車を襲ってしまい、こてんぱんに打ちのめされた後は、また勇者たちの略奪に遭う羽目に。

Encounter／グラス

漆黒の着物を着た謎の少女。踊るように鉄扇を扱い、さまざまな技を繰り出す。倒れたマインからアイテムを盗む尚文を非難する正義感の持ち主。災厄の波より現れ、波の亀裂が消え去る間際にその中へ撤退していった。

が、盾の勇者に第二王女殺しの罪を着せようと襲ってきたのだ。

　フィーロは仲良しのメルティを助けたいと尚文に懇願。尚文もメルティに同情し始めており、彼女を守るため共に旅することを決意する。尚文は王女誘拐犯として国から追われる身となってしまった。

　メルロマルクでは身動きがとれないため、亜人の国であるシルトヴェルトに亡命しようとする尚文。近づいた国境付近で、三人の勇者たちに見つかってしまう。事情を話し説得しようとするが、三人はそれを聞かず、逃げる尚文を攻撃。しかも、どさくさに紛れ、マインもメルティを殺そうとしていた。

　そんな尚文たちの窮地を救ったのは、メルロマルク秘密警護部隊「影」だった。彼らは女王の支配下にあり、尚文たちに女王と会ってほしいと告げる。理由はわからないものの、尚文はその話を聞き入れ、女王に会いに、南西の隣国を目指すことにした。

番外編エピソード紹介

一番の友達に出会うまで

メルティは母の外交について各国を旅していたが、父の暴走を止めるため単身メルロマルクに帰ることに。道中で空色のフィロリアルと出会い、馬車で追いかけっこするうちにドラゴンの巣まで来てしまう。フィロリアルたちを傷つけるドラゴンを撃破しようと、メルティも傷を負いながらドラゴンを攻撃。気を失っていたが、気づくと空色のフィロリアルに助けられ草原にいた。彼らに見送られた先でメルティはフィーロたちと出会う。

盾ログ ～解放した盾の使用感メモ～

ソウルイーターシールド

★★★★☆ 4.0 [防御力 3.8 使い勝手 4.0 スキル 4.0]

波のボス盾その２。防御そのものよりスキルで使うＳＰをコントロールできたり、物理以外の攻撃をいなせるのが魅力の盾だ。キメラヴァイパーに次ぐお気に入りになったな。

洗脳の盾

ビッチの言いがかり

ビッチがコイツを俺が持ってるとか嘘ついたせいで、三勇者のバカどもまで惑わされて、えらい目にあった。こんな盾が本当に存在するなら、まずビッチに使うわっ！

ナオフミ様の人間関係

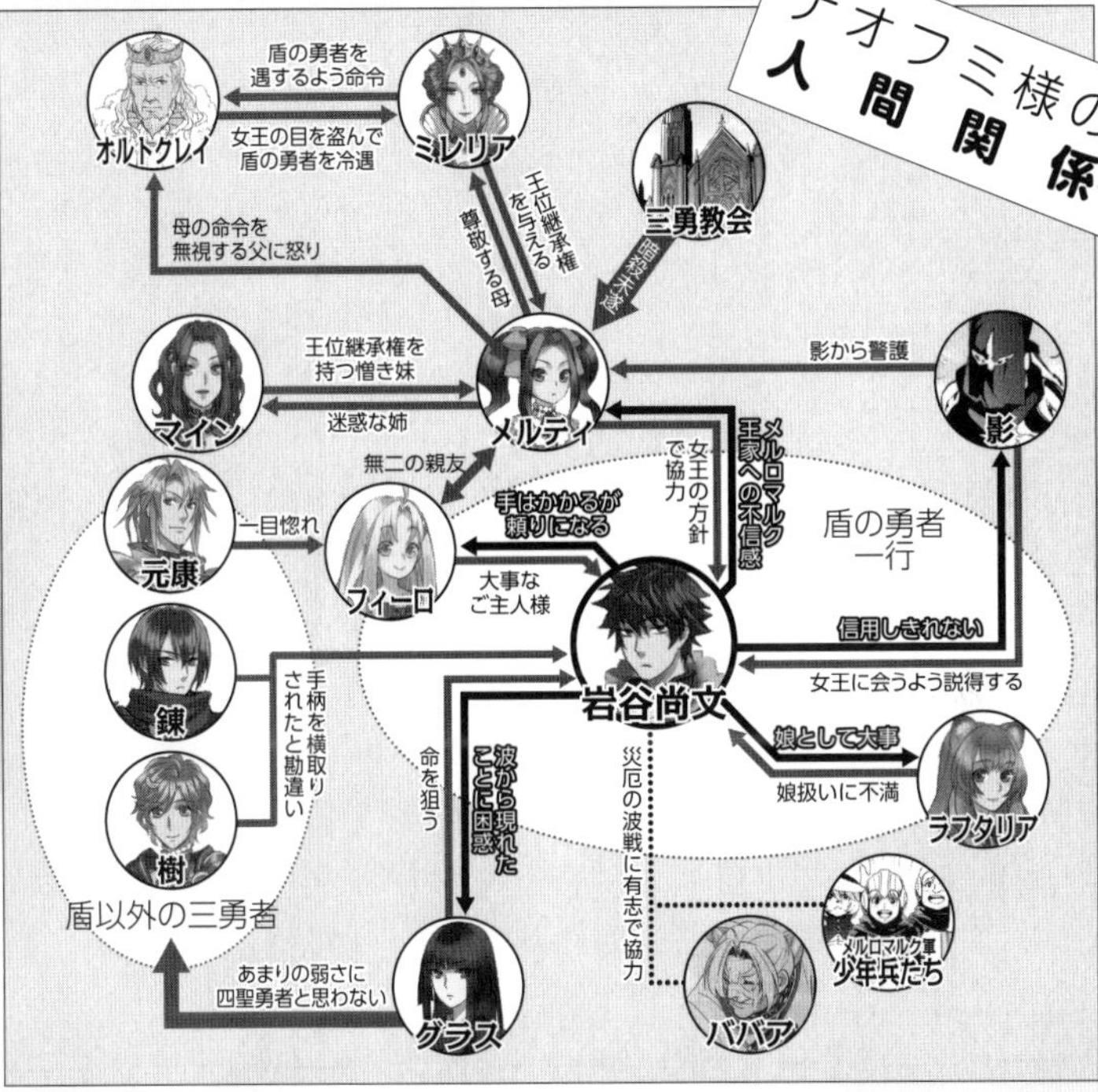

盾の勇者一行の振り返り

メルちゃんとお友達になれたの嬉しかったなぁ。王女さまだって知って、びっくりしたけど。

新しい仲間にも、新しい敵にも出会いましたよね。突然現れたグラスさんが強すぎて、もっと強くならなければと思いました。

フィーロも次は負けないよ！もっと強くなりたいのに、クラスアップできないのは残念だったなぁ。

別の国ではできるかもしれないですからね。でも、まさかメルティさんが命を狙われているとは。

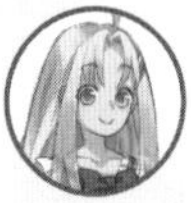

メルちゃんを守りたい！　早く南西の国にいるメルちゃんのお母さんに会いに行かなきゃ。

発売日：2014年2月25日

すべての苦労が報われるとき来たれり。尚文はついに復讐を成し遂げる――

Stories Digest 4

巨大ドラゴン対フィロリアル

王女誘拐容疑で追われている尚文は、亜人親和派の優男の貴族ことヴァン＝ライヒノットの屋敷に匿われることになった。しかし、居場所はすぐに割れ、隣街の貴族・イドル＝レイビアが屋敷に攻め入ってくる。イドルは三勇教徒の亜人排斥主義者で、過去にラフタリアを奴隷商から買い取り、拷問にかけた人物だった。

　連れ去られたメルティを取り戻すため、イドルの屋敷に向かった尚文たち。元軍人であるイドルのムチさばきに苦戦するが、最後はラフタリアが追い詰め、メルティを救出。地下室でラフタリアの親友のリファナの遺骨と幼馴染キールも見つけ、脱出を試みる。その

POINT
三勇教

四聖勇者を信仰する四聖教から派生した、剣、槍、弓の勇者を信仰し盾の勇者を悪魔とする宗教組織。敵国のシルトヴェルトが盾の勇者を崇拝することから、メルロマルクで三勇教が広まり国教となったと考えられる。

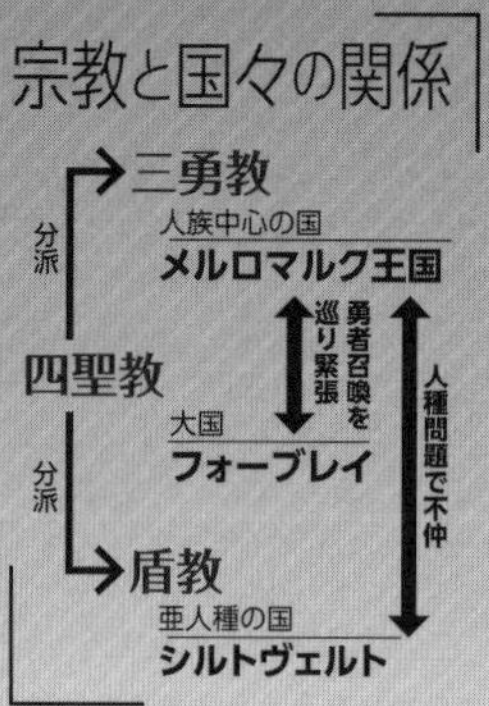
宗教と国々の関係
三勇教
人族中心の国
メルロマルク王国
分派
四聖教
勇者召喚を巡り緊張
人種問題で不仲
大国
フォーブレイ
分派
盾教
亜人種の国
シルトヴェルト

矢先、イドルが最後の悪あがきに封印された巨大な魔物、タイラントドラゴンレックスを解放してしまう。

キールをヴァンに預け、対抗するが、フィーロやラフタリアの攻撃は歯が立たず、尚文が憤怒の盾を使おうとしても何者かに阻まれる。ピンチの中、現れたのは空色の羽を持つフィロリアル・クイーン。巨大化し、タイラントドラゴンレックスを瞬殺してしまう。フィーロと似た背格好の少女の姿に変化すると、フィロリアルの女王、フィトリアと名乗った。

教皇の魔の手

フィトリアはかつての勇者に育てられたフィロリアルだった。災厄の波は世界中で起きており、彼女は人のいない地域で起きる波に対処していると言う。波の猛威は深刻で、四聖勇者同士で争っている場合ではなく、団結して災厄の波に立ち向かうべきだとフィトリアは主張した。

翌日、フィトリアはフィーロの実力を試すべく、メルティを人質にとり戦いを挑んできた。圧倒的

フィトリアの馬車、すっごいカッコよくてねー、フィーロもいつかああいうのを引きたいんだ！　でもねー、メルちゃんをキズつけようとしたのだけはフィーロ怒ってるよ。

Encounter／タイラントドラゴンレックス

過去の勇者が退治し、石碑に封印した全長20メートル以上の恐竜のようなドラゴン。竜帝の欠片が体質に合わず巨大化した。大きすぎるため尚文たちは街の外に誘導して戦闘。魔法を使い口から炎を吐き出すこともできる。

な実力差のある二人。だがフィーロはいくら攻撃されてもめげず、メルティのため、ボロボロになるまでフィトリアに立ち向かう。フィーロの実力を認めたフィトリアは、報酬として愛らしい冠羽を与えた。それは、フィトリアの後継者候補になった証だった。

　フィトリアと別れた尚文たちは、女王に会うため再び南西を目指す。国境の関所に着いたところで、突然、元康一行からの急襲を受けた。激昂する元康によれば、錬と樹が殺されてしまい、尚文がその犯人だという。覚えのない尚文は必死に誤解を解こうとするが、元康は頑なに聞き入れない。

　そこへ空から強力な光の攻撃が尚文たちに降り注ぎ、メルティ暗殺や勇者二人暗殺の黒幕だった三勇教教皇が姿を見せる。教皇は、各地で問題を起こし教会の権威を落とす勇者たちや、三勇教の敵である盾、邪魔な王女たちもまとめて葬ろうと目論んでいたのだった。

果たされた復讐

　伝説の武器の複製品を用いて、教皇は尚文と元康を追い詰める。聖戦として多くの信者から集めた力を振るう教皇の圧倒的な攻撃に、二人は苦戦を強いられた。と

クローズアップ　フィトリアの脅迫

四聖勇者が一人でも欠けると波への対処は厳しくなり、ならば勇者全員を殺して新しい勇者を再召還したほうが世界のためだと話す。また、何度目かの波の後に世界が全ての命に犠牲を強いる時が訪れ、勇者は人々のためか、世界のためか選択を迫られると言う。

ころが、ピンチを救ったのは、殺されたはずの錬と樹だった。彼らは教皇に襲撃されたところを、影に助けられたのだ。勇者たちは初めて連携し、共通の敵を倒そうと力を発揮。尚文は自ら憤怒の盾をラースシールドⅢにグロウアップさ

国や信仰する民を慮りもせず、独善的で自らを神と名乗るだなんて。必ずナオフミ様と倒してみせます。

せる。謎の人物の助けもあり、召喚したトラバサミによる自己犠牲技「ブラッドサクリファイス」で教皇を葬り去ったが、同時に、尚文も技による呪いに倒れたのだった。

　謎の人物の正体は女王だった。教会と国王の暴走、そしてマインによる盾の勇者への仕打ちを知った女王は怒り、オルトクレイとマ

クローズアップ ラースシールドへのグロウアップ

教皇との戦闘中、尚文は盾に宿るドラゴンと自分の怒りを引き出し、グロウアップを実行。仲間との信頼によって怒りに呑まれず自我を保てるように。自分にダメージを与えながら相手をトラバサミで食い殺す「ブラッドサクリファイス」が使えるようになった。

Encounter／教皇

三勇教会を指揮し、傷を負っても怯まない妄信的な教徒たちを引き連れ、彼らとの強力な儀式魔法で攻撃してくる。彼が操る伝説の武器の複製品は、教徒たちの魔力を燃料とし、剣、槍、弓、盾それぞれに変化する。

インから王族の身分を剥奪。さらに三勇教を邪教とし、四聖勇者を平等に扱う四聖教を国教と定めた。マインは奴隷紋が施され、尚文を攻撃しようとすると苦しめられることに。また、尚文の希望で、国王とマインはそれぞれクズとビッチと名前が改められることになった。自分を陥れた者たちへの復讐を、尚文はとうとう果たしたのだ。

女王によれば、盾の勇者を信仰し、亜人を優遇する国シルトヴェルトと、メルロマルクは長い間戦争を行ってきたという。シルトヴェルトとの軋轢を避けるため、メルロマルクとして盾の勇者を優遇

すると女王は約束。尚文の地位は向上したが、勇者の真の敵が災厄の波であることに変わりはない。尚文たちの冒険は続いてゆく。

番外編エピソード紹介

恐怖のフィロリアル

人間が立ち入らない世界の災厄の波を鎮めることに奔走するフィトリアは、なぜ勇者たちが災厄の波の対処に現れないのか不思議に思っていた。そこへ勇者が育てたと思しきフィロリアル・クイーンが発見されたという報せが。新しい女王候補は桜色のフィロリアルで、盾の勇者と共に巨大なドラゴンと戦っていた。桜色のフィロリアルの強さに不安を、勇者の姿に懐かしさを感じながら、フィトリアは二人を助けるべく戦闘の準備を始めた。

盾ログ ～解放した盾の使用感メモ～

フィロリアルシリーズ

★★★★☆ 4以上 (シリーズ全体で評価)

フィトリアが解放してくれた諸々の盾だが、まだレベル的に使えないのも多い。効果の高いものが多く、主にフィーロを強化してくれるものが揃っていて、アホみたいに強くなった。

ラースシールドⅢ

★★★☆☆ 3.0 [防御力 4.2 使い勝手 1.0 スキル 4.0]

憤怒の盾がグロウアップし続けた結果、呪いの力が強すぎる盾になった。ブラッドサクリファイスは強力だが、俺やラフタリアたちのステータスを落とすのには参ったな。

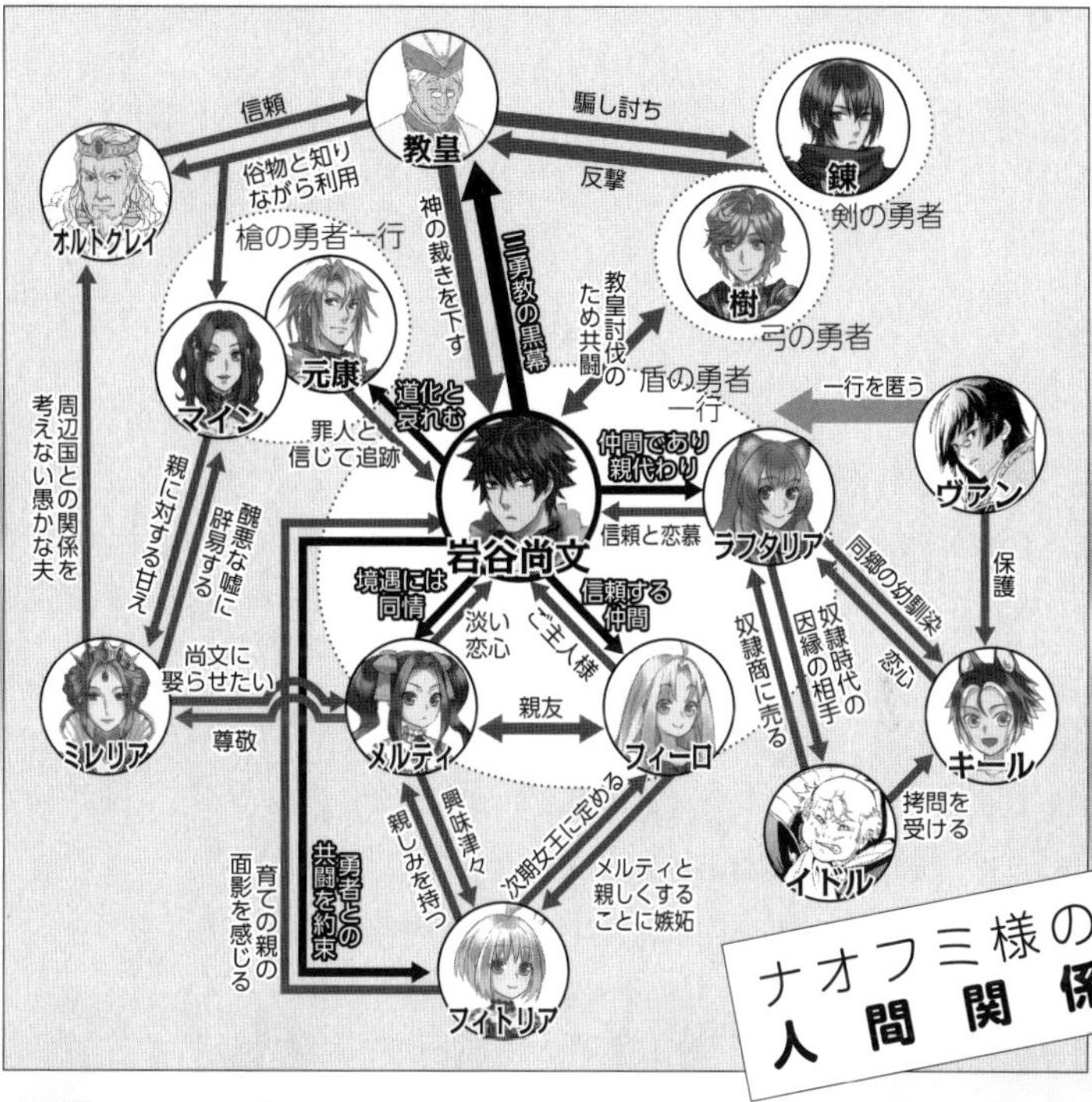

盾の勇者一行の振り返り

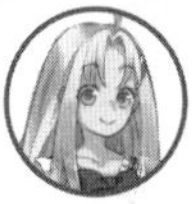

フィーロね、フィロリアルの女王のフィトリアに会って、「じきじょおう」になったの。メルちゃんとおそろいだよ！

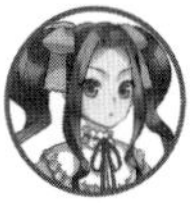

わたしもフィトリアさんに会えて嬉しかった。フィーロちゃんは強いね。わたしを殺そうとした教皇も尚文たちと倒してくれたし。

メルちゃんを守りたかったんだよ！　メルちゃんを狙うのはお姉さんでも許せなかったもん。

姉上、そして父上も今回の罰で反省するといいんだけど……。騒動が終わって本当によかった。

でも本当はもっとメルちゃんと旅したかったよ～！　ずっとずっと友達だよ！

発売日：2014年4月25日

新章開幕！　汚名を晴らした尚文をさらなる試練が待ち受ける!!

Stories Digest 5

初めての勇者会議

　女王が国に戻ったお陰で、尚文を取り巻く状況は好転していく。ラフタリアとフィーロはやっとクラスアップができるようになり、更に四人の勇者の連携を強化するための勇者会議が行われることになった。勇者たちは強くなるため、武器の強化方法など、互いの知識の共有を試みる。しかし、それぞれにしか通用しない知識があったばかりに、互いを嘘つきだと否定し合う最悪な会議となり、関係が悪化してしまった。

　否定する心が邪魔をしているの

POINT
クラスアップ

レベルアップの上限を引き上げ、自分の可能性を選択でき、それに応じてステータスがアップするもの。フィーロの冠羽の力でフィーロとラフタリアは自分で可能性が選べず、全てのステータスが2倍になっていた。

ではと、尚文は試しに彼らの言うことを信じてみる。すると、今まで見えていなかった魔物のドロップ一覧が見えるようになった。彼らが話していた強化方法は、信じることですべて使えるようになるので、誰一人嘘をついてはいなかったことがわかった。

女王は、今回の騒動でレベルアップを妨げてしまった補填として、勇者たちをカルミラ島に招待した。カルミラ島は十年に一度の活性化の時期を迎え、手に入る経験値が増加している。様々な魔物も生息し、まさにレベルアップにはうってつけの地であった。

カルミラ島で見つけたもの

意気揚々とカルミラ島へ向かう尚文たち。途中の船の中で、異国の冒険者ラルクベルクとテリスに出会う。「坊主」と呼び、馴れ馴れしく接してくるラルクベルクに、最初は苦手意識を感じていた尚文。しかし、島に到着して夜間戦闘を行っていたところ、ラルクベルクたちが心配して探しに来てくれたことから、彼に好感を持つようになった。

ラルクベルクを信用した尚文は、彼らと一緒に狩りに出かけることに。そこで、ラルクベルクが自

クローズアップ 勇者会議での収穫

尚文が知らなかったことが会議では次々と明らかに。倒した魔物がアイテムや武器を落としていくことや、自分の伝説の武器と同系統の武器を持つだけで複製できるウェポンコピー、鉱石を使って武器を強化できる精錬などを尚文は覚えた。

ようやくナオフミ様の良さを素直に認めてくれる人ができて、私も嬉しくなりました。カルミラ島で一緒にレベル上げをする約束もしてましたし、私も楽しみです。

身の鎌に魔物の死骸を吸わせていることに驚く。勇者ではない者が、伝説の武器と同等の性能の武器を所持しているところを初めて目撃したのだ。武器もさることながら、それを扱うラルクベルクの強さに感心し、尚文はラルクベルクを仲間に加えたいと望むようになっていた。

島に来て五日目、フィーロに連れられてきた海底の神殿で、尚文は龍刻の砂時計を発見する。この地でもメルロマルクと同様に災厄の波が訪れることがわかり、女王に知らせて、戦闘に備えて冒険者を募ることに。大勢の冒険者に混ざってラルクベルクたちも戦闘に加わり、尚文たちは万全の態勢で災厄の波を迎えた。

ラフタリアおねえちゃん、フィーロと同じぐらい潜っていられて、一緒に泳ぐと楽しいんだよ。そういえば夜に泳いでたら、海の底でキレイに光ってる場所があったんだー。

昨日の友は今日の敵

今回は海上での戦いだ。ボスで

クローズアップ ラルクベルクたちと酒場での一幕

ある晩、尚文がルコルの実を食べたことで酒場は騒然。それは大きな水樽に一粒混ぜてやっと飲める程度に高い濃度の酒が含まれた実であった。尚文は平然としており、一粒、二粒と食べていく。対抗心を燃やした元康もルコルの実を口にしたが、一瞬で倒れてしまう。

ある次元ノ勇魚が海中から人々に襲い掛かる。尚文が次元ノ勇魚の動きを抑え、ラルクベルクとテリス、そしてフィーロの攻撃が炸裂。無事に次元ノ勇魚を撃破した。

安堵したのもつかの間、殺気を感じて振り向けば、そこには尚文に向け武器を構えるラルクベルクとテリスがいた。突然、尚文に攻撃を仕掛けてくるラルクベルクたち。彼らはどうやら、別の世界から勇者を殺すためにやって来たらしい。戦闘に長けたラルクベルクと、練られた奇策で渡り合う尚文。互角の戦いに、いつしか二人は楽しさを見出すようになっていた。

尚文がいよいよラルクベルクを追い詰めると、そこへグラスが出現。ラルクベルクたちはグラスの仲間だったのだ。しかし、レベルア

Encounter／次元ノ勇魚

全長50メートル以上の、角の生えた白いクジラのような魔物。海中から船に向かって突進していき、船を打ち上げてしまう。フィーロのすぱいらるすとらいくと、ラルクベルクとテリスによる雷電大車輪によって絶命する。

Encounter／カルミラ島のボスたち

カルマードッグは全長5メートルほどで羽根の生えた黒い犬。倒すとオレイカル鉱石、カルマードッグクロウがドロップした。地面攻撃も操るカルマーラビットは、その歯と、長い耳で攻撃してくる。カルマーラビットソードがドロップ。カルマーペングーは空飛ぶ黒いペンギンの姿をした魔物。愛らしい見た目に、さまざまな効果があって実用的なペックル着ぐるみがドロップした。

ップを遂げた尚文たちは強敵だったグラスと互角に渡り合えるようになっていた。ラフタリアの魔剣がグラスを突き刺し、致命傷を負わせるものの、ラルクベルクが出した魂癒水の力でグラスは回復、更に強化されていく。

　グラスの防御無視攻撃が尚文に命中したかと思えば、尚文はダークカースバーニングで応戦し、互いの命を削るような過酷な戦いが続いた。そこへ女王が、酒をまき散らすルコル爆樽で尚文を援護する。窮地に追い込まれてもまだまだ応戦しようとするグラスであったが、ラルクベルクがそれを制し、三人は波の亀裂の中へ撤退していった。

　なんとか今回の災厄の波も乗り越えた尚文であったが、グラスたちの正確な正体も、彼らを倒す方法もわからない。そもそも災厄の波とは何なのだろうか。深まる謎を前に、一層の強さとより多くの仲間の存在を希求する尚文だった。

番外編エピソード紹介

カルミラ島、温泉覗き騒動

勇者四人でカルミラ島の宿の温泉に入っていると、元康が、隣の女湯を覗き見しようと画策。呆れて風呂を出ていく尚文だったが、入れ違いに入ってきたラルクベルクまでノリノリで覗こうとしていた。ラフタリアの元に戻ると、なぜか家族用の混浴露天風呂に誘われ、しばしフィーロやラフタリアと温泉で水入らずの時間を過ごすことに。ラルクベルクや勇者たちはというと、覗きが発覚し、女性陣にひどく叱られていた。

盾ログ ～解放した盾の使用感メモ～

隕鉄の盾

★★★★☆ 3.8 [防御力 3.8 使い勝手 3.0 スキル 4.5]

スキルの流星盾で結界が張れるようになる、それなりに強い店売り盾だ。流星盾はかなり実用的で、ラルクの防御力比例攻撃をこの結界に当てさせて、帳消しにしてやった。

龍刻の砂盾

★★★☆☆ 3.2 [防御力 ー 使い勝手 2.0 スキル 4.4]

これで念願の瞬間移動スキルが使えるようになった。行ったことがある場所を登録すれば、他のやつも連れて移動できるのが便利だな。フィーロは馬車を使わせろとうるさいんだが。

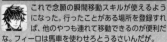

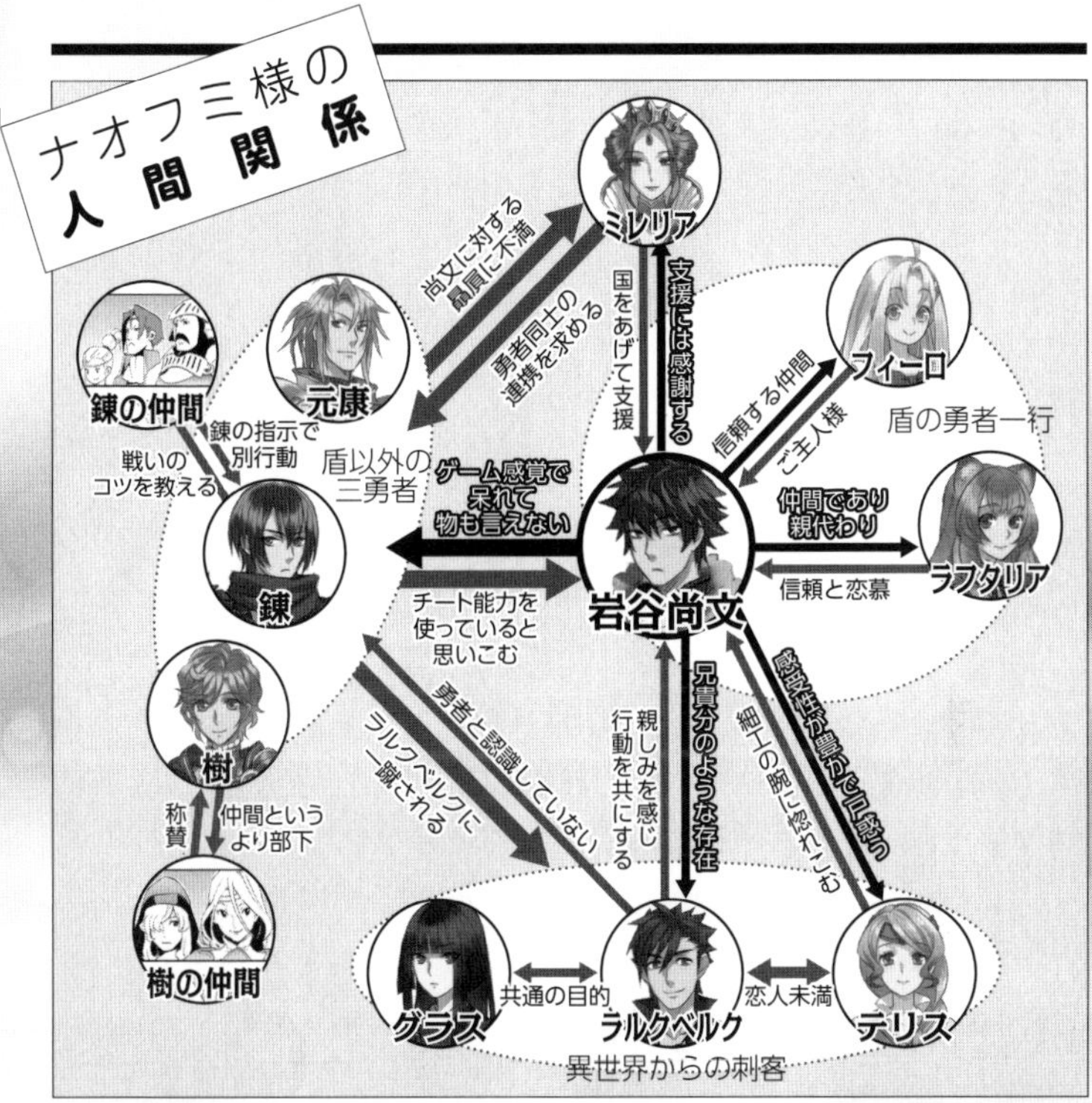

盾の勇者一行の振り返り

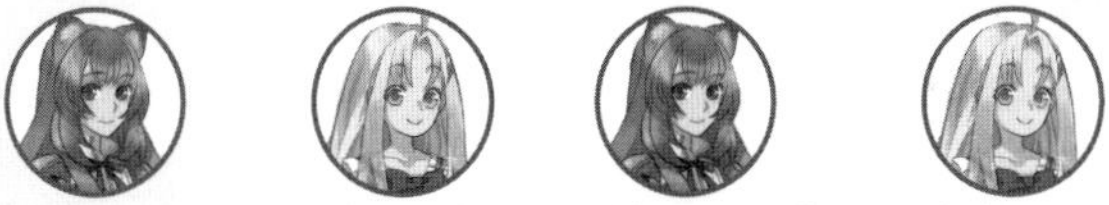

やっとクラスアップ！　クラスアップ先を選べなかったのは残念だったけど……。フィーロ、毒が吐けるようになりたかったぁ。

私もフィーロの冠羽の干渉を受けてしまいました。でもカルミラ島に行ってたくさん経験値を稼げたから、よかったじゃないですか。

海でたくさん泳げて、楽しかった！　そしたら海の底にもあの砂時計があったんだよね。

そして災厄の波も起こりましたね。一緒に冒険したラルクさんたちが敵になったのはびっくりしました。しかも、グラスさんの仲間だったとは……。

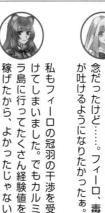

発売日：2014年6月25日

封印されし巨獣が目を醒まし、世界を混乱へと導く……

Stories Digest 6

裏切りからの救済

カルミラ島で再び勇者会議が行われた。ラルクベルクの武器が、勇者の武器のように素材を吸収していたことを尚文が報告すると、それを受け、女王は四聖勇者とは別に七星勇者が存在していることを教えてくれた。しかし、その中に鎌を扱う勇者はいないため、依然としてラルクベルクたちの正体は謎のままだ。

部屋に戻ろうとする尚文は、樹の仲間のリーシアが仲間たちから

クローズアップ

尚文の商人魂

カルミラ島で粗悪品をバカ高く売る商人に、商売人としてキレた尚文はアクセサリー商の証文を見せながら、詐欺をやめないと、コイツに通報して、二度と商いをさせんと脅す。しかし、泣きそうになった商人にグレーな商売の仕方、もとい商売のコツを教えてやるのだった。

POINT

七星勇者

杖、槌、投擲具、小手、爪、斧、鞭を扱う、四聖とは別の勇者たち。異世界から召喚される場合もあれば、この世界の者がなる場合もあり、冒険者の憧れの的になっている。まだ所持者が現れていない武器もあるようだ。

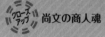

パシリにされているところを目撃する。明らかにいじめを受けているリーシアだったが、樹に恩義があるため仲間であり続けたいと言うのだった。
　ところが、リーシアは仲間たちから、樹が大事にしていた腕輪を壊してしまった嫌疑をかけられてしまう。誰であろうと、あらぬ罪を着せられる状況を放っておけなかった尚文は、「影」からリーシアの無実を聞き、樹を問い詰める。しかし、いつまでも弱いリーシアが目障りだった樹は、尚文とリーシアの言い分も聞かず、彼女に解雇を言い渡す。ショックで海に身投げしたリーシアを海から引き上げると、尚文は仲間に誘った。信頼していた相手に裏切られ、罪を着せられた彼女を他人とは思えなかったのだ。なんとしてでもリーシアを鍛え上げ、樹を見返してやりたいと強く思う尚文だった。

修行の日々

　女王は勇者たちを強化するべく、剣術の達人である女騎士、エクレールを勇者たちに紹介。また戦闘顧問として、過去に数々の大戦で成果を上げた変幻無双流の使い手を招聘した。その使い手とは、尚文が病から救ったあの元気すぎ

クローズアップ フィトリアの助力

会議後、尚文は女王から周辺国の波への派遣を相談される。弱い三勇者を派遣できないため、結果的に尚文に押しつけることになり、訓練もあることから忙殺されるのは必至。そこへフィーロのアホ毛を介して様子を見ていたフィトリアから、三人の仲を取り持ち、訓練するためなら、他の波を対処すると提案され、尚文も合意した。

「ふぇぇぇぇ……」が口癖のお姉ちゃんを海から助けたのフィーロなんだよ！　ごしゅじんさまに褒められちゃった♪　それでねー、新しく仲間になってくれたんだ！

リーシアさんを引き受けたり、修行に励んだり、ナオフミ様は一段と精力的ですね。そういえば、エクレールさんって、実は私の故郷の元領主様のご息女なんですよ。

る老婆であった。老婆はリーシアの潜在能力を見抜き、彼女を「百年に一人の逸材」と讃え、訓練にヤル気をみせる。

少し前に亜人排斥派の貴族・イドルの屋敷から救出したラフタリアと同郷の亜人の子・キールも仲間に加わり、老婆とエクレールの指導のもと、勇者たちは戦力強化の修行に励んだ。しかし、尚文以

外の三人は次第に修行をサボるようになっていく。尚文の強さをチートと言い放ち、彼を擁護する国の方針が不満のようだ。そこで女王は、近ごろ各地で出没する謎の魔物を討伐し、一週間後に訪れる災厄の波の戦闘に参加すれば、行動の自由を認めると約束する。

これで尚文を出し抜けると、意気揚々と旅立っていく三人の勇者たち。尚文もエクレールや老婆を

Encounter／——の使い魔（蝙蝠型）

甲羅をつけた一つ目の蝙蝠のような魔物。特に弱った人間や魔物を狙って襲う。熱線で攻撃し、倒れた相手に卵のようなものを産みつけて繁殖していく。地味にそこらの冒険者より強いのだが、目の部分が弱点。

Stories Digest 6

連れ、謎の魔物の討伐に向かおうとしていた。出発の直前、尚文は謎の美女と出会い「どうか早く私を倒してください」と請われる。「私はあそこにいます」と東の空を指すと、その美女は幻のようにすぐに消えてしまった。

霊亀の謎

美女の存在を記憶に留めながら、尚文たちは魔物に襲撃された村へ出発。そこにいたのは蝙蝠や雪男の姿をした「――の使い魔」たちだった。彼らを従えるボス的な存在を調べていくうちに、リーシアがある伝説上の生き物を突き止める。それは、過去に勇者によって封印されたはずの守護獣、霊亀であった。他の勇者たちは無謀にも、山と同じ大きさを誇るこの魔物に向かっていったらしく、皆、行方不明になっていた。

伝承によれば、霊亀が暴れることで、一部の犠牲を払いつつも災厄の波が抑えられるという。犠牲を強いて世界を救うか、それとも目の前の人々を助け、再び災厄の波に立ち向かうか。尚文は、自分

クローズアップ 霊亀の町で見つけた日本語

かつての勇者が書き残したと思しき日本語。そこには霊亀の目的や倒し方などが書かれていたが、肝心な部分は掠れており読めなかった。しかし、文字をつなぎ合わせると「七つ目に封印が破られるだろう」とあり、尚文が見ている青い砂時計の数字と一致する。

Encounter／霊亀

甲羅に巨山と一つの国が乗っている巨大すぎる亀の守護獣。過去に勇者が封印したとされている。様々な使い魔を使役し、強力な雷のブレスを吐き、その凄まじい膂力で都市五つ、砦三つ、城二つを破壊した。

を信じてくれた仲間を助けたいと思い、霊亀を倒すことを選択。連合軍を引き連れ、仲間と共に果敢にも霊亀に立ち向かう。

高濃度の雷のブレスによる霊亀の攻撃は強烈だった。老婆との修行で培った経験を生かし、尚文がそれを二度も受け止め、最後はラフタリアとフィーロによる攻撃で、霊亀の頭部は撃破された。

しかし、霊亀出現と共に尚文の視界に現れた青い砂時計はまだ消えてはいなかった。不審に思った尚文は女王に調査を依頼。自分も霊亀の背中に存在している町を探索することに。そこで、尚文は霊亀が描かれた壁画に書き添えられた日本語を発見する。しかし、肝心な部分は掠れて読めなかった。

調査を終えた尚文たちは勇者たちを探しに、彼らが消息を絶った町を訪れる。立ち寄った冒険者ギルドで、盾の勇者を蔑み、「次はもっと多くの犠牲者が出る」と囁く声が聞こえ、尚文の胸の中の不安はより色濃くなっていった。

番外編エピソード紹介

弓の勇者の世直し

鬱屈した日々を送る高校生の樹は、ある日異世界へと召喚され、弓の勇者となった。正体を隠して悪をこらしめる樹は、元の世界で味わえない自分への称賛に酔っていく。ある日、隣町の悪徳貴族から嫌がらせを受け、娘まで人質にとられた夫妻と出会った。情報収集の末、悪徳貴族たちをこらしめることに成功した樹は、最後に自分の正体を弓の勇者だと明かす。樹に救われた娘、リーシアは彼に恩義を感じ、冒険の仲間に加わった。

盾ログ ～解放した盾の使用感メモ～

勇魚の盾

★★★★☆ 3.8 [防御力 4.1 使い勝手 3.6 スキル 3.8]

次元ノ勇魚由来の盾で、他にも魔法核の盾とかができた。こっちはエアスト系の「ドリットシールド」が使えるようになるのが魅力で、ついに空中に三枚も盾を出せるようになった。

オーラシールド

☆☆☆☆☆ ? [防御力 ー 使い勝手 ? スキル ?]

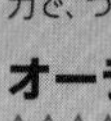

薬草や薬を盾に入れると、防御より装備効果が高い盾ができやすいが、これはその効果がわからないんだよな。オーラ？　ババアの使う「気」にかかわる効果っぽいんだが……。

ナオフミ様の人間関係

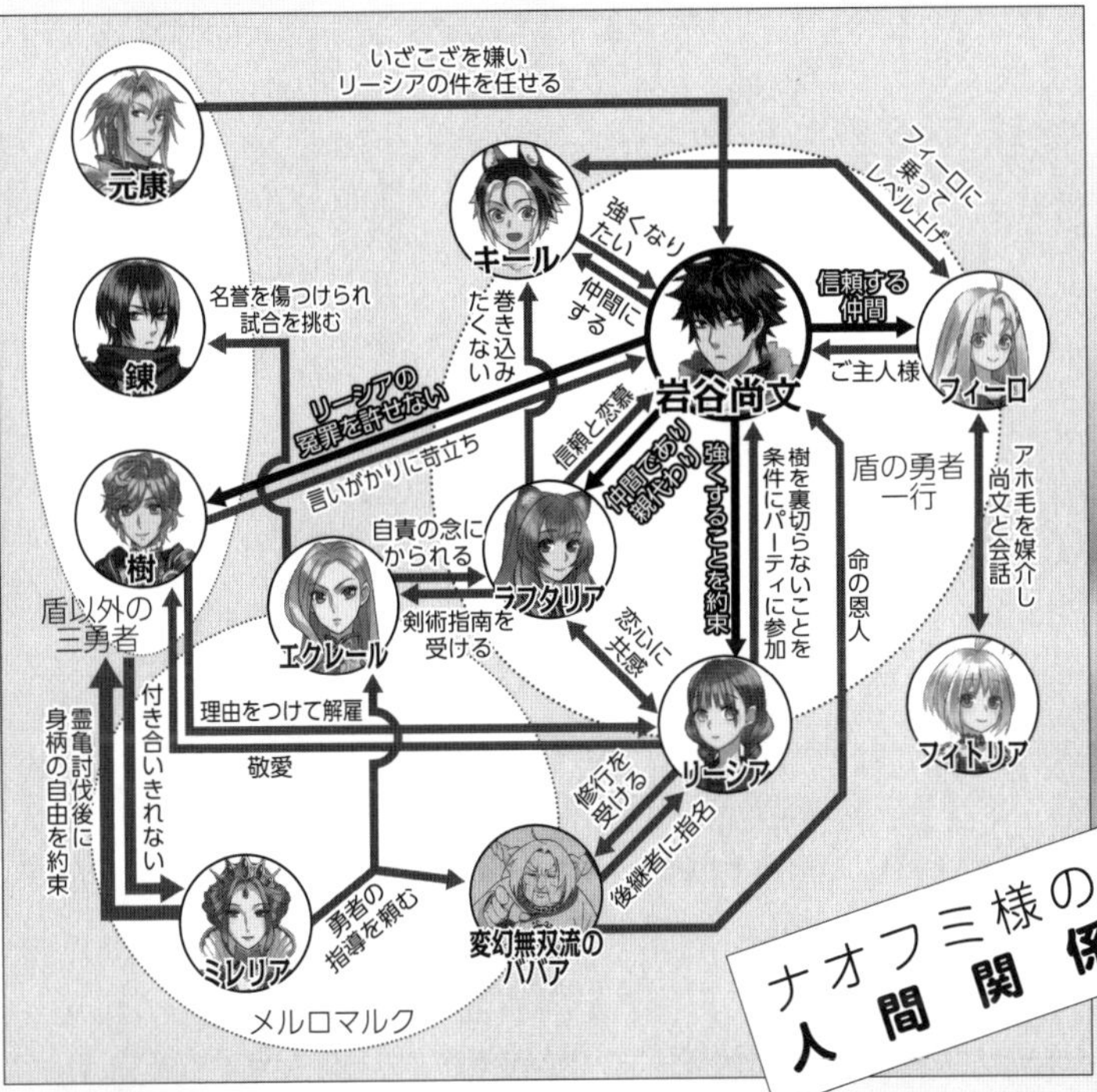

盾の勇者一行の振り返り

弓の勇者様の仲間だったリーシアさんがナオフミ様に助けられ、私たちの仲間になりました。

海に飛び込んだところを助けたのはフィーロだからね！　えっへん！

リーシアさんは博識ですよね。謎の魔物たちを操るのが霊亀だと突き止めてくださいました。

霊亀、すっごいおっきかったけどフィーロのすぱいらるすとらいくでやっつけたよ！

でも、甲羅の上の町に過去の勇者様の文字が残されていて、謎が多いですよね。なんだか胸騒ぎがします。まだこの戦いは終わっていないのかも……。

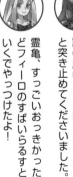

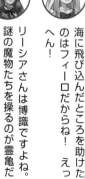

発売日：2014年9月25日

ついに姿を見せた黒幕！その正体は異世界の勇者!?

Stories 7 Digest

再び動き出した霊亀

霊亀が倒れた後も、依然として使い魔による襲撃は続いていた。そんな中、尚文は「私を倒してください」と言っていた謎の美女と再会する。彼女はオスト。なんと、人型の霊亀の使い魔であるという。

オストによれば、現在の暴走は何者かが霊亀を乗っ取ったために起きていることのようだった。現在は霊亀本来の役割が果たせないため、無益な犠牲が出ないよう、勇者の力で止めてほしいというのが彼女の願いだった。

その時、首を破壊したはずの霊亀が再び動き始め、尚文はオストと共に討伐に向かう。復活した霊亀は凶暴化しており、甲羅に生えた棘をミサイルのように発射して

クローズアップ 守護獣霊亀の本来の役目

霊亀の本来の役割は、守護獣として災厄の波の脅威から世界を守ること。そのために多くの人間や魔物から生命エネルギーを奪い、世界を守るための結界を生成しようとしていた。そしてもう一つ重要なのが「霊亀討伐の試練の番人」としての役目。彼女を倒せなければ話にならないのだ。

Encounter 霊亀の使い魔（寄生混合統括型）

ドラゴンの胴体に獅子の頭、カマキリの鎌を持ったキメラ状の姿をしている。実は使い魔たちが群れで複数の魔物に寄生しており、その宿主が統合した姿。切り落とした体からは蝙蝠型の使い魔が飛び出す厄介な性質を持つ。

周囲を殲滅させる攻撃を仕掛けてくる。さらに、尚文たちが再び頭部を破壊しても、すぐに再生するようになっていた。

　霊亀は自らを強くするために大気に溶け込む魔力と大地から放出されるエネルギーを求め、その力が豊かなメルロマルク城の方へ向かっていく。見かねたフィトリアも尚文たちに協力し、巨大化した状態で霊亀に応戦。その間に尚文たちは霊亀の背中の山に向かい、倒す方法を調べることにした。

黒幕と、オストの正体

　伝承に従い、尚文たちは心臓部につながる道を探すことに。メルロマルク周辺国の連合軍とも合流して、霊亀体内を通る洞窟に侵入する。しばらく進むと、まさかのラルクベルク、テリス、グラス一行に遭遇。しかし、すぐに逃げられてしまい、彼らに擬態をした使い

ホントは他のフィロリアルたちも向かってるんだけど、フィトリアだけ先に着いちゃったんだってー。時間稼ぎしかできないみたいだから、早く倒す方法を見つけよー。

霊亀の使い魔の種類と主な役割

種類	主な目的・任務
人型（オスト）	大量虐殺を誘発し、膨大な生命エネルギー獲得が目的（未遂）。
蝙蝠型	人や小型の魔物に寄生して、群れで生命エネルギー回収に当たる。
雪男型	冒険者が苦戦する強さを持ち、大きな獲物を求めて徘徊する。
寄生混合統括型	大型魔物の死体を苗床とし、群体となって他の大型魔物を狙う。
突撃型・雷撃突撃型	霊気を攻撃する者たちへの迎撃が主。雷撃型は接触で感電させる。
設置型	霊亀内部の監視カメラのような役割。迎撃も可能。
守護兵	中ボスクラスの大型使い魔。霊亀洞内の要所にて侵入者を阻む。
擬態型	人に姿を変えて迎撃したり、壁や床に化けて侵入者を誘導する。
免疫系	霊亀体内に大量に存在し、侵入者を迎撃。人体を融解できる。
新鋭型	霊亀体内最深部のコアの防衛が本来の役割。

魔と一戦を交えることになった。

　一旦、甲羅の上にある町の寺院に出ると、過去の勇者が霊亀について書き残したと思しき碑文が粉々に砕かれていた。それを集めてつなぎ合わせると「頭　心臓同」という文字が辛うじて読める。そこから尚文は、頭と心臓を同時に破壊すれば、倒せるのではないかと推測した。

　霊亀洞へ戻った一行は連合軍と心臓部を目指し、長い道のりを進む。床に擬態した魔物を撃破し、いよいよ霊亀の心臓部へ到達した。フィトリアとタイミングを合わせて頭と心臓を破壊し、さらに連合軍の魔法部隊によって心臓を封印し、霊亀はようやく沈黙。コアルームへの道が開いた。

　たどり着いた先にいたのは、霊亀を乗っ取った男、キョウ。そして三人の勇者が捕らわれていた。霊亀を凶暴化させていたのは、勇者たちの武器のエネルギーであった。霊亀のみならず勇者たちのエネルギーをも利用するキョウの前で、尚文は窮地に立たされる。

　ピンチを救ったのは、なんとラルクベルクたちだった。キョウは、ラルクベルクたちの世界からやってきた、眷属器と呼ばれる伝説の武器所持者の一人らしい。他の世

クローズアップ
ゲーム感覚でいた三勇者の末路

尚文を出し抜こうと、アイテムを求めて霊亀に立ち向かっていった三勇者たち。霊亀の圧倒的強さの前に、錬は仲間が死んでいるにもかかわらず攻撃を続け、元康は仲間に逃げられてしまう。樹は仲間と仲違いした挙句、縛られる羽目に。かくして三人はキョウに捕縛された。

◆霊亀洞と内部の略図

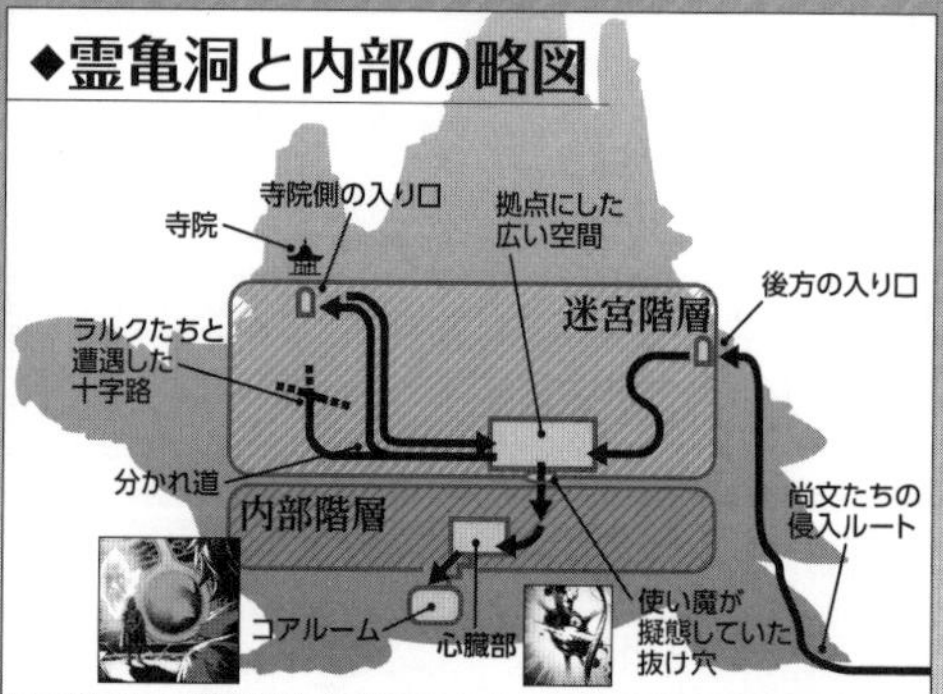

界の守護獣を操るというキョウの手ひどい所業を断罪すべく、ラルクベルクたちは来たという。共闘することになった尚文たちだったが、キョウが作り出す重力場に苦戦を強いられた。そこでオストが力を貸し、尚文に失伝したはずの魔法「アル・リベレイション・オーラ」を唱えさせ、味方全員に強化を施す。失伝した魔法を知るオストの正体、それは霊亀そのものだったのだ。

異世界から異世界へ

ところが、オストもキョウに捕らわれてしまう。再び窮地に陥るが、なんとリーシアが敢然とキョウに立ち向かった。潜在能力を開花せた彼女の活躍で、勇者三人の解放に成功する。

　その時、オストの声が尚文の頭の中に響き、盾が霊亀の心の盾へと変化する。「私を倒してください」とのオストの懇願に、尚文は躊躇した。霊亀の死は、オストの死を意味する。しかし、その切な

ラルクさんたちが他の世界から来た勇者だったのには驚きました。向こうの世界でも、武器の勇者同士で仲違いするのですね……。キョウという人物が悪いのは明白ですが。

Encounter／キョウ

よどんだ目に、根暗で陰湿な雰囲気の人物。異世界の伝説武器の一つ、本の眷属器を操る。本のページが火の鳥を形作って攻撃する「文式一章・火の鳥」や、使い魔を活性させる「拡張文式六章・活性」など攻撃は多彩。

る願いを叶えるべく、尚文は決意。盾から放たれたエネルギーブラストによってコアは破壊され、ついに霊亀との死闘に決着がついた。

　一方、キョウは霊亀から奪ったエネルギーを持って、自分の世界へ逃走。尚文もそれを追うが、世界の守り手である四聖武器の勇者には、他世界へ移動できない制約があり、足止めされる。オストは自らが消える間際に特例を申請し、尚文の異世界移動を可能にした。

　キョウから霊亀のエネルギーさえ奪還できれば、災厄の波までの時間を稼ぐ結界をつくることができる。それはオストが己の生死をかけて成し遂げようとしたことだ。その遺志を継ぎ、必ずやキョウを倒すと、強い決意で尚文たちは異世界へと進んでいく。

番外編エピソード紹介

魂癒水を求めて

グラスは、自身が有するエネルギーの大小により、強さが決まる性質を持っていた。敵対する世界に、そのエネルギーを引き上げる飲み物「魂癒水」があると知り、仲間のラルクベルク、テリスと共に異世界へ足を運んだのだ。そこで、キョウがその世界の守護獣を操り、滅ぼそうとしていることが発覚。彼の蛮行はグラスたち自身の世界を破滅することにもなりかねない。グラスたちはキョウの行いを止めるべく、立ち向かっていった。

盾ログ ～解放した盾の使用感メモ～

勇魚の魔法核の盾（覚醒）

★★★★☆ 4.1 [防御力 4.6 使い勝手 4.6 スキル 3.2]

勇魚の魔法核の盾を強化しまくった水属性の盾で、霊亀の使い魔が得意とする熱線攻撃を緩和してくれる。霊亀洞探索では特に有用で、強力な擬態する使い魔相手とかに重宝したな。

霊亀の心の盾（覚醒）

★★★★☆ 4.5 [防御力 5.0 使い勝手 4.0 スキル 4.4]

スペックも使い勝手も破格の強さだが、それ以上に霊亀の心、すなわちオストが宿っているということが俺にとって一番大事なことだ。この盾で必ずキョウを仕留めてやる……！

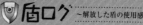

ナオフミ様の人間関係

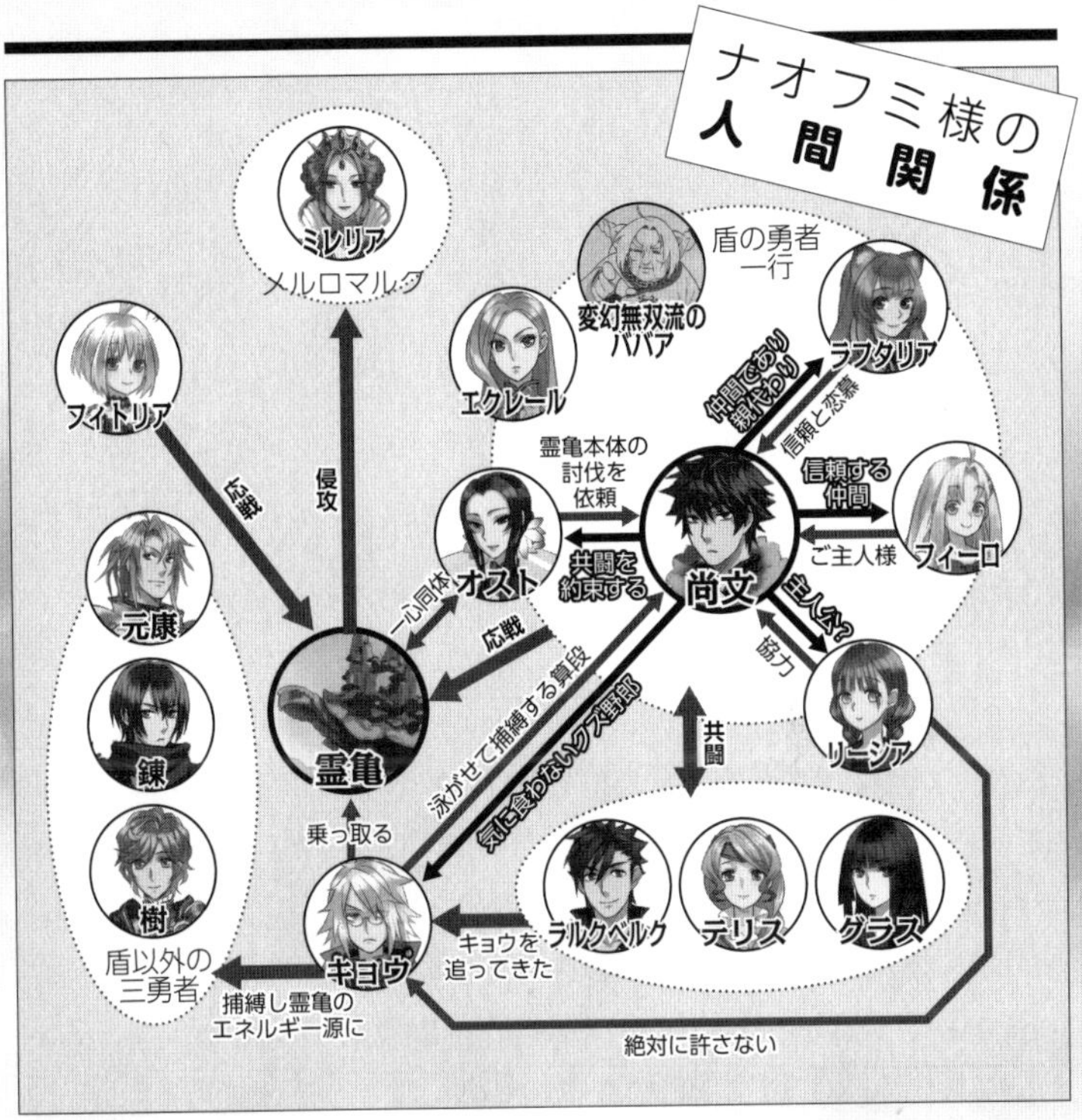

盾の勇者一行の振り返り

やはり霊亀は生きていましたね。霊亀の使い魔であるオストさんが味方になってくれて心強かったです。

フィトリアも助けてくれたよね。それで霊亀の中に入ったら、やっと犯人がわかったの。

ラルクさんたちと同じ世界の住人のキョウさんですね。ラルクさんたちも今回は一緒に戦ってくださって、なんだかホッとしました。

霊亀のお姉ちゃんは死んじゃったけど……。目つきの悪い本の人をこらしめなきゃだね！

そのために、ラルクさんたちの世界に行ったんですよね。必ずや討ち取ってみせます……！

発売日：2014年11月25日

オストの遺志を叶えるべく、尚文は異世界からさらに別の異世界へ

Stories Digest 8

無限迷宮からの脱出

キョウを追って異世界にやって来た尚文。ラフタリアやフィーロも一緒に来たはずだったが、キョウの罠にかかってはぐれてしまい、牢獄の中にリーシアと二人きりだった。しかも、レベルが1になっており、装備も一部をのぞいて使用不能。牢獄から出ても、そこは魔物以外いない見知らぬ土地。尚文とリーシアは途方に暮れていた。

そんな時、河童のような魔物に

クローズアップ

尚文の世界と絆の世界の相違点

異世界ではステータスがリセットされ、身につけた装備が一切機能しなくなる。アイテムによる効果も異なり、魔力回復に使用される大地の結晶は、尚文が使用すると経験値獲得の効果に変わった。一方、魔力水は絆にとって武器の経験値獲得アイテムとなった。

襲われたところを、絆と名乗る少女に助けられる。彼女はこの世界の四聖で狩猟具の勇者であった。元康たち同様、尚文とは違う日本から、この世界に召喚されたらしい。グラスやラルクベルクたちと冒険していたところ、関係性の悪い国に捕らえられ、この脱出不可能な牢獄、無限迷宮に投獄されたということだった。
　絆は脱出方法を見つけられなかったが、大型の魔物が外の世界へ出てきたという報告があると話す。すると、それをヒントに尚文はある方法を思いつく。それは急激に大きくなるバイオプラントを用いて空間を歪ませる方法だった。尚文の目論みは見事に当たり、三人は無事に無限迷宮を脱出する。
　しかし、牢獄を出た先は絆を捕らえた国。安心できる土地に移動するには、この国の龍刻の砂時計に絆が触り、転送スキルを発動さ

ふぇえええ……。キョウっていう人が許せなくて、追いかけてきちゃいましたけど、ここが全然どこかわからないですよ……。とりあえず絆さんはいい人みたいですけど……。

クローズアップ

狩猟具の勇者 風山 絆の能力

狩猟具の勇者である絆は魔物との戦闘に特化しており、グラスたちが苦戦する相手を一撃で仕留めるほどの攻撃力と腕前を持つ。武器の制約で人間に直接攻撃できないが、相手の受けるダメージを一度だけ二倍にする擬餌倍針というスキルで仲間の攻撃を補助することができる。

POINT

魂人《スピリット》

レベルを持たず、すべてのステータスが持っているエネルギーの大小で決まる種族。エネルギーが尽きれば自然回復を待たなければならなかったが、尚文の世界の魂癒水が、魂人の回復と強化に役立つことがわかった。

せるしかない。尚文は、路上で魂癒水を捌いて荒稼ぎし、一行の準備を整えた。いざ龍刻の砂時計がある首都の冒険者ギルドへ向かい、警備が手厚いところをなんとか強行突破。無事に絆がいた国へと帰ることができた。

敵対関係の解消

国の重鎮たちは絆の帰還を喜んだが、異世界の聖武器の勇者である尚文を見て表情を険しくした。それもそのはず、ラルクベルクたちが尚文の命を狙いに来たように、異世界の勇者の存在はこの世界の滅びを意味していた。王曰く、災厄の波とは他の世界との衝突融合現象だという。災厄の波が起こった時、四聖が失われればその世界は滅び、もう一方の異世界が生き延びる仕組みになっている。だからラルクベルクたちは尚文たちを殺そうとしていたのだ。

しかし、絆は「伝承を鵜のみにして、生き延びるために他人を滅ぼすなんてバカバカしい」とその方針を否定する。全員が助かる道を探そうと国の者たちを諭した。

キョウを倒すために尚文と絆は、ラフタリアやグラスたちを捜すことに。人探しの助っ人にと、絆は船の眷属器の勇者エスノバル

クローズアップ

その頃、ラフタリアたちは……。

敵対する国に落ち、能力が減退する牢に入れられたグラスたちだが、ラフタリアの幻覚魔法で脱獄。潜伏しながら、龍刻の砂時計を目指し旅をしていた。その途中、刀の眷属器所持者の選考会のような場所に偶然通りがかると、刀に選ばれ、ラフタリアが所持者となってしまった。

判明している絆たちの世界の各勢力

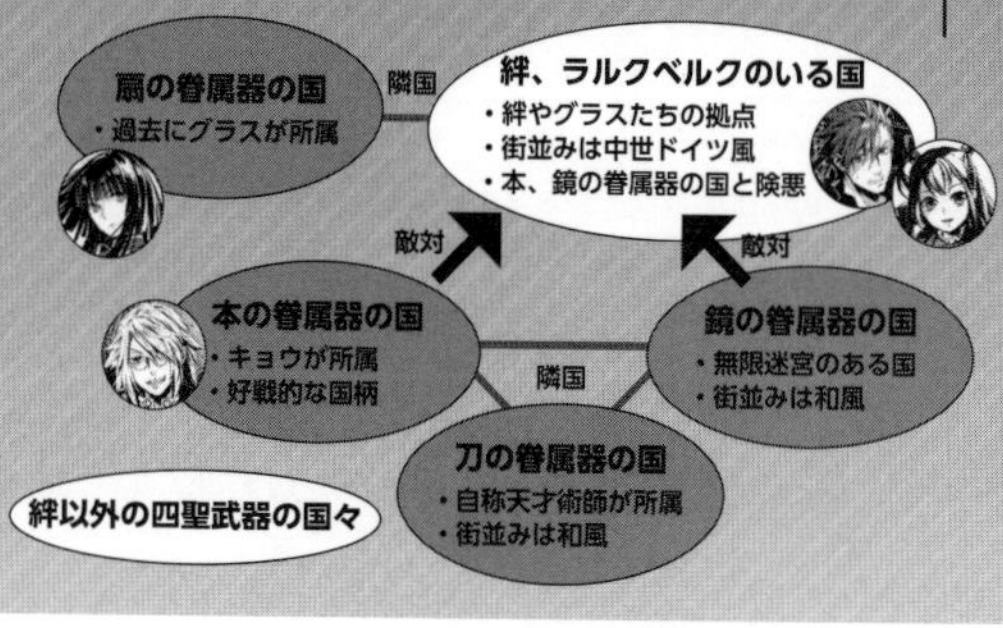

扇の眷属器の国
・過去にグラスが所属
隣国
絆、ラルクベルクのいる国
・絆やグラスたちの拠点
・街並みは中世ドイツ風
・本、鏡の眷属器の国と険悪
敵対
敵対
本の眷属器の国
・キョウが所属
・好戦的な国柄
隣国
鏡の眷属器の国
・無限迷宮のある国
・街並みは和風
刀の眷属器の国
・自称天才術師が所属
・街並みは和風
絆以外の四聖武器の国々

トを呼ぶ。船の勇者は、預かっていた絆とグラスの式神であるクリスを連れて現れた。彼の提案で、尚文もラフタリアを探す助けになるであろう式神を持つことに。ラフタリアの髪を媒体にして、「ラフー！」と鳴く愛らしいタヌキの式神、ラフちゃんが誕生した。

仲間たちとの再会

ラフちゃんとクリスが示す方を目指し、尚文たちははぐれた仲間たちを捜す旅に出かける。隣国の町で、見世物小屋に捕らわれたフィーロを発見。異世界に来た影響で、フィロリアルではなくハミングフェーリーという歌が得意な小鳥の魔物になっていた。見世物小屋の主人をヌエの盾の夜恐声で撃退し、フィーロの救出に成功する。

引き続きラフちゃんの案内で旅を続けていると、ついに尚文たちはラフタリアと再会。ラルクベルク、グラス、テリスも行動を共に

Encounter／クズ二号

刀の眷属器を狙っていた自称天才術師。四聖獣の一体である、白虎を複製した魔物を使い敵を襲う。無詠唱で不意に複数の魔法を同時に使うこともできるのだが、威力は弱くなる。雨のような連続魔法攻撃を得意としていた。

尚文っていいヤツだよね。一緒に旅ができてなんとなくわかってきたけど、照れてるのを誤魔化すために悪者っぽく振る舞ったりしてさ。オレは結構気に入ったかも。

しており、絆も仲間との再会に安堵した。驚くべきことにラフタリアは異世界から来たにもかかわらず、刀の眷属器に選ばれ、刀の勇者となっていた。そのため、眷属器を欲していたある魔術師から狙われており、追いつかれてしまう。魔術師は、この世界の守護獣である白虎から複製した魔物を使役し、尚文たちに襲いかかる。尚文は魔術師を「クズ二号」と勝手に名づけ、返り討ちにしようと応戦。絆の必殺技、血花線が複製白虎に猛威を振るう。さらに尚文と絆のアシストで威力を増したラフタリアの刀が、クズ二号を葬った。

ラルクベルクたちも絆の説得を聞き入れ、尚文と共闘してキョウを討伐することを誓う。実は、絆のいるこの国の統治者はラルクベルクで、街では絆の帰還を祝う祭りが開かれていた。再会を喜び合う尚文たちは、祝祭に賑わう街に繰り出すと、しばし仲間たちとの時間を楽しんだ。

お姉ちゃんたちとも会えて、一安心。ごしゅじんさまがフィーロのことちゃんと探しに来てくれたの、本当に嬉しかった！ これからは歌ってごしゅじんさまを助けるね！

盾ログ ～解放した盾の使用感メモ～

式神の盾
★★★☆☆ **3.5** [防御力 ー 使い勝手 2.4 スキル 4.5]

エスノバルトには感謝してる。俺とラフちゃんを引き合わせてくれたんだからな。そして、そのラフちゃんとの絆の証ともいえるのがこの盾なんだ。普段使うことはないんだが……。

ヌエの盾（覚醒）
★★★★☆ **3.9** [防御力 3.7 使い勝手 3.6 スキル 4.5]

魔法屋と倒したヌエの盾を強化したもので、絆のいる世界できちんと機能する数少ない盾だ。スキルの夜恐声で見世物小屋の店主があんなにパニックになるとは予想外だった。

ナオフミ様の人間関係

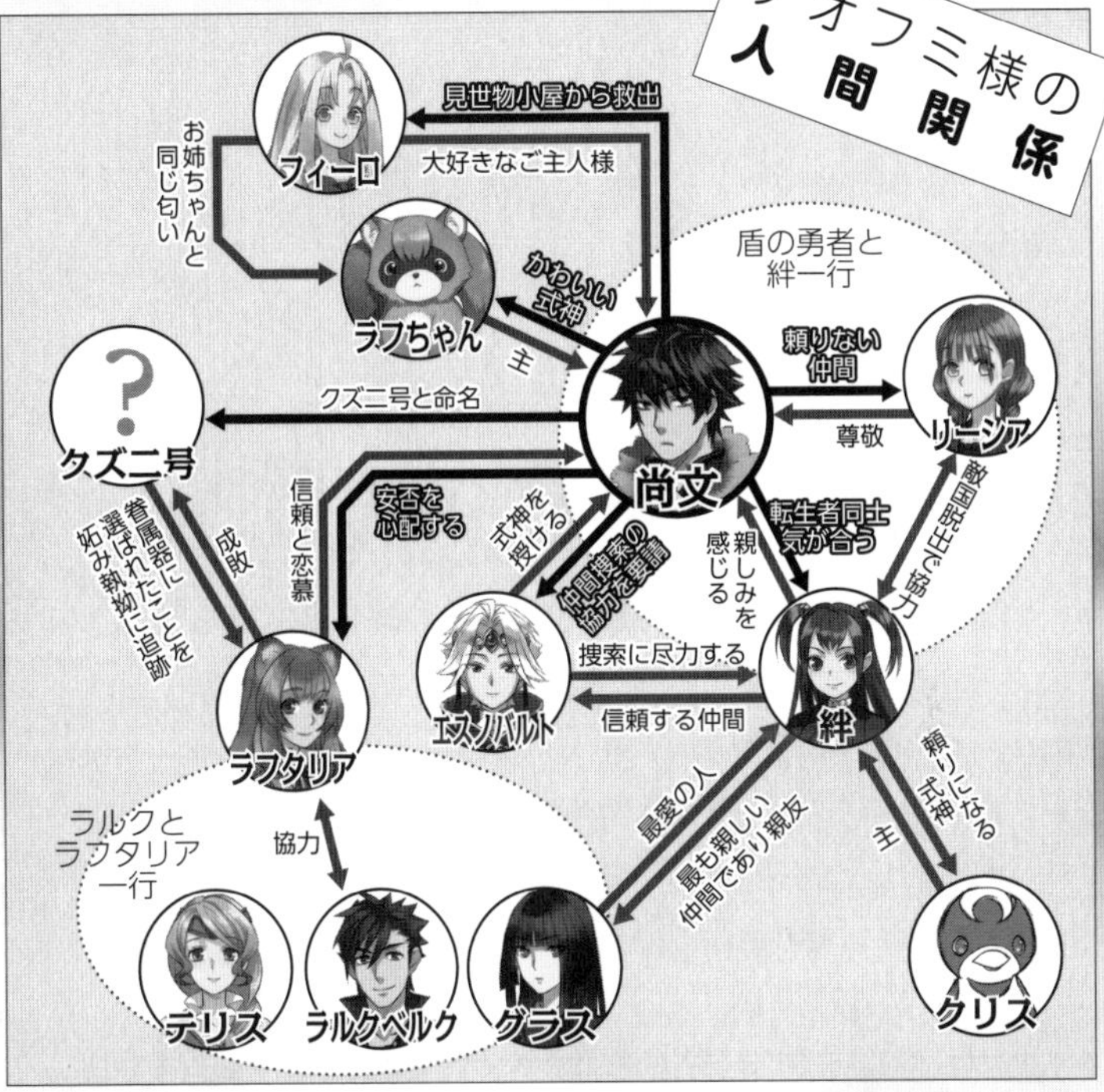

フィーロ
見世物小屋から救出
大好きなご主人様
お姉ちゃんと同じ匂い
ラフちゃん
かわいい式神
主
盾の勇者と絆一行
尚文
頼りない仲間
尊敬
リーシア
クズ二号と命名
クズ二号
安否を心配する
信頼と恋慕
式神を授ける
仲間捜索の協力を要請
転生者同士気が合う
親しみを感じる
敵国脱出で協力
眷属器に選ばれたことを妬み執拗に追跡
成敗
ラフタリア
エスノバルト
捜索に尽力する
信頼する仲間
絆
頼りになる式神
主
最愛の人
最も親しい仲間であり親友
ラルクとラフタリア一行
協力
テリス
ラルクベルク
グラス
クリス

盾の勇者一行の振り返り

リーシアと尚文が無限迷宮に現れた時はびっくりしたよ。お陰でやっと脱出できて、二人には感謝してる。

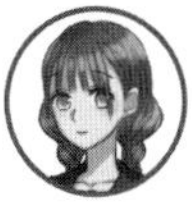
ふぇえええ……っ！　そんなぁ。キズナさんこそ、私たちを国に迎え入れて、一緒に仲間を探してくださってありがとうございました。

オレもグラスたちと会えてよかったよ。式神のラフちゃん、頼りになっただろ？　でも、ラフタリアさんが刀の眷属器の所持者になってるなんてね。

刀を狙っていた魔術師に追われて大変でした。キズナさんの必殺技が炸裂しましたね。わ、私は怖くて見れませんでしたが。

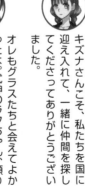

発売日：2015年1月23日

キョウとの戦いも終局へ……！ 尚文は別世界の勇者たちと決戦に臨む

9 Stories Digest

不気味なキョウの発明

尚文たちが身を寄せるラルクベルクの国は、霊亀の件でキョウの所属する国へ異議を申し立てた。しかし、相手は申し入れを拒否し、戦争へと発展。尚文たちはキョウとの決戦を控え、ラルクベルクたちの災厄の波戦に協力したり、修行を行ったりと研鑽に励んでいた。

そこへ突然の夜襲が。尚文たちを攻撃してきたのは、ヨモギという名のキョウの配下だった。キョウが発明したという剣を操り、強力な攻撃を仕掛けてくる。しかし、尚文はその武器の異様さを察知。暴走するその剣を捨てさせようとするが、剣から生えた蔓がヨモギの手を離さない。魔物だけを攻撃

クローズアップ ラルクベルクの国のおかれた状況

絆が懇意にしている商人アルトレーゼによれば、絆以外のこの世界の四聖勇者もゲーム感覚でいるらしく、災厄の波への対処を放棄していた。眷属器の勇者も、ラルクベルクの国やその同盟に属する者を除き、各地の覇権争いに精を出す始末。各国首脳部も波を楽観的に捉えており、経験値が溜めやすいなど、メリットにしか目が向いていない。現在は絆の仲間たちが散らばり、ドロップなどを餌に冒険者たちを誘導して波に対処している。

する絆のスキルで巧みに剣だけを切り離した途端、案の定、剣が自爆する。ヨモギは動揺し、尚文たちに捕らえられた。

改造された取り巻きたち

　その頃、ラルクベルクの城も襲撃を受けていた。尚文は、キョウの真の狙いは龍刻の砂時計だと見抜き、グラスにその防衛を任せ、ラルクベルクたちの援護へと向かう。

　ラルクベルクたちが戦っていたのは、獣の部位をツギハギされた異形の人間たち。どこかで見た顔だと思ったら、クズ二号の取り巻きの女たちだった。彼女たちはキョウに「尚文を殺せば主人を蘇らせる」と持ちかけられ、能力を底上げするための改造を施されていた。

　取り巻きの代表格であるツグミも、ヨモギの剣と似た武器で戦っていた。驚異的な力で襲ってくるツグミたちを、尚文はラースシールドで迎え撃つ。しかし、突如ツグミが悶え苦しみ始める。武器が持ち主のエネルギーを吸い取り、暴走したのだ。武器から発せられたキョウの声が、ツグミが失敗した時のために仕掛けた自爆攻撃だと明

この世界に来てから、強い人ばっかりー。だけど、ラフちゃんと一緒に歌って、ごしゅじんさまを助けるんだ。フィーロ、がんばるよー！

Encounter／ヨモギ

キョウの発明した宿主のエネルギーを吸い取って暴走する剣を操る。雷を宿した斬撃を繰り出したり、地面に突き刺して火を吹き出させるなど、多彩な攻撃が可能。キョウと付き合いが長く、善人だと信じていた。

かす。爆発寸前の武器を、咄嗟に盾に吸収させ、内部で爆発させる。尚文は体内で炸裂するかのような痛みになんとか耐え、爆発が漏れるのを食い止めた。様子を見ていたツグミの仲間も戦意を喪失し、城での戦闘は終結した。

一方、龍刻の砂時計も予想通りキョウの手先に襲撃されていた。転移スキルの転送先として敵国の龍刻の砂時計を登録することで、大量に兵士を送り込もうとしていたのだ。城で降参したツグミの仲間が龍刻の砂時計で戦う仲間たちを説得し、同時多発的な夜襲事件は幕を閉じた。

研究室での決戦

キョウを討つべく、尚文たちは隠された研究施設へ向かう。たどり着いた屋敷には、クズ二号が研究していたらしい白虎や玄武など守護獣の複製体や、改造され凶暴化した人間などがいた。罠が張り巡らされた屋敷を進んでいくと、鏡の眷属器の勇者アルバートの仲間たちが改造された姿で襲ってくる。彼女たちもアルバートを人質にとられ、キョウから尚

クローズアップ 尚文たちの新装備

決戦に向け、四聖獣を素材に尚文と絆の仲間ロミナ製作の装備で、パーティーも強化された。蛮族の鎧を強化したバルバロイアーマーをはじめ、ラフタリアは白虎の巫女服、朱雀ノ小太刀、白虎ノ太刀を。フィーロはフィーロ寝巻き、リーシアは天女の胸当てをつけてキョウに挑む。

Encounter／人外に改造されたツグミたち

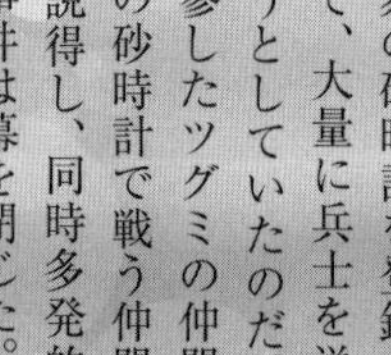

それぞれ身体が四聖獣と組み合わされており、例えば朱雀の部分を持つ者は火を扱うなど、その獣の能力を受け継いでいる。ツグミはそうと知らずに暴走する槍を持ち、教皇の複製聖武器と似た攻撃を繰り出す。

文を襲うようけしかけられたのだ。

　彼女らを制し、さらに進む尚文一行が目にしたのはタンクの中にいる複数のホムンクルス。更に、クズ二号やアルバートもホルマリン漬けにされていた。そしてそこへ、キョウが姿を見せる。ついに勝負を決する時が来た。

私利私欲のために、人の不幸ばかりを生むような人には屈しません。オストさんのためにもかならず討ち果たして、この悲劇を止めてみせます……！

ヨモギもキョウの悪どい本性を知り、尚文たちと一緒に戦うことを決意する。
　キョウの能力比例攻撃に苦戦する中、ステータスの低いリーシアだけがものともせずに立っていた。リーシアの活躍により戦況は覆ったが、窮地に立たされたキョウは奥の手を使う。なんと災厄の波を引き起こし、絆やラルクベル

クローズアップ　クズ二号とキョウ 不可思議な共通点

自身が有する技術の自慢ばかりを話し、強さや権力に固執。時に身勝手な行動をとるところや、彼らを慕う妄信的な取り巻きを抱えているところがソックリな二人。なにより眷属器を無理やり従わせようとしていることに、尚文は作為めいた何かをうっすらと感じていた。

クローズアップ　ラフタリアから離れない眷属器

元の世界へ戻る際、ラフタリアは刀の眷属器を絆たちに返そうとする。しかし、グラスやテリスが呼びかけても刀はラフタリアから頑なに離れようとしない。複雑な事情もあるようだが、どうやら、キョウの蛮行の責任をとって尚文たちの世界で共に戦おうとしているようだ。

クたちを戦線から離脱させたのだ。
しかし、災厄の波が発生していることで、尚文たちは元いた世界とこの世界のレベルが合計され、パワーアップしていた。尚文は決着をつけるべく、オストと放った「アル・リベレイション・オーラ」の再現を試みる。その瞬間、憤怒の力が魔法を変化させ「アル・サクリファイス・オーラ」が発動。尚文、ラフタリア、フィーロは生命力が削られていく代わりに大幅な力を得て、キョウを追い詰める。最後は霊亀の心の盾から放たれたエネルギーブラストにより、キョウは息絶えた。逃げようとしたその魂も、リーシアの放つ札から飛び出たソウルイーターの餌食になり、尚文たちはようやくオストの敵討ちを果たす。霊亀エネルギーの回収も成し遂げた尚文たちには、この世界に存在できる期限が迫っていた。共に戦ってきた絆たちとの別れを惜しみながら、尚文たちは元の世界へと帰っていった。

短い期間でしたが、とても長かったような気がします。ようやくオストさんの思いに報いることができて感慨深いです。これからもきちんとナオフミ様についていきますね。

盾ログ ～解放した盾の使用感メモ～

魔竜の盾

★★★★★ **4.7** [防御力 4.8 使い勝手 4.8 スキル 4.6]

スキルも含めて万能な盾なんだが、鍛冶師のロミナがくれた謎の素材と俺の竜核が反応して出た盾で色々怪しい。竜を嫌うフィーロもイヤがってたし、フィトリアもキレるかもな。

ラースシールドⅣ（覚醒）

★★★☆☆ **3.1** [防御力 4.4 使い勝手 1.0 スキル 4.0]

タワーシールド大のデカさと強力な呪いで、あまり使いたいとは思えん代物だ。キョウとの戦いで唱えようとした魔法も、勝手に変えられたし、不気味で仕方ない。

ナオフミ様の人間関係

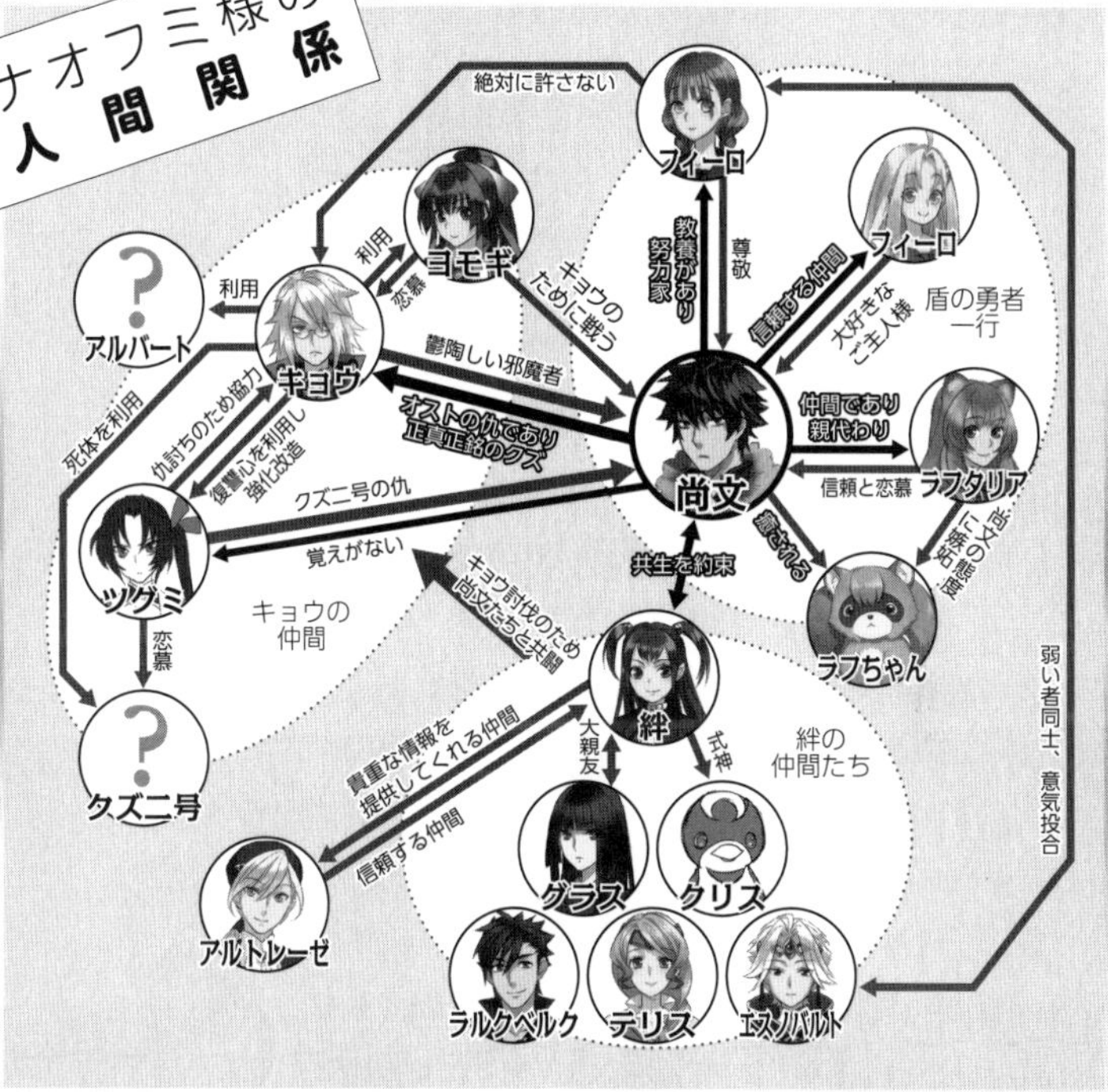

盾の勇者一行の振り返り

キョウさんが差し向けたヨモギさんやツグミさんに襲われましたが、あの方たちも利用されていたので切なかったです。

仲間を武器と一緒に爆発させようだなんて卑怯だよねー！　ごしゅじんさまもあくどいけど、絶対にそんなことしないもん。

ナオフミ様は仲間想いですから。キョウさんは手強い相手でしたが、リーシアさんの活躍と、ナオフミ様の魔法で、無事に倒すことができました。

亀のお姉ちゃんの仇を討って、霊亀のエネルギーも回収して、一件落着だね。元の世界に帰ってこられてよかった〜。

関連書籍紹介

コミック版
『盾の勇者の成り上がり』
(KADOKAWA)

©Aiya Kyu 2014
©Aneko Yusagi 2014

著者：藍屋球
原作：アネコユサギ
キャラクター原案：弥南せいら

2014年から月刊「コミックフラッパー」にて連載中の公式コミカライズ。現在、単行本が十三巻まで好評発売中だ!!

実力派漫画家・藍屋球により描かれた尚文やラフタリアたちの活躍はもちろん、漫画になって初めてビジュアルが出たキャラクターや魔物、シールドも多数で、目が離せない。

情報量の多い『盾の勇者』の世界観を見事に表現した、原作ファンも納得のコミカライズを堪能しよう！

➡ある意味非常に感情豊かな尚文。ラフタリアと出会って絆を深め、勇者として成り上がっていくさまが丁寧に描かれていく。

Character File
キャラクターファイル

俺は召喚された勇者。
他に三人いる中で……
一番弱いけどな!

復讐に燃え、時に非道な顔も見せる勇者

岩谷《いわたに》尚文《なおふみ》

プロフィール

種族：人間　**肩書**：盾の勇者

使用武器：盾　**魔法適性**：回復・支援

主なスキル：セルフカースバーニング…憤怒の炎で対象を焼き尽くす。
ブラッドサクリファイス…自身を傷つけながら、相手をトラバサミで食う。

主な魔法：ツヴァイト・オーラ…仲間に力を与える強化付与の魔法。

勇者として召喚され……王女から受けた酷な裏切り

さまざまなゲームやアニメ、ラノベと親しんできた、オタク趣味の大学二年生。図書館で読書をしていたところ、「四聖武器書」と出あう。読み進めているうちに異世界へと召喚され、四聖勇者の一人、盾の勇者となった。はじめは異世界に勇者として召

四聖武器書を読み、世界が白くなったと思った瞬間、メルロマルク城の祭壇に立っていた。

Character Design

蛮族の鎧

尚文が初めて武器屋に作ってもらった鎧。魔物の死骸が主な素材で、目つきの悪さと相まって、野蛮に見える。

TOPICS

少し変わった女性観?

元は人並みに異性に興味があったものの、マインの裏切りにあい女性不信気味になった。また、寄せられる恋愛感情には鈍いところがあり、ラフタリアやフィーロには異性としてではなく父性のような愛情を向けている。

喚された自身の状況に、オタクとして素直に燃えていた。ところが、最初に仲間になったマインから強姦魔に仕立て上げられ、金銭や装備を奪われる裏切りを受けてからは、誰のことも信用せず心を閉ざしてしまう。

自身の剣となるラフタリアとの出会い

盾の勇者のため、並外れた防御力を持っているが、攻撃力は皆無。しかし災厄の波を乗り越えなければならず、代わりに攻撃を担ってくれる奴隷を使役することに。奴隷商から亜人の少女ラフタリアを購入し、奴隷契約を結んだ。以降もさまざまな人物とパーティーを組むが、尚文はほとんど攻撃に参加せず、防御の要、そして回復などの後方支援を担っている。

TOPICS 動物に好かれる体質の持ち主

他人への警戒心が強いにもかかわらず、動物には好かれる尚文。亜人のラフタリア、魔物のフィーロやエスノバルトに懐かれる。元の世界にいた頃も、飼育係をしていた時、ニワトリに自分だけつつかれなかった思い出が。

冷酷非道な面と仲間想いな顔を併せ持つ

舐めた態度をとってくる商人を脅迫したり、襲ってきた盗賊から、

Character Design 表情

元は明るい表情も見せる好青年だったが、マインに裏切られて以来、仄暗い死んだような目をした、やさぐれた表情ばかりに。

逆に金品を奪ったりと、勇者らしからぬ倫理観のタガがはずれた行動に出ることがある。また、自分を貶めた国王オルトクレイとマインに、罰としてそれぞれ「クズ」、「ビッチ」という名前を与えて貶め返し、苦悶に満ちた表情をするのを嬉しそうに眺める非道な側面も。ただ、仲間と認めた者を思う気持ちは強く、カースシリーズのスキルを発動させても、憎悪に飲み込まれないのは、ラフタリアやフィーロへの強い情があるため。

TOPICS

過去のネットゲーム歴

尚文は、ネットゲームでギルドを運営し、大規模戦闘に臨むのが好きだった。とあるゲームでは、サーバー内三位の大きな同盟で会計兼、同盟首脳陣の一人だったことも。災厄の波の戦闘ではその知見を活用した。

職人や商売人としての才能が開花

ネットゲームでは金銭を稼ぐことに夢中になるタイプだったため、異世界でも優れた商売人としての才能を時折のぞかせる。また、凝り性で努力を厭わないタイプであり、魔法や、アクセサリー加工などの技術は自ら進んでマスターした。

盾で得られた技能系スキル

盾は尚文に多彩な技術系のスキルをもたらした。採取した薬草で薬を調合するスキルは、初期の資金集めに大いに役立った。さらに尚文が薬を患者に飲ませると、薬効果上昇スキルが働くため、行商をしていた頃は「奇跡を起こす神鳥の馬車」として民から崇められていた。また、宝石を加工してアクセサリーをつくる技能は、晶人のテリスをして名工と言わしめるほどの腕前。宝石の採掘のスキルも備わっていた。さらに、モノの真贋や価値を見極める目利きのスキルも習得。三勇教会で与えられた聖水が粗悪品であることを見抜いた。盾は尚文に対して料理のスキルも付与。ただ肉を焼いただけなのに、「店が開けるレベル」と周囲に絶賛されるほどであった。

※コミックス4巻より

※コミックス6巻より

※コミックス10巻より

カースシリーズは非常に強力だが、同時に尚文たちに過度な呪いをもたらす両刃の剣。

Weapon Design

伝説の盾

常に尚文と共に在る盾は、吸収させた素材で姿を変え、尚文に様々な力を与え助けてくれる相棒といっていい存在。しかし、尚文にとっては武器を手に取って戦うことができない縛りのようなものであり、疎ましく思う存在でもある。

ラルクの防御力比例攻撃のような割合ダメージ技には弱い。

TOPICS

カースシリーズ（憤怒）

ドラゴンゾンビとの戦闘で、フィーロが食べられてしまったことから生まれた尚文の怒りが、カースシリーズを解放させ憤怒の盾を出現させた。その後、ドラゴンゾンビの体内から出てきた竜の核石によって憤怒の盾はグロウアップ。憤怒の盾Ⅱとなった。さらに、教皇との戦闘で窮地に追い込まれた時、錬の存在によって竜の核石に宿るドラゴンの怒りを爆発させた結果、ラースシールドへと変化した。

オストの形見といえる盾は、尚文を精神的にも成長させた。

Mirellia's Assessment ミレリアの評価

彼の激情に肝を冷やしたこともありましたが、クズとビッチを罰してからは協力的で助かっています。メルティも悪く思っていないみたいですし、将来が楽しみです。ただ、競争が激しいようですし、あの子も苦労するでしょうね。

Raphtalia's Assessment ラフタリアの評価

私の命の恩人であり、頼りになるご主人様です。つらい目に遭われたせいでちょっとひねくれたところはありますけど、とても心の優しい素敵な方なんですよ。でも……少し鈍感というか、女の子の気持ちに疎いところがあって困ります。

蛮族の鎧＋１

武器屋が蛮族の鎧を加工した逸品。ドラゴンゾンビの核が埋め込まれ、カースシリーズと呼応するようになった。

転生前

日本にいた頃はややオタクっぽさはあるが、普通の大学生らしい格好をしていた。

バルバロイアーマー

絆の異世界の武具職人ロミナが蛮族の鎧をもとに作った優れた鎧。四聖獣の力や竜帝の「呪」の力を秘めている。

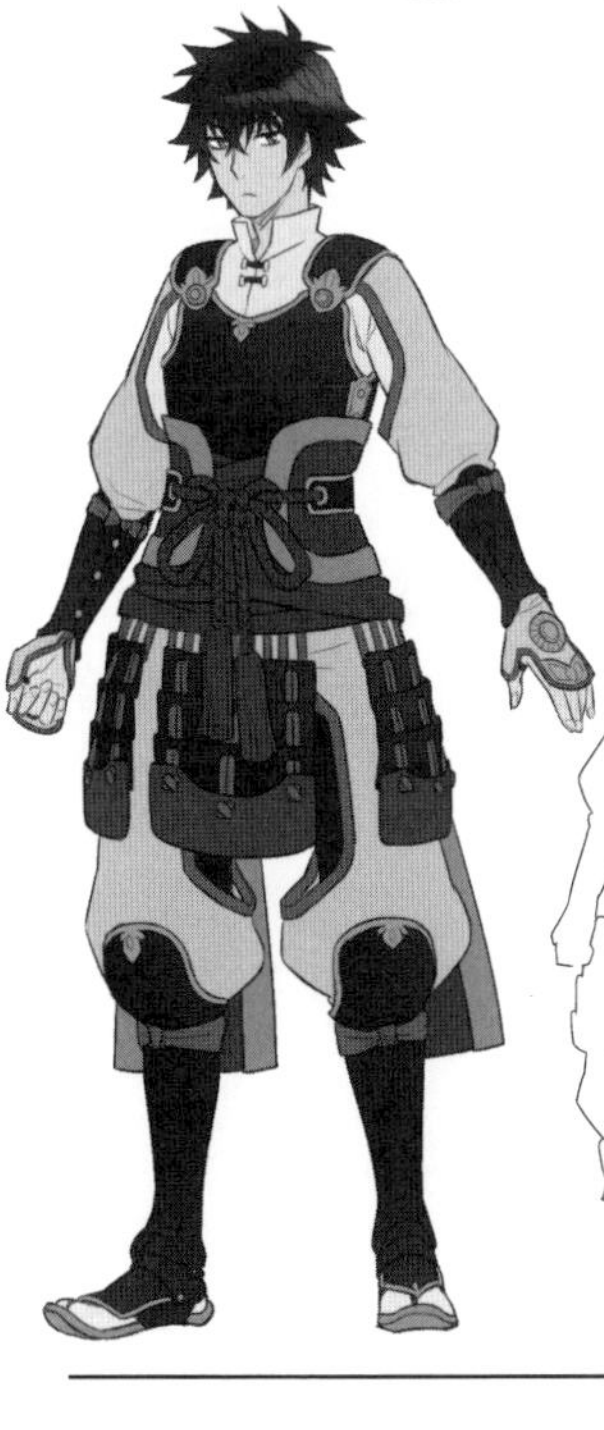

甲冑

絆の異世界で蛮族の鎧が機能しなくなり、購入した鎧。高機能ではないが、現地に溶け込めるメリットが大きい。

私はナオフミ様の剣。
たとえどんな地獄であろうとも
ついていきます

尚文の剣となり、どこまでも慕う奴隷の少女

ラフタリア

プロフィール

種族：ラクーン種の亜人　**肩書**：奴隷、刀の眷属器の所持者

使用武器：刀剣　**魔法適性**：光・闇

主なスキル：八極陣・天命剣…陰陽を模した魔法陣の形をした剣閃を発する。
瞬刀・霞一文字…敵の前を一瞬で過ぎ去る間に一刀両断する。

主な魔法：ファスト・ハイディング…魔法の木の葉で姿を隠す。

Character File / ラフタリア

奴隷として買われ尚文の元で剣士へと成長

タヌキのような耳と尻尾が生えたラクーン種の亜人の少女。災厄の波によって現れた魔物により、住んでいた村と家族を失った。一時は村の復興を夢見ていたものの、兵士による略奪に遭い、奴隷になってしまった。亜人を差別する貴族に買われ拷問を受けたのち、尚文に買われ奴隷契約を結ぶ。尚文のこともはじめは警戒していたが、武器や食事を与えられ、共に旅をするうちに、「生きる術を教えて

病にかかり、奴隷のまま死ぬところを尚文に救われた。

Character Design

成長後の姿

ラクーン種に美形はいないというのが異世界での通説だったが、なぜかラフタリアは美人へと成長した。

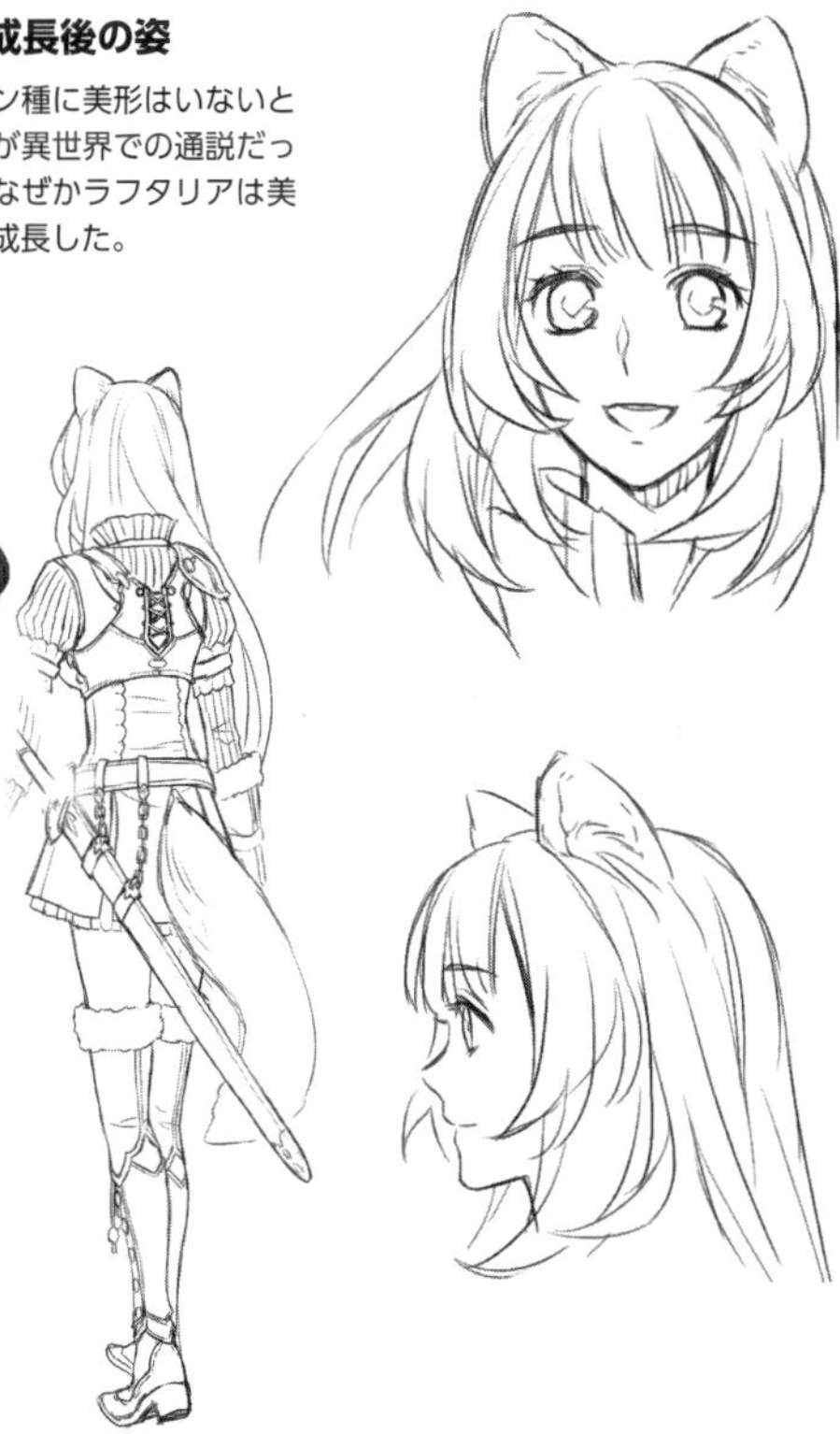

くれた」と彼を慕うように。尚文のサポートを受け、村を襲ってきた黒い犬に似た魔物を撃破することで過去のトラウマを克服し、一層尚文へ忠誠を誓うようになった。

主人への忠誠心以上の想いを尚文に抱く

尚文への忠誠心は強く、深く信頼している。決闘で尚文が元康に敗れ、ラフタリアとの奴隷契約が

TOPICS 厄災の波で失った家族

ラフタリアには村中から信頼された父と母がいた。父はラクーン種にしては容姿に優れており、光の魔法を使っていた。また、ラフタリアには身近に水生系獣人のサディナという人物がおり、姉のように慕っていた。

※コミックス１巻より

Character Design 幼少期

尚文と出会った頃のラフタリアは、見た目が十歳くらいの少女だった。亜人は幼い頃に Lv を上げると肉体が急成長する。ラフタリアも食べ盛りの時期を経て、災厄の波の戦闘時には大人の体にまで成長していた。

解除された時も、自ら進んで尚文の奴隷に戻ったり、怒りに飲まれた尚文を、強い呪いを受けながら救い出したり、自らの命をかえりみずに尚文のそばにあろうとする。その想いは単なる奴隷としての範疇を超えたもので、突然尚文の前で裸になり迫っていくなど、大胆な行動に出ることも。しかし、残念ながら当の本人はにぶすぎ

TOPICS 親友リファナへの思い

亜人を拷問する貴族の屋敷で、白骨化した姿で見つかった、ラフタリアの一番の親友のリファナ。ラフタリアはその骨を拾い、廃村となった故郷へ。父と母が眠る、崖の上の小さな墓に埋葬した。

※コミックス9巻より

武器性能に依存せず剣技も磨き続け、霊亀との戦いでは、フィーロとともに霊亀の首を落とした。

武器屋に託された魔力の刀身を持つ剣も難なく操り、鎌やマインとの戦闘時には圧勝した。

Weapon Design ラフタリアの剣

はじめは幼い体に合わせてショートソードを使っていたラフタリア。成長に合わせて魔法鉄の剣を買ってからは、武器にこだわるようになり、様々な剣を使いこなす。

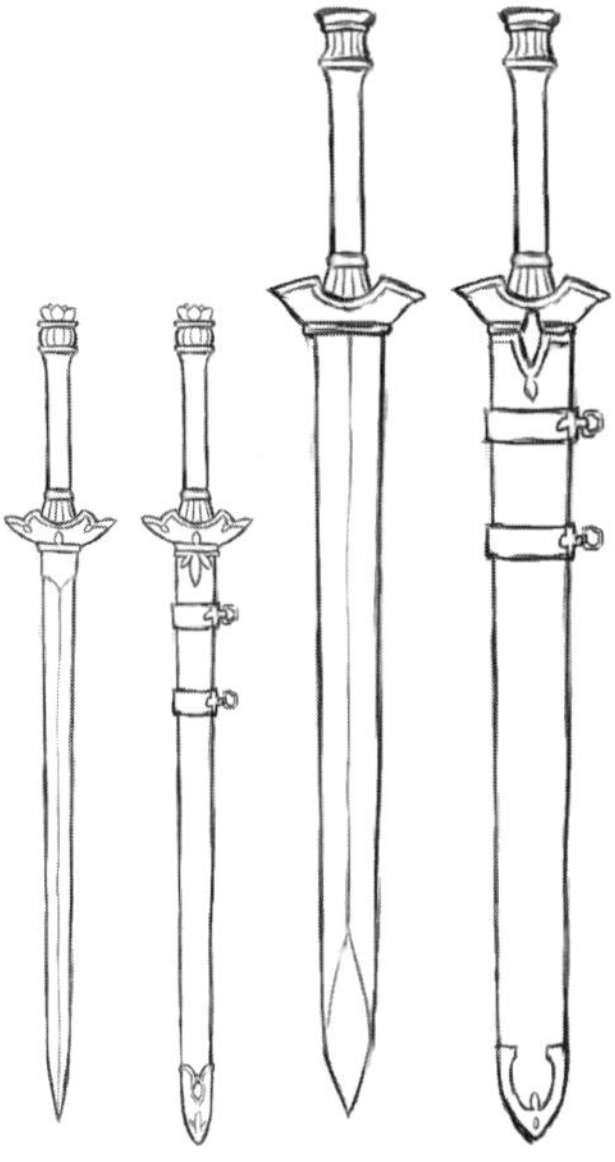

て、ラフタリアがヤキモキすることもしばしば。

剣と魔法の使い手として攻撃の要となる

戦闘では剣を操り、攻撃ができない尚文の代わりにオフェンスとして活躍。また、光と闇の魔法を幻覚魔法として発動させ、敵を翻弄するトリッキーな戦い方もできる

Character Design **巫女装束**

絆の異世界で着ることになった巫女装束。尚文がなぜか異常な執着を見せ、ラフタリアの胸中は複雑に。

ネコ耳巫女は珍しくないが、狸耳の巫女も案外かわいい。

TOPICS **刀の眷属器の勇者**

観衆の中、クズ二号が刀を岩から引き抜こうとした瞬間、刀が光となってラフタリアの元に飛んでいき、実体化。刀自身がラフタリアを選んだため、グラスやテリスが語りかけても、ラフタリアから離れずにいる。

アタッカー。天性の勘の良さのうえに、数多の戦いと修練により磨き上げた剣技は、異世界の眷属器の所持者であるラルクベルクたちにも引けをとらない強さを持つ。その剣の素質ゆえか、刀の眷属器に見いだされ、所持者となった。幻覚魔法も安定して使うことができ、姿を隠して敵のうしろに回ったり、そこから敵の不意をついて攻撃したりと容赦ない戦い方をする。

Naohumi's Assessment
尚文の評価

俺が今までの戦闘を乗り越えられたのはラフタリアのお陰だ。他の女と比べてもラフタリアは一緒にいて居心地がいいけど、娘みたいなものだからだろうか。俺にはラフタリアを幸せにしてやる責任があると思っているよ。

ラフちゃん

ラフタリアの髪から生まれた式神

ラフタリアの分身!? かわいくて強い頼れる式神

異世界でラフタリアの居場所を突き止めるため、彼女の毛髪と尚文の血を媒体にして、エスノバルトが生成した式神。「ラフー！」と鳴く、かわいらしい子狸のような姿をしているが、光・闇魔法に適性があり、幻覚魔法を操る。尚文は異常に気に入っており、いつもラフちゃんにベッタリ。ラフタリアに複雑な感情を抱かせている。

Naohumi's Assessment
尚文の評価

ラフちゃんはいいぞ！　愛嬌のある顔立ちにモフモフした触り心地。ノリのいい性格だし、何気に空気を読めて賢いんだよ。なぜか俺の回りは我の強いやつが多い気もするんだが、ラフちゃんには癒されることが多いんだよな。

ごしゅじんさまの怒り、
憎しみをフィーロは食べてくね

天真爛漫で食いしん坊。見た目は天使な魔物

フィーロ

プロフィール

種族：フィロリアル　**肩書**：フィロリアル・クイーン後継者
使用武器：グローブ、足に装着する爪　**魔法適性**：風
主なスキル：すぱいらるすとらいく…翼を上下に構えて突進し、敵を貫く。
はいくいっく…姿がぶれて見えるほど高速で移動する。
主な魔法：ツヴァイト・トルネイド…手から竜巻を発生させ、相手に放つ。

卵くじから孵ったのは少女の姿をした魔物

尚文が奴隷商から購入した「魔物の卵くじ」から孵った、フィロリアルの少女。生まれたてはただのフィロリアルの雛で、人語を操ることはなかった。伝説の勇者である尚文に育てられたためか、通常のフィロリアルとは異なる過程をたどり、驚くべき速さで成長。最終的に羽の生えた人間の姿に。生ま

メルティを人質にしたフィトリアから突然試練を課せられ、彼女と激闘を繰り広げる。

TOPICS フィーロの魔法の服

フィーロの服はフィーロ自身の魔力を糸に変えてつくられた、変身しても破けない特注品。製作の際には、糸を紡ぐのに必要な宝石を、魔法屋と共に洞窟まで採掘しに行った。

Character Design 人型の姿

他のフィロリアルと最も違う点は、人型になれること。勇者に育てられた恩恵らしいのだが、未だ詳細は不明。

Character Design 着ぐるみ

着ぐるみの類が好きで、カルミラ島で入手したフィロリアル着ぐるみも着こなす。元の姿に戻ればいいのに……。

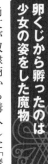

れて初めて見たものが尚文だったせいか、尚文を「ごしゅじんさま」と呼んで慕っている。尚文を巡って、時にラフタリアをライバル視することも。天真爛漫で無邪気な性格をしており、たまに毒を吐く。食いしん坊で、キメラの肉や腐ったドラゴンの死骸まで食べてしまう。

TOPICS

異世界でのフィーロの特技

キョウを追って異世界へ渡ったフィーロはハミングフェーリーと呼ばれる魔物に変化した。フィロリアルとの違いは空を飛べること。また、仲間の戦闘力を上げたり、回復させたりもできる歌を得意としている。

本人もびっくり!? 次期クイーンへの指名

伝説のフィロリアルであるフィトリアからフィロリアル・クイーン候補として見いだされ、試練を経てクイーンの第一継承権を与えられた。その証に、頭上にかわいらしいアホ毛が生えている。クラスアップの際には、このアホ毛が干渉し、フィーロ自身は未来を選択できなかった。

フィロリアルではあるのだが、一般的な種より、成長の仕方だけでなく、体格もかなり異なる。

天使からフィロリアルまで様々な姿を駆使して戦う

戦闘では攻撃力の高さと素早さから、アタッカーとして活躍。自身の姿を、フィロリアル型、フィロリアル・クイーン型、人型に変えることができ、相手や戦局に応じて使い分けている。人型の姿は、天使萌えの元康から好かれている。

Naofumi's Assessment

尚文の評価

食いしん坊で、無邪気で、純粋なフィーロは、たまに気の抜ける言動もするけど、ウチの大事な戦力だ。ドラゴンゾンビに食われた時は本当に焦った。俺を親鳥みたいに慕ってくれているから、責任持って守らないとな。

TOPICS 馬車好きなフィロリアル

フィロリアルは馬車を引くのが大好きで、街中でも馬の代わりに馬車を引く魔物として重宝されている。フィーロもやはり馬車を引くことが大好きで、尚文たちのメインの移動手段になっていた。しかし、乗り心地は……。

※コミックス９巻より

Character Design ハミングフェーリー

絆の異世界に渡ると、なぜか鷹のような見た目のハミングフェーリーに変化。特殊な力を持つ歌を会得した。

Character Design 本来の姿

普通のフィロリアルにもなれるが、元はでっぷりとした巨大な鳥。実は太っているのではなく、羽毛が深いだけ。

フフフ……馬鹿な男、
騙されちゃって……
明日が楽しみだわ

罰を受けてもなお反省なし
歪んだ性格は直らない

メルロマルク第一王女にして、王位継承権第二位。マインという冒険者名で活動し、尚文の唯一の仲間としてともに旅に出る。が、尚文の全財産と装備を奪って逃亡したうえ強姦未遂の濡れ衣を着せ、尚文の人間不信の元凶となった。その後は元康の仲間として行動する。我儘で傲慢、人を陥れることが大好きという最低最悪な性格で、女王からの信用がまったくないた

生まれながらに自分勝手で傲慢な王女

ビッチ／アバズレ

（マルティ＝S＝メルロマルク／マイン＝スフィア）

プロフィール

種族：人間　**肩書**：王女

魔法適性：火・風

主な魔法：ツヴァイト・ファイアースコール…炎の雨を降らせる範囲魔法。
ツヴァイト・ファイア…手から炎を発射する。
ツヴァイト・ヘルファイア…巨大な業火の玉を放つ。

め王位継承権も妹より低い。女王帰還後に悪事が発覚して、王権を剥奪されて名前をビッチ、冒険者名をアバズレと改められ、浪費した国庫金の返済義務を負う。しかし、奴隷紋を刻まれてなお嘘をつき続ける彼女に、悔い改める様子はまるでない。

TOPICS 悪事の数々の動機

尚文の身ぐるみを剥ぎ強姦魔の汚名を着せた彼女は、その後も勝手な税を制定しようとしたり、メルティ暗殺に加担したりと悪行の限りを尽くしている。性格が歪んだ原因や理由などが特になく、生まれ持った性格らしい。

ビッチ／アバズレと改名され、怒りに顔を歪ませた彼女こそが、本来の姿といえる。

Character Design 冒険者

勇者パーティーに参加し、溶け込むため、当初は簡素な冒険者の格好をしていた。

Character Design 贅沢装備

身分がバレてからは、駆け出しの冒険者とは思えない豪奢な装備に身を包むように。尚文に買わせたものだ。

Naofumi's Assessment 尚文の評価

最低最悪の超絶クッソ女だ！こいつのせいで、俺がどれだけひどい目に遭ったか。本音を言えば殺してもあきたらねえ。今後一生、俺がつけてやった超お似合いの名前、ビッチとアバズレと呼ばれ続けるがいいぜ！

異世界最高！
あの子を一目見た時から
俺の心は晴れやかさ！

女性にはとてもモテモテ
だが実態は都合のいい男

四聖勇者、槍の勇者として召喚された二十一歳の大学生。女の子が大好きなフェミニストで、美女と見れば見境なくナンパするノリの軽い性格の持ち主。尚文の冤罪事件ではビッチの訴えを疑いもせず彼を断罪したり、ラフタリアが奴隷としてこき使われていると吹き込まれて彼に決闘を申し込むなどしたため、関係が非常に悪い。思考が単純で美女の言うことを鵜呑

単純でノリの軽いフェミニストな槍の勇者

北村《きたむら》元康《もとやす》

プロフィール

種族：人間　**肩書**：槍の勇者

使用武器：槍

主なスキル：流星槍…エネルギーの槍を敵に降り注ぐ広範囲遠距離攻撃。
大風車…槍を振り回し、周りを一気に薙ぎ払う。
エアストジャベリン…光り輝く槍を投擲する。

みにするため、仲間の女性陣に都合よく使われているが、本人は気づいていない。地道な修行を怠り波の敵に惨敗したあと、錬と樹とともにこっそり霊亀に挑むも敗北。仲間だった女性たちは、形勢不利を悟り、元康を見捨てて逃げた。

Weapon Design **伝説の槍**

尚文の盾同様、元康の槍も吸収させたもので変わる。左側の槍は隕鉄の槍で元康のお気に入り。

Character Design **勇者装備**

自分で調達した装備もあるがくさりかたびらはもとは尚文のもの。マインにより奪われ元康のものに。

TOPICS **とにかくフィーロ萌え**

ひと目見た時から、極端なフィーロ好き。元の世界のゲーム「魔界大地」のフレオンというキャラクターがお気に入りで、見た目がそっくりなフィーロを理想の女の子として追い求める。が、当の本人からは激しく嫌われている。

※コミックス１巻より

元康の仲間たち

元康の仲間のエレナ、レスティ、ライノ。主な役割は戦う元康を魔法で援護し、声援を送ることのみ。ライノは元康があとから仲間に加えようとした女性だが、ビッチたちに騙されて怪しげな店に売り飛ばされてしまった。

Naofumi's Assessment
尚文の評価

うるせえし、うっとうしい。ビッチの言うことを鵜呑みにして人を強姦魔呼ばわりしやがった恨みは忘れねえ。あとラフタリアもだが、特にフィーロの見た目が理想だってまとわりついて目障りだ。フィーロ、もっと蹴っていいぞ。

俺はつるむのが嫌いなんだ。
ついてこれない奴は
置いていくぞ

プライドの高い一匹狼を気取る剣の勇者

天木《あまき》錬《れん》

プロフィール

種族：人間　**肩書**：剣の勇者

使用武器：剣

主なスキル：流星剣…剣から星を放つ、広範囲遠距離攻撃。
ハンドレッドソード…上空に多数の剣を発生させ、敵に放つ。
雷鳴剣…雷を宿した光る剣で攻撃する。

戦うときも常に単独行動 人付き合いはだいぶ苦手

四聖勇者、剣の勇者として召喚された十六歳の高校生。一匹狼を気取っているが、実は人付き合いが苦手なために単独行動をしているだけ。尚文への態度は比較的まともで、一方的な尚文への迫害に疑問を感じたり、自分が放置したドラゴンの死骸のせいで二次災害を引き起こしたときは素直に尚文に謝罪したりもした。その一方で、カナヅチであることやエクレール

との決闘に敗北したことを認めなかったりと、プライドが異常に高い。地道な修行を嫌がり、武器の強化法についての尚文の提案も聞き入れなかったため、波で敵に敗北。レベル上げのため元康や樹たちと霊亀に挑むが全滅し、キョウに捕らわれてしまった。

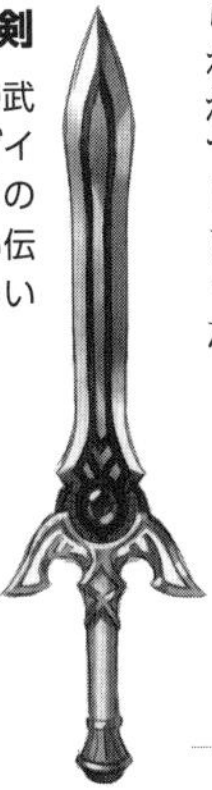

Weapon Design **伝説の剣**

最初の「伝説の武器」状態のデザインが四聖武器の中で、もっとも伝説の武器らしいのが剣。

Character Design **勇者装備**

ギルドからの依頼で稼いだ金を注ぎ込んだと思われる黒を基調とした鎧が、孤独好きな錬らしい。

TOPICS **悪い奴じゃない？**

最初から猜疑的だったり攻撃的だったりの他の二人にくらべ、錬だけは尚文の話を聞く耳を持っていた。元の世界から召喚された際の、殺人犯から幼馴染をかばって刺されたという理由からいっても、意外といいヤツかもしれない。

※コミックス１巻より

錬の仲間たち

召喚時から錬の仲間として旅についていった者たち。だが単独行動を好む錬の方針で、いつも錬とは別行動をとり、彼らだけでレベル上げをしていたという。尚文に対しても、比較的まともな対応をしていた。

Naohumi's Assessment

尚文の評価

クソ野郎には違いないんだが、こいつは残りの二人よりは１ミリくらいはマシだな。俺の話を少しは聞こうとくれたし、多少素直なとこはあるし。ただ、この世界をゲームだと思ってて覚悟が足りねえのは他の奴らと一緒だ。

正義のヒーローの自分に酔いたい弓の勇者

川澄《かわすみ》 樹《いつき》

副将軍があだ名 暗躍する世直し勇者

十七歳の高校生。塾の帰りにダンプカーに轢かれ、気づけば異世界に召喚されていた。正義を貫き、悪を倒す自分に酔いしれるタイプだが、目立つのは好きではない。「目立ってはいないが、実はすごい」という自分を演出するために、正体を隠して各地の悪党を懲らしめてきた。ゆえに、尚文からは「副将軍」というあだ名をつけられてしまう。独善的で視野が狭いのが

これは少し、懲らしめてあげなくてはいけませんね

プロフィール

種族：人間　**肩書**：弓の勇者

使用武器：弓

主なスキル：アローレイン…威力の高い流れ星のような矢を放つ。
イーグルピアシングショット…ワシをかたどったエネルギー矢を放つ。
サンダーシュート…雷を宿した光の矢を飛ばす。

TOPICS

正義の味方に酔うお子ちゃま

正義の味方気取りをするのが大好きで、尚文から「副将軍」と呼ばれる樹。正義感を満たすためにある国の王をこらしめたものの、レジスタンスがその後増税をして民を苦しめていても、樹の知るところではないようだ。

Weapon Design **伝説の弓**

エネルギーの矢を撃てる四聖武器唯一の遠隔武器。スタンダードでありながら異色というのが樹らしい。

Character Design **勇者装備**

弓職らしく金属の少ない兵装で、仲間を前線に立たせて戦うのが樹のスタイル。

Naofumi's Assessment

尚文の評価

自己顕示欲を満たすために、正体を隠しながら悪党を倒していくなんて趣味が悪い奴だ。それに、見下しているリーシアをクビにした時に「リーシアのためを思って」なんてほざいて、あの弁明は胸糞が悪かったな。

欠点で、民衆のために圧政を行っていたある国の王をレジスタンスと共に制圧し、結果的に一層民を苦しめた。さらに、仲間と共にリーシアを見下しており、リーシアが活躍した途端に、腕輪を壊したという濡れ衣を着せて、解雇しようとする自分勝手な部分も。

※コミックス１巻より

樹の仲間たち

「イツキ様親衛隊」と名乗るほど樹を慕っている。しかし、仲間内で序列があり、最下層のリーシアを仲間外れにしようとする陰湿さも。特に鎧の者は尚文のことも見下しており、ラルクは彼らを「犯罪者予備軍」と評価した。

いじめられっ子から才能を開花させた天才

さらわれたところを樹に助けられ、彼を慕って仲間になった没落貴族の娘。しかし、戦闘能力の低さから樹や仲間から疎まれた挙句、濡れ衣を着せられパーティーを解雇されてしまう。冤罪を被った彼女を他人とは思えず、彼女を強くしたいと思った尚文に勧誘され、彼のパーティーに加わることとなった。記憶力がよく博識で、頭の回転も速い。しかも、どの魔法を扱う

私は……力は
ないかもしれないですけど、
貴方を認めるわけには
いきません！

弱気な薄幸少女、ピンチに遭うと最強に

リーシア＝アイヴィレッド

プロフィール

種族：人間　**肩書**：貴族
使用武器：細剣、札　**魔法適性**：ＡＬＬ
主なスキル：点（変幻無双流）…防御力が高いほどダメージも高くなる攻撃。
主 な 魔 法：ファスト・パワー…対象の力を上げる魔法を付与する。
ファスト・ウォーターショット…敵に向けて水を放つ。

こともできる。が、レベルに比してどのステータスも低いのが難点。常にオドオドしており「ふぇぇぇえ」が口癖なのだが、正義感が強く非道な敵には毅然とした態度を見せ、潜在する高い戦闘力を発揮する。武器は不得手と思い込んでいたが、札などの投擲具の扱いに素質があることが絆の世界で判明した。パーティーを解雇されても、樹を一途に思い続けている。

TOPICS 秘められた才覚

変幻無双流の継承者であるババアをして「次期後継者にふさわしい」と言わしめるほど、並々ならぬ素質を持つ。気を外から集め、自分に留める能力に長け、ステータスは低くても外部から気を補って強くなる。

※コミックス12巻より

カルミラ島で入手したペックル着ぐるみがお気に入り。暗く閉鎖された空間が落ち着くらしい。

Character Design 旅装

非力なリーシアらしい軽装。にもかかわらず、樹の仲間だった頃は前衛を務めさせられていた。

Character Design 和装束

絆たちの世界では、尚文とともに和の衣装に身を包むことになったが、着こなしている。

Naohumi's Assessment 尚文の評価

すぐ「ふぇぇぇぇ」とか情けない声を出すし、どのステータスも低いから、「強くしてやる」とは言ったものの実は心配だったんだ。だけど、キョウとの戦いでの豹変ぶりには驚いたな。内心、主人公って呼んでる。

王位継承権一位の王女はフィロリアルが大好き

メルロマルクの第二王女。第一王女であるマインの妹にもかかわらず王位継承権一位を持つ、優れた少女。姉と違い非常に勤勉で、母である女王に似て伝説などにも興味を示し、王族としての振る舞いを心掛けている。女王の外交についていき、各地を旅していたが、父と姉が行っている盾の勇者への不当な差別をやめさせるため、メルロマルクに帰還。その道すがらで尚文たちと

わたしは第二王女って
名前じゃない！
メルティよ！

姉と似ても似つかないしっかり者の王女

メルティ＝メルロマルク

プロフィール

種族：人間　**肩書**：王女

魔法適性：水・土

主な魔法：ツヴァイト・アクアショット…大きな水の塊を高速で発射する。
ツヴァイト・アクアスラッシュ…水の玉を作り、そこから水の刃を放つ。
ツヴァイト・スコール…雨雲を出現させ、雨を降らせる。

出会った。三勇教会から命を狙われていたため、一時、尚文たちと行動を共にすることに。元々は無理をして大人びていたが、尚文との出会いから、本来のメルティらしさが表れ、感情豊かな振る舞いをするようになった。フィロリアルが大好きで、ドラゴンから守ろうと勇敢に立ち向かっていったことも。そうした趣味もあって、フィーロとは大の親友に。

TOPICS

姉との確執

自分勝手でワガママな姉、マインに手を焼いてきたメルティ。盾の勇者を貶め、実の妹である自分にも殺意を向けていることがわかると、姉を深く軽蔑。尚文に姉と同一視された時は「侮辱だ」と激しく怒ったほど。

短い間に苦楽を共にしたことでフィーロとの仲を一層深め、旅の終わりには泣いてしまった。

Character Design

王女の略装

王族らしい豪奢な服ではあるが、母親との長旅の習慣からか、動きやすい服を選んで着ている様子。

Naohumi's Assessment

尚文の評価

ビッチの妹なんか信頼できないと思っていたけど、女王に似て、賢くて公正な人物だ。次期女王だけある。ただ、ヒステリーで俺に対してだけ嫌味を言ったり、妙に突っかかってくるのが気になるんだよな。

霊亀と互角、最強のフィロリアル・クイーン

フィトリア

フィトリアはフィトリアを
育ててくれた勇者の願いで
戦っているだけ

勇者との約束に生きる伝説のフィロリアル

世界中のフィロリアルを統括するフィロリアル・クイーン。通常のフィロリアルの寿命の、数十世代分を生きながらえてきた伝説のフィロリアルで、多くのフィロリアルを従えている。人が踏み入れたことのない森の奥地で暮らしているらしく、人間や他の魔物に干渉せずに生きてきた。新たなフィロリアル・クイーン候補としてフィーロに目をつけ、尚文たちと接

プロフィール

種族：：フィロリアル　肩書：フィロリアル・クイーン

魔法適性：詳細不明

主なスキル：謎の攻撃スキル…馬車をチャリオットに変える攻撃？

主な魔法：ハイクイック…高速で移動する。
アンチ・ツヴァイト・トルネイド…ツヴァイト・トルネイドを消失させる妨害魔法。

Character File / フィトリア

触を図る。彼女もまた、過去の四聖勇者によって育てられたフィロリアルで、その勇者に託された遺志のため、人と無縁な地で起きた波の対処をし、フィーロを育てた尚文の心を信じて、協力することにした。戦闘時は、フィロリアル・クイーンの形態になり、霊亀と互角にわたりあうほど巨大化。俊敏な動きに、強い脚力による攻撃で相手を翻弄する。

TOPICS

過去の勇者との約束

フィトリアは「勇者と共にこの世界を守ること」を、自身を育ててくれた勇者と約束している。そのため、四人の勇者たちが力を合わせない場合は、現在の勇者たちを殺して新しい勇者を召喚することも辞さない。

戦闘経験も豊富で、風魔法を好んで使うようだが実力は底知れず、フィーロを片手でいなした。

Character Design **フィロリアルの女王**

フィーロと同じく、元の姿はでっぷりした鳥。しかし、体高は 10 mを超える。

Character Design **人型**

頭の三本アホ毛が女王の証であり、フィトリアのチャームポイントにもなっている。

Naofumi's Assessment

尚文の評価

マトモに戦ったら俺の盾をもってしても負けてしまう気がするほど、フィトリアは強い。 だけど、威厳の裏には純粋な子供の顔も持っているんだよな。 フィロリアルだけに、時々フィーロのようなアホさも感じるし。

いつも真っ直ぐで勤勉な美しき女騎士

エクレール＝セーアエット

そうか……私は領地の
人々のためにもこの大任、
ぜひとも力を注ぐ所存だ

凄腕を買われた剣術指南役 強さにおごらず日々修行中

メルロマルクの騎士。国内で五指に入るという腕前を買われ、尚文たちの剣術指南役を任じられた。ラフタリアの故郷ルロロナ村があったセーアエットの領主の娘でもあり、領内で亜人を標的に奴隷狩りをしていた者たちを罰したことで罪に問われ、投獄されていたが、女王の帰還後に無罪放免となった。とても真面目で実直、正々堂々を地で行く性格であり、尚文がたま

プロフィール

種族：人間　**肩書**：騎士
使用武器：剣　**魔法適性**：光・支援
主なスキル：魔法剣…剣技の応用技。魔法のエネルギーを剣に纏わせる。
魔円突…魔力を込めた光を剣に宿して敵を突く。
主な魔法：防御の光魔法…一瞬だけ光の盾を出現させる。

に見せる非道な振る舞いに怒ったり頭を抱えることが多い。しかし、今では少しずつ彼の言動に理解を示し始め、考えを改めつつある。剣技はかなり攻撃的で、彼女の奥底に眠る苛烈な気性が顔を覗かせる。

TOPICS 旧セーアエット領の領主の娘としての思い

正義感と責任感の強いエクレールは、領地内にあったラフタリアの村を守れなかったことを悔いている。亜人への偏見はなく、ラフタリアに初めて会ったときには彼女に頭を下げて謝罪し、以降気さくに付き合っている。

剣の技量は超一流で、勇者のステータス補正を受けている錬をいなした。

Character Design 甲冑姿

エクレールの戦闘装束。フルプレートだが、重量をものともせず、素早い攻撃を繰り出せる。

Naofumi's Assessment 尚文の評価

エクレールは正統派女騎士って感じだ。勇者のスキルを使った錬を剣術で倒したのは驚いたよ。正義にやたらこだわるところが鬱陶しいが、盾や亜人だからといって差別してくる馬鹿どもよりはまともだな。

Character Design 軍服

日頃から常に正装で身を固めているところも、堅物のエクレールらしい。この姿で運動もこなす。

※コミックス 12 巻より

厳しく鍛える戦闘顧問

勇者たちの戦闘顧問として女王が招聘した変幻無双流伝承者の老婆。長らく病床に臥せっていたが、尚文から息子が買った薬を飲むと快癒……どころか全盛期の力を取り戻し、修行を重ねて強くなった。尚文に恩義を感じており、勇者や従者たちへの変幻無双流の伝授と訓練を引き受けたが、リーシアを見つけ喜んで後継者育成に励む。息子も同行しているが影は薄い。

常識など通じない年齢を超えた無敵ババア

エルラスラ ＝ラグラロック

プロフィール

種族：人間　**肩書**：変幻無双流伝承者

主なスキル：三日月…蹴った場所が三日月型にへこみ、爆発を起こす
旋風…空気の流れを発生させる
満月…魔法の真空の玉を放つ

TOPICS **変幻無双流**

謎多き流派・変幻無双流は、どんなものでも武器として活用し、敵を殲滅する万能の戦闘術。習得するためには“気”のような概念を扱えなければならず、さらに極めるためには特殊な才能が必要であるらしい。

※コミックス12巻より

ラフタリアと同郷の幼馴染

ラフタリアの幼馴染であるワーヌイ種の亜人。メルロマルクを襲った最初の波のとき捕らわれ、ラフタリアとともに奴隷にされた。尚文たちの手により捕らわれていた屋敷の地下から助け出され、その後尚文たちの仲間になる。

キール

よし！
じゃあアンちゃんの
期待に応えないとな！

口は悪いが腕前は一流の気のいい武器屋

エルハルト

**尚文にとっての最初の恩人
武器防具はすべておまかせ**

メルロマルク城下の街で武器屋を営んでいる男性。冤罪をかけられ迫害されている尚文に、在庫処分と称して最低限の装備を渡すなどして助けてくれた数少ない味方の一人。尚文も彼を信用しており、冤罪が晴れ名誉が回復されたあともずっと贔屓にし続けている。口は悪いが気のいい親父といった性格で、武器や装備を製作する腕は確か。尚文は各地で手に入れた素材を彼のもとに持ち込み、様々な装備や仲間用の武器を作ってもらっている。

プロフィール

種族：人間　**肩書**：鍛冶職人

尚文を助けたことで、伝説の武器の力について知る貴重な一般人となった親父。

仕事着

ＲＰＧファンの鍛冶屋イメージを体現したかのような親父。しかし、頑固さはなく、かなり柔軟な思考の持ち主。

勇者様の考えの深さに
私、ゾクゾクしますよ！
ハイィ！

正体の知れぬうさんくささ満点の奴隷商

ベローカス

プロフィール

種族：人間　**肩書**：商人

奴隷商が尚文を助けていなければ、世界は滅んでいたかもしれない。

胡乱な男

タキシードが不気味さを引き立てている。親戚も同じ見た目をしているらしい。

非合法な商売も手がける男。取引するなら油断は命取り

メルロマルク城下で秘かに奴隷売買を行っている謎の男。表向きは魔物商を営み、実際に魔物も取り扱っている。冤罪で仲間を得られず、やさぐれていた尚文に、奴隷を勧めた。ラフタリア、さらにはフィーロを尚文に引き合わせた張本人ではあるが、彼自身は彼女らが大きく成長するとは思っていなかった。尚文が交渉の際に見せる非情さと逞しい商魂を大いに気に入り、なにかと便宜をはかってくれるが、言動が常にうさんくさく、尚文は彼を苦手としている。商品である奴隷は大切にする主義。

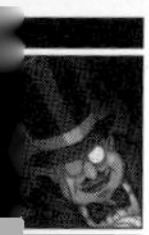

魔法屋

※コミックス3巻より

メルロマルク城下街で、魔法書などを商う女性。波の襲来の際、孫を尚文に助けられたことを恩に感じ、初級の魔法書を贈った。変身するフィーロのための服を作る際も、材料採取に同行するなどで協力した。

ヒークヴァール

※コミックス3巻より

尚文が行商時、隣町まで馬車に乗せたアクセサリー商の男性。冒険者用のアクセサリーを扱っており、尚文の商人魂に惚れ込んで技術を教えたり流通ルートの斡旋などをした。商人組合の中ではかなりの権力を持つ。

志願兵たち

※コミックス4巻より

波の襲来時に尚文とともに戦いたいと志願した騎士団の下級兵士たち。中心の若者エイクはリユート村出身。出世目的かと疑った尚文だが、仲間になりたくば金を用意しろという無理難題に応えたことで信用した。

ヴァン＝ライヒノット

※コミックス5巻より

尚文が「優男の貴族」と呼ぶ貴族の男性。生前のセーアエット領主と親しく、亜人優遇の考えに共鳴しており、メルティを連れて逃亡中、かくまってくれた。尚文のアクセサリーをぼったくり価格と知りつつ買ったことも。

イドル＝レイビア

※コミックス6巻より

亜人の奴隷を買って拷問することを趣味とする亜人排斥派の貴族。ラフタリアやキールもこの男に買われていた。尚文を捕らえるためヴァンとメルティを拐うが、尚文たちに追い詰められ、禁忌の魔物の封印を解き自滅する。

Naofumi's Assessment
尚文の評価

三勇教が失脚する前から、メルロマルクには武器屋の親父をはじめ、案外世話になってる人が多いんだよな。薬屋やら服屋やら、また顔出してみるか。

私には……いえ、この国には
貴方に頼る以外の道が
もう何も残っていないのです

その知性を武器に外交で
国を守る正統な女王

ミレリア
=Q=メルロマルク

プロフィール

種族：人間　**肩書**：女王
魔法適性：火・水
主な魔法：ドライファ・アイシクルプリズン…氷でできた檻で対象を閉じ込める。
ドライファ・ヘルファイア…巨大な業火の玉を放つ。
アイシクルソード…氷の剣を作り出す。

国のためには非情にもなるメルロマルクの最高権力者

女王制であるメルロマルクで最も権力を持つ、正統なる女王。見た目は若いが、頭脳明晰にして国際的な広い視野を持ち、突出した交渉術で各国と渡り合う彼女は〝メルロマルクの雌狐〟とも呼ばれている。尚文が召喚された頃は戦争回避のための外交に専念しており、対処が遅れた。国のためなら娘をも利用する非情さを持ちながら、罪を犯した夫や娘の命まではとらないよう尚文に交渉するなど家族想いな面もある。自国に帰還後は尚文を金銭や待遇などでバックアップし、また波などの際には自ら軍を指揮して戦闘に参加する。人間至上主義の国の王ではあるが、亜人や獣人への偏見はない。

TOPICS 非凡な外交手腕

オルトクレイと三勇教が、一国につき勇者召喚するのは一人までという協定を破り、四人全員を召喚。そのせいで戦争に発展しかけたところを、各国を駆け回り、交渉術を駆使して他国を抑え、見事戦争を回避した。

Character Design 女王のドレス

女王らしい贅沢な拵えのドレスを纏い、威厳も十分。美貌も迫力の一助となっている。

Naohumi's Assessment 尚文の評価

頭がよくて能力も高いってのは認めるが、完全に信用するのは無理だな。いろいろ便宜をはかってくれるのも、結局は国のためなんだし。だがまぁ、ビッチとクズに対する怒りは本物みたいだから、そこは信じてやるさ。

影

女王に仕える有能な隠密

※コミックス12巻より

主に王族の警護やサポートを行うメルロマルク王家の秘密警護部隊。王族の者に変装して影武者を演じることも。女王の影武者を務め、その後、尚文の前によく現れるようになった影はなぜか語尾が「ごじゃる」になるため、すぐに偽物だとわかる。組織内はどうやら一枚岩ではなく、女王派や三勇教派など派閥が存在するらしい。

何かすると最初に会った
時から思っておった！
やはり尻尾を出したな
この悪魔め！

偏った思想を振りかざし暴走する代理の王

クズ

（オルトクレイ＝メルロマルク三二世）

プロフィール

種族：人間　**肩書**：国王
使用武器：不明

昔は賢王、現在は老害

メルロマルクの王だが、女王制のこの国では女王不在時の代理王でしかない。女王不在の間に勝手に四聖召喚を行うという暴挙に出、さらに盾の勇者である尚文だけを異様に嫌い迫害する。女王帰還後はその悪行がバレ、名を「クズ」に改めさせられた。今ではもはや老害そのものだが、昔は「英知の賢王」と名高い英傑であったらしい。その証拠に現在も、知的遊戯では女王すら彼に歯が立たないのだという。

TOPICS

「盾の勇者」への悪意

国教である三勇教では、盾の勇者は悪魔の化身である。そのせいなのか、彼は最初から盾の勇者だけを嫌い、支度金に差をつけたり、娘が仕掛けた冤罪を簡単に信じて尚文を断罪したり、尚文に不利な決闘を一方的に認めたりしている。

Character Design

国王のローブ

メルロマルクの豊かさを体現した重厚な衣装に身を包み、見た目は王者の風格も十分。

Naohumi's Assessment

尚文の評価

勝手に人を召喚した挙句、迫害するどうしようもないクソ国王がコイツだ。死ぬまで許さん。入り婿らしく、女王に頭が上がらなかったザマは大いに笑わせてもらったがな。盾の勇者そのものに私怨があるらしいが、知ったことか！

まずは盾の悪魔からです。
神の裁きを受けるがいい

国の転覆を図った大罪人

教義に反する盾の勇者、そして各地で信仰を揺るがす剣、槍、弓の勇者たちを亡き者にし、三勇教会の威信を確固としたものにしようと画策していた。王女たちまでも殺し、教会が擁立する者を王位につかせようとしていた、メルロマルクの騒動の首謀者。妄信的な信者たちを従え、彼らの援護魔法を駆使しながら戦う。最期は、尚文が発動させたブラッドサクリファイスにより絶命した。

妄信的な信者を従えた、非道な教会の権威

ビスカ＝T＝バルマス

プロフィール

種族：人間　**肩書**：三勇教教皇

主なスキル：ブリューナク…敵を刺し貫く強力な槍スキル。
ミラージュアロー…分身の幻影を生み、敵を惑わせる弓スキル。

主な魔法：高等集団合成儀式魔法『裁き』…信徒の魔力を集め、高威力の雷を落とす。
高等集団浄化魔法『城壁』…信徒の魔力を集め、強固なバリアを張る。

Naofumi's Assessment 尚文の評価

教会で聖水をくれた時は温和で公正な人物に見えたが……教会の威信のため国をめちゃくちゃにした大悪党だったな。妄信的な人間は怖いもんだ。

TOPICS 「四聖武器の複製品」

数百年前に紛失したとされる「四聖武器の複製品」を振るい、勇者たちの命を狙った教皇。この武器はどの四聖武器にも可変する武器で、使用には大量の魔力を要するため、信徒たちが日々命がけで魔力を注いでいた代物。

お願いします。どうか、私を早く倒してください

尚文たちを導き世界を守ろうとする

人間に見えるが、霊亀の魂が人の形をとった、霊亀の使い魔と呼ばれる魔物の一種。霊亀が封印された国の王の愛人として振る舞い、幾人もの命を狙っていた。同時にオスト自身は霊亀の説明書兼非常ブレーキとしての役目も負っている。霊亀がキョウに乗っ取られ暴走すると、守護獣を止められる可能性を持つ尚文の元に現れ、霊亀討伐を懇願した。

哀しい運命を辿る美しき霊亀の使い魔

オスト＝ホウライ

プロフィール

種族：霊亀　**肩書**：愛人

魔法適性：土・援護

主な魔法：金剛力…味方に力を付与する支援魔法。
重力場・超重力…半透明の黒い球体を当て、相手の重力を増加させる。

見識が広く、言葉遣いは古風で、王の愛人という立場からミレリアとも面識があった。本来は礼儀正しく、誠実な人物。戦闘では失伝した魔法を駆使し、尚文に協力。さらに強力な援護魔法を伝授するなど幅広く活躍した。キョウとの決戦で、実は霊亀そのものだったことが判明。尚文の攻撃で霊亀の核が活動停止すると、オストも共に息を引き取った。

TOPICS

霊亀の使い魔としての活動

霊亀は本来、世界を救うために多くの生物の魂を必要とする。使い魔のオストも魂を収集する役割を担っていた。彼女は霊亀が封印されている国の王に取り入り、国を腐敗させることで、人々の命を奪おうとしていた。

暴走を止めるため、自らの命がついえると知りながら、尚文と共に霊亀の核にトドメを刺した。

Character Design

中華風衣装

霊亀の封印された国は中国風の国で、オストもその国特有のチャイナドレスに身を包んでいる。

Naofumi's Assessment

尚文の評価

悪女のような外見に最初は警戒していたが、共に戦っていくうちにいかに立派な人物かわかったよ。自分の命と引き換えに世界を守りたいなんて、そんな考え、俺は理解したくないけど……。大事な仲間の一人だった。

異様な巨躯の防衛兵器

守護獣のうちの一体で、蓬莱山を背負った巨大な亀の魔物。生き物の命を奪い、その魂で世界を災厄の波から守る結界を生成する。過去に勇者によって封印されていたが、異世界より現れたキョウに乗っ取られた。

霊亀

Character Design 大山を負った亀

背中の山にはいくつか町が存在し、人々が生活していたほどに霊亀は巨大。

TOPICS 霊亀の使い魔

オストのような人型から、翼を持った蝙蝠型、大柄な雪男型、棘の形状をした突撃型など、様々なタイプの使い魔がいる。彼らは、結界の生成に必要な生き物たちの魂を集めるために、人間や魔物を襲っている。

※コミックス12巻より

核の破壊はオストの心臓が潰れるのと同義で、激痛を感じながらも暴走の阻止を喜んだ。

本気でやる気はないくせに。
尚文は本当に人が悪いなあ……

尚文と異なる日本から異なる異世界へ

尚文とは異なる日本から、ゲームを介して異世界に召喚された少女。尚文とは別の世界で、四聖のひとり、狩猟具の勇者となった。武器の制限のため、対人での殺傷能力はないに等しいが、魔物が相手であれば高い攻撃力を発揮。勇者だけあって相当の実力を持ち、どんな魔物も確実に仕留めることができる。敵対する国に捕らえられ、数年間、魔法で作られた牢獄「無限

対人殺傷力ゼロ、人望に厚い狩猟具の勇者

風山《かざやま》 絆《きずな》

プロフィール

種族：人間　**肩書**：狩猟具の勇者

使用武器：狩猟具

主なスキル：擬餌倍針…ルアーを当てることで、次の攻撃の効果を二倍にできる。
血花線…生物の弱点である構造の繋ぎ目を切り裂いて、肉体を分断する。

迷宮」に閉じ込められていたところ、キョウを追って異世界に飛んできた尚文たちと出会った。自分たちの世界を救うため、異世界の勇者を犠牲にしなければならない伝承に疑問を持ち、別の方法がないかと訴え、グラスやラルクベルクたちと尚文たちとの敵対関係を解消させた。

伝説の武器の制限で人を攻撃できないが、戦闘技能はズバ抜けており、グラスとの連携攻撃は強力。

Character Design **ゴス＋和**

絆が召喚されたのは西洋風の国だったため洋の装い。親友のグラスから贈られた和風の羽織を大切に羽織っている。

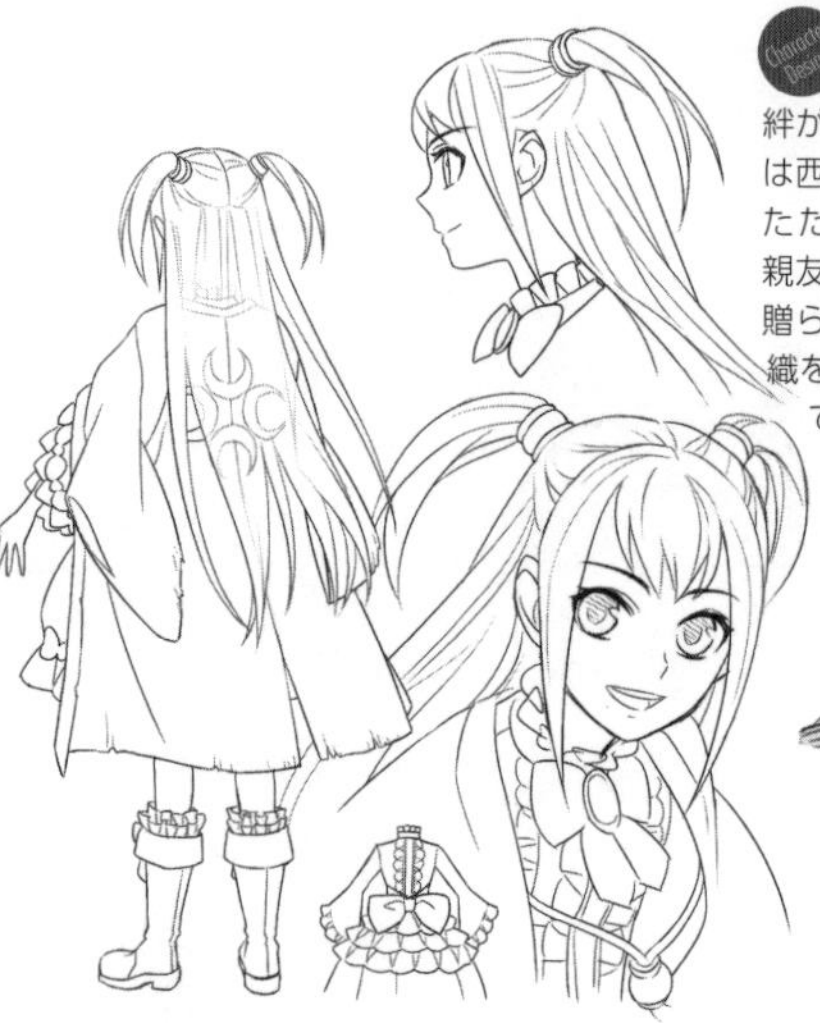

TOPICS 召喚前にプレイしたゲームの謎

召喚される直前、絆は専用ポッドに入ってプレイするVRゲームに、姉妹たちと入ったが、ロードされたゲームは公表されていたものと全くの別物だった。内容は召喚された異世界と同じ世界観のゲームだったらしい。

人懐こいしっかり者勇者 最大の欠点は釣りバカ!?

人格者ゆえに人望があり、多くの仲間と信頼関係で結ばれている。しかし、趣味の釣りのことになると目の色を変え、熱中しすぎるあまりグラスにたしなめられることも。また、凝り性なところは尚文と気が合う。見た目は小学生のようだが、実は立派な十八歳。

Naofumi's Assessment 尚文の評価

小学生かと思ったら、俺と同年代の十八のロリババ……やめとこう。どんな魔物も撃破する強さに、俺の世界の勇者として絆がいれば、と思う。それに、信頼できる多くの仲間に囲まれていることも少し羨ましいよ。

Weapon Design 伝説の狩猟具

聖武器の変化形態である鮪包丁と釣竿。絆は使い勝手の良さからこの2つを特に愛用している。

TOPICS 狩猟具の変形種類

狩猟具は、接近戦では鮪包丁、遠距離での戦いは釣竿として用いることが多い。特に釣竿は姿を隠すスキル「全隠蔽狩」が使えたり、ロープ代わりになったりと用途が多彩。弓、スリング、槍にも変化させることができる。

クリス

絆の愛らしい式神

絆とグラスが二人でつくったペンギンのような姿の式神。対人攻撃ができない絆のボディガードの役割を担うため、様々な魔物の素材を媒介に作られた。はぐれてしまったグラスたちの行方を探す際にも、能力を発揮した。

敵として乗り込んできた異世界の眷属器所持者

ラルクベルクや絆と同じ、異世界の伝説の武器の所持者の一人。扇を操り攻撃を仕掛ける。自分たちの世界の延命のために四聖勇者

TOPICS 絆とグラスの過去

絆は同じ流派の兄弟子たちから疎まれており、眷属器の所持者になった途端、仲間を追われることに。一人ぼっちだったところ、ある日の戦闘中に絆が通りかかり、二人は意気投合。以来、旅を共にしてきた。

扇を操り踊るように敵を一掃する和風美女

グラス

プロフィール

種族：魂人　**肩書**：扇の眷属器の所持者

使用武器：扇

主なスキル：輪舞破ノ型・亀甲割…鉄扇を突き出し、光の矢を放つ。
輪舞無ノ型・月割り…二つの扇を振り下ろし、敵に多段切りが降り注ぐ高火力攻撃。
輪舞零ノ型・逆式雪月花…鉄扇で薙ぎ払い、暴風を発生させる。

を殺そうと、尚文たちの世界に乗り込んできた。しかし、親友の絆に説得され、尚文たちと共闘態勢をとる。魂人と呼ばれる種族で、生命力と魔力が統一されている。そのため、レベルを問わず魔力を増幅させることができるが、反面、魔力を消費すると生命力も減り弱体化してしまう。生命力は自然回復を待つしかなかったが、尚文の世界の魂癒水を飲むと回復し、一時的ではあるが際限なくパワーアップすることが判明した。真面目で正義感が強いクールビューティーではあるが、絆のこととなると取り乱す。

実力は相当高く、尚文以外の三勇者では全く歯が立たなかった。

魔法で姿を変え、キョウの凶行を止めるため霊亀に潜入。洋装で髪型も変わっている。

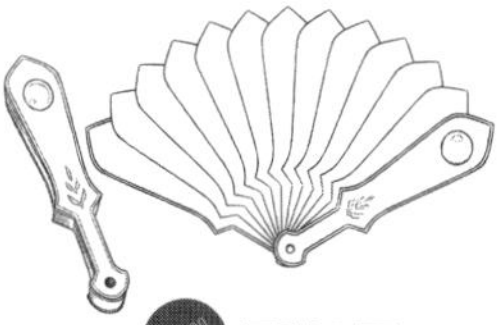

Weapon Design **伝説の扇**

眷属器は扇。斬撃・打撃などの直接攻撃はもちろん遠距離攻撃の発生装置として使われる。

Character Design **振袖姿**

和風の国出身のグラスは、常に振袖。その美貌と髪型から日本人形のよう。戦闘では邪魔ではないらしい。

Naofumi's Assessment

尚文の評価

最初に戦った時は、全く歯が立たなかったから焦った。それがこうして、一緒に戦うようになるとは。手強かった分、今では心強い仲間だ。それに、絆といる時に見せる子供っぽい表情は普段とのギャップがあるな。

フランクでスケベ その正体は一国の王

異世界の鎌の眷属器の所持者。実は若くして一国を統治する王だが、身分の高貴さを感じさせず、誰に対しても気さくでフランクに接

いやぁ……まさか坊主が
本当に盾の勇者だとは
思わなかったぜ

尚文とカルミラ島へ向かう船で出会い、すぐに友達に。

不思議な魅力を持つ気さくな人たらし

ラルクベルク＝シクール

プロフィール

種族：人間　**肩書**：鎌の勇者、王　**使用武器**：鎌

主なスキル：飛天大車輪…車輪状にエネルギー化した鎌を飛ばす遠隔スキル。テリスの「輝石・爆雷雨」と合わさると雷を帯びた合成技「雷電大車輪」へと変化。

気鎌・守爆…敵の防御力に比例して攻撃力が上がる。

一ノ型・風薙ぎ…暴風を纏った横凪ぎを放つ。

Weapon Design **伝説の鎌**

武器として扱うには非実用的な鎌の眷属器を、ラルクは使いこなしている。

防御力に比例したダメージを与えるスキルで、防御特化の尚文を苦戦させた。

Character Design **簡素な装備**

普段から到底、王には見えない冒険者のいでたちをしている。堅苦しいのが嫌いなラルクらしい。

Naofumi's Assessment

尚文の評価

最初は調子狂う奴だなと思ったけど、付き合ううちに、初めて仲間にしたいと強く思ったよ。一度戦った時も楽しかったし、不思議な魅力があるな。

TOPICS

尚文の異世界初の友達

人懐こく、初対面から尚文を「坊主」と呼んだラルクベルク。当初は嫌がった尚文だが、ラルクベルクの人間性に親しみを覚え、やがて兄のように思い始める。尚文はからかいを込め、たまに彼を「若」と呼ぶ。

する。大人の貫禄と、時折見せる子供っぽさが人を惹きつけ、人望も厚い。盾の勇者である尚文を倒しに尚文たちの世界へ渡り、一度は敵になった間柄。しかし尚文が絆たちの世界に向かった際には、絆の説得もあり、共にキョウへ立ち向かうように。少々スケベなところもあり、温泉ではりきって女湯を覗いてしまうことも。

宝石が喜びに満ちている。
ここまでの仕事を
してくれるなんて……

ラルクのパートナー、宝石への愛が深すぎる美女

絆の世界の住人で、宝石が力を得て人になった種族・晶人の女性。額に埋まった青い宝石が特徴。真面目で礼儀正しく温和な性格だ

晶人であることがわからないように、尚文の世界ではサークレットで額の宝石を隠していた。

ラルクとのコンビネーションが抜群な術師

テリス＝アレキサンドライト

プロフィール

種族：晶人　**肩書**：宝石魔法使い

使用武器：宝石　**魔法適性**：宝石魔法

主な魔法：輝石・紅玉炎…敵だけを焼き尽くす浄化の炎を出す。
輝石・粉守…対象の防御力を下げる回避不能の魔法。
輝石・麻痺羽…魔法の蝶を対象へ飛ばして纏わりつかせ、動きを封じる。

が、宝石を愛するあまり、宝石の話題となると人が変わったように興奮する。

　宝石と意思を通わせることで魔法を発動できる。戦闘では強力な宝石魔法で攻守ともにこなすほか、ラルクのそばに控えて、彼の鎌と、雷や炎の魔法を用いた合成技も繰り出す。ラルクとは何でも言い合える仲で信頼しあっているが、まだ恋人の一歩手前のようだ。

TOPICS

細工師としての尚文への崇拝

カルミラ島で宝石の細工を尚文に依頼したところ、完成品のあまりの素晴らしさに、尚文を名工と崇めるようになったテリス。ところが、尚文が作った腕輪への、テリスの心酔ぶりを、ラルクベルクは苦々しく見ていた。

Character Design **冒険者服**

冒険者らしく動きやすそうな革の鎧を装備している。両手首に付けた腕輪と額のサークレットが特徴的だ。

Character Design **和装**

元の世界では和装も着こなす。袴の柄が宝石のような幾何学模様になっているのが彼女らしい。

Naohumi's Assessment

尚文の評価

ただの物静かな女だと思ったが、軽い気持ちで細工した腕輪に泣くほど感動されて正直戸惑った。少し嬉しかったけどな。ラルクとは息も相性もピッタリで、お似合いの二人ってやつだな。勝手にしろよ！

こちらの姿の方がお話ししやすいでしょうか？

絆たちの後方支援に回る心優しきウサギ

絆のパーティーの一員で、船の眷属器の所持者。普段は古代図書館の館長を務めている。切れ長の瞳をした美少年だが、正体は巨大なウサギ

古代図書館の主

エスノバルト

プロフィール

種族：図書兎　**肩書**：船の眷属器の所持者

使用武器：船　**魔法適性**：支援

Character Design **司書のローブ**

重厚なローブに身の丈よりも大きい錫杖を持つ。豪奢な装飾から賢者のような雰囲気が漂う。

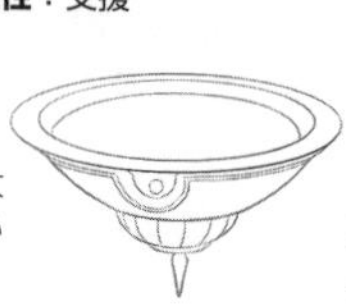

←船の眷属器。十人ほどならこれに乗り移動することが可能。

Character Design **真の姿**

二本足で立つウサギの魔物。首に巻いたタイがかわいい。

TOPICS **古代図書館と図書兎**

エスノバルトが館長を務める古代図書館には、世界を知る手がかりとなる、古い書物が納められている。図書兎は古代図書館にしか生息しない魔物で、エスノバルトは過去にいた伝説の図書兎の名を継承している。

の魔物。眷属器による龍脈を利用した高速移動や、占い、式神生成といった補助的な手段で絆たちを手助けする。絆が行方不明になった際、捜索をするかたわらクリスの面倒も見ていた。
　実戦では活躍できないが、皆を守りたい気持ちは強く、同じような境遇ながら奮闘しているリーシアを尊敬している。

Naohumi's Assessment
尚文の評価

こいつがいなけりゃ、ラフちゃんが生まれてなかったんだから、そこには感謝してるよ。自分のステータスの低さに甘えている奴だと思っていたが、キョウの研究所で、身を呈して敵の注意を引きつけてくれたな。意外に骨がある男だと見直したよ。

アルトレーゼ

気さくな商人にして情報通

　何でも商いにできるやり手の商人。絆が信頼する仲間の一人で、嫌味のない美男子。人を信用させる術を知り尽くしている。尚文曰く「人として信頼はできないが、商人としては信頼できるタイプ」。現在は情報を主な商材として扱っているため、近隣諸国の事情に詳しい。

ロミナ

豪放磊落な鍛冶職人

　絆が懇意にしている晶人の女鍛冶師。ふざけた客は追い出す硬派な職人で、腕は確か。尚文が重傷を負いかねないバルバロイアーマーを作り上げ、人体実験を兼ねて着用させる大胆な面がある。

優れた発明家だが身勝手な研究や侵略に手を染める

自身の研究に没頭する偏狭な発明家。目的のためなら他人はどうなってもいいという身勝手な哲学を持つ。どうせ滅ぼす世界だから

何が正義だよ。
くっだらねぇ！
よぇえお前等が悪で
俺が正義なんだよ

TOPICS 霊亀を用いた最後の企み

様々な技術を研究していたキョウ。死んだ時のため、霊亀が集めた結界を生成するエネルギーで、自身のクローンを作製していた。しかし、最期は魂の状態でラフタリアに撃破され、クローンに宿ることは叶わなかった。

身勝手なマッドサイエンティスト

キョウ＝エスニナ

プロフィール

種族：人間　**肩書**：本の眷属器の所持者

使用武器：本

主なスキル：ライブラリア…対象を空間の中に閉じ込め攻撃を浴びせる。
第八章・天罰…対象へ追尾性を持った雷を放つ。
禁断の書・黙示録…羽根が舞い、防御と共に攻撃を放つ。

と、尚文たちの世界に潜り込み、守護獣の霊亀を乗っ取り暴走させた。
　主に兵器の発明を行っており、持ち去った霊亀のエネルギーを利用し獣人や自爆武器を開発。それらをヨモギたちが持ち出すよう仕向けた。計略を巡らすうえでは考えが浅く、思い通りにいかなくなった途端にキレるタイプ。追い詰められた際には、災厄の波を引き起こした。眷属器にも嫌われているのだが、何かしらの力を使い、強制的に従わせているようだ。

霊亀のエネルギーを使うことで、災厄の波を起こした。

Character Design スチパン装束

キョウのいた国は、スチームパンクを再現したような国らしく、発明家のキョウに似合っている。

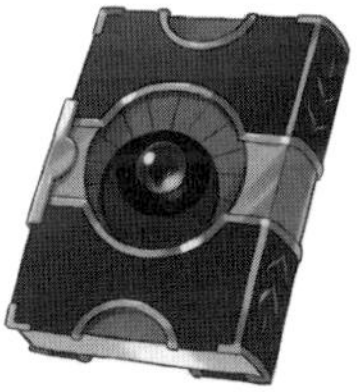

Weapon Design 本の眷属器

絆たちの世界に伝わる眷属器で、ページに収録されたスキルを発動することができる。スキルは魔法のような効果が多く、意外と攻撃的。

Naohumi's Assessment 尚文の評価

コイツといい、クズ二号といい、三勇者といい、身勝手で強さや権力にこだわって、頭がいいフリする野郎ばっかりだな……。本当に気に食わない。

さあ、私がお前たちを
成敗してやる！
かかってこい！

思い込んだら脇目も振らぬ異世界の暴走少女

ヨモギ＝エーマール

プロフィール

種族：人間　**肩書**：剣士
使用武器：刀剣
主なスキル：雷鳴剣…雷を宿した光の剣で攻撃する。
龍点闘技…残像を残して剣線に合わせて切り裂く。

キョウを慕う幼馴染の少女

キョウの仲間で、幼馴染でもある女性。正義感が強く、思い込んだら一直線の猪突猛進型。以前にキョウに助けてもらって以来慕っており、彼を害した尚文たちを悪人だと信じて天誅を下しに来た。敗北し捕らわれてから尚文たちにキョウの悪行を聞き、自分の目で確かめようとする。結果、キョウの本性や自分が疎まれていたことを知り、襲撃の罪滅ぼしとしてキョウの討伐に力を貸すこととなる。

Character Design
女剣士
ヨモギの出身国はキョウにより技術革新があったが、元は幕末のような雰囲気のため、志士のような装いだ。

TOPICS
キョウお手製の武器

キョウが、霊亀から採取したエネルギーを使って作成した武器。所持者の魔力などを吸収して驚異的な力を与えるが、しばらく使用すると暴走し爆発する。ヨモギは勝手に持ち出したようだが、キョウの罠だった可能性が高い。

ツグミ

復讐心を利用された悲しき女

クズ二号の仲間で幼馴染。クズ二号が死んだあと、復讐心をキョウに利用され、敵国の先兵としてラルクの城を襲撃した。キョウによって獣人に改造され、ヨモギが持っていたのと同種の武器を渡され、自滅寸前に尚文に救われる。クズ二号の身勝手さに辟易していたが、それでも慕っていた。

Character Design **和中折衷**

日本と中華が混ざった雰囲気の格好。キョウに白虎と合成され、獣人に変身する。

クズ二号の仲間1

キョウに守護獣の玄武と合成され、半人半獣にされてしまった。

クズ二号の仲間2

守護獣の朱雀と合成されたクズ二号の仲間。朱雀のスキルが使える。

クズ二号

天才術師と呼ばれていたクズ二号は、刀の眷属器の選定に挑戦するも失敗。選ばれたラフタリアを盗人として取り巻きの女たちとともに追い、殺して奪おうと企んだ。尚文たちに敗北したあと、亡骸をキョウに利用された。

アルバート

絆たちの世界の眷属器、鏡の勇者。キョウによって、魂の半分以上が欠けた状態で強制的に眷属器とつなげられ、操られていた。

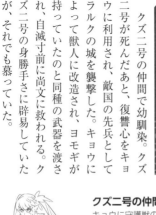

関連書籍紹介

MFブックス
『槍の勇者のやり直し』
(KADOKAWA)

著者：アネコユサギ
イラスト：弥南せいら

紆余曲折の末、フィロリアルしか愛せない残念な男となってしまった槍の勇者・北村元康。戦いで重傷を負い死んだかと思った彼が目覚めると、そこは最初に召喚された時と全く同じ状況＆これまで成長した能力値は高いままで……なんと槍には「時間遡行」の力があったのだ！　元康は再び勇者として戦うことを決意。愛してやまないフィーロの笑顔を見るために——。

『盾の勇者の成り上がり』の外伝となる公式スピンオフノベル（MF ブックス刊）＆コミカライズ（ComicWalker 配信）。現在、小説は三巻まで、コミックは四巻まで刊行中。強くてニューゲーム!? な、槍の勇者による異世界やり直しファンタジーに注目だ!!

コミック版
『槍の勇者のやり直し』
(KADOKAWA)

著者：にぃと
原作：アネコユサギ
キャラクター原案：弥南せいら

⬆➡元康のやり直し勇者人生はうまくいくのか？　そして想いはフィーロたんに届くのか!?

World Guide

ワールドガイド

盾の勇者の活躍の舞台となる謎と不思議に彩られし異世界――

本章では『盾の勇者の成り上がり』の世界観について総括する。本書で扱う9巻までの範囲ではいまだ不明なことも多いが、尚文が召喚された異世界とはどのようなものなのか、理解の一助となれば幸いである。

世界の概要

本作の舞台を端的に表現するなら、まるでファンタジー物のロールプレイングゲームのような世界と言えるだろう。尚文が召喚されたメルロマルクは、中世ヨーロッパにあったような王侯貴族が支配する封建的国家であり、文明レベルも概ねそれに近い。

一方、炎を飛ばしたり、怪我を瞬時に治したりといったことが可能な「魔法」が存在し、戦いにはもちろん、日常の暮らしでも広く使用されている。野や山には恐ろしい魔物が跋扈しており、その討伐を生業とする冒険者という職業まで存在する、実にファンタジーな世界でもある。

そして人間をはじめとするあらゆる生物の能力・状態＝「ステータス」は、経験値（EXP）・レベル（Lv）、生命力（HP）などの各種数値により規定され、様々なスキルの概念なども存在している。

なにより特徴的なのは、一定期間ごとに発生、異世界の魔物が大挙して世界を襲う「災厄の波」と呼ばれる災禍の存在と、その対処に別の世界から召喚した四人の勇者を当たらせている点だろう。四人の勇者には盾・剣・槍・弓という四つの武具が割りあてられており、これを駆使して波に立ち向かう。武器は無限に成長させていくこと

⬆この世界では誰もが使える魔法の一種「ステータス魔法」。ゲームのような画面で自分のレベルやステータスを見ることができる。

本書収録範囲において判明しているメルロマルクの地理。メルロマルクの存在する大陸の正確な大きさはもちろん、メルロマルクがどのあたりに位置しているのかといったことも明確ではない。物語の前半では、辛うじて南方に海があり、北・東・西の３方は国境を越えればほかの様々な国が存在しているということがわかる程度だ。

ができる強力なものだが、武器に選ばれた勇者として召喚された異世界人だけが使えるという。この世界の理は、非常にゲーム的なシステムが司っているのだ。

　しかしながら、この世界についてすべてが明かされているわけではない。文化風俗・社会情勢、地理などはもちろん、波や聖武器についても非常に謎が多い。したがって、尚文はおもに自分の足で各地を巡り、波への対処を重ねることによって、世界の知識を得ていくこととなったのである。

異世界の言語

　この世界での言語は元いた世界と異なっているのだが、伝説の武器に備わっている翻訳機能のおかげで、尚文たちは言葉を理解することができる。ただし、この恩恵は会話に限られており、文字は学習しなければ読むことができない。

　ちなみに昔の勇者たちによるものと思われる日本語が「勇者文字」として各地に碑文などの形で残っている。

波と異世界

●災厄の波

「災厄の波」は、空間に次元の亀裂が発生し、そこから強力な魔物たちが大量にあふれ出て襲ってくる現象だ。メルロマルクに限らず世界の様々な場所で発生し、全世界を危機に陥れている。発生時刻は各地に存在する「龍刻の砂時計」で知ることができるものの、場所はその時を迎えるまで不明。発生時刻になると龍刻の砂時計に登録された勇者たちが波の発生現場へ瞬時に転送される。

　波は大昔から一定の期間ごとに発生していたようで、一度発生すると勇者によって収められるまで断続的に続いていくという。まさに波状に被害を与え、やがては世界を滅ぼすと伝えられている。

　多くが謎に包まれている波だが、尚文は異世界の勇者であるグラスやラルクベルクたちと出会い、彼らの世界へ渡って、波とはいくつもある異世界同士の融合現象だということを知る。波の魔物が出てくる次元の亀裂も、世界融合の力で生じた時空の歪みによるものだったのだ。

　そして、これは異世界同士の生存競争でもあった。はるか古より異世界は融合を繰り返してきており、絆たちの世界ではこれ以上の世界の融合があると世界が滅んでしまうと伝わっていた。滅びを回避する方法は、他の世界の四聖＝聖武器の所持者を波が起こっている時に殺すこと。これにより相手の世界が滅び、自分たちの世界が延命するという。これが、当初グラスたちが自分たちの世界を守るという覚悟のもと、心ならずも尚文たちを攻撃してきた理由だった。

↓空間がひび割れ、そこから異世界の大量の魔物や敵が攻めてくる。

※コミックス１巻より

↑龍刻の砂時計は波の発生時刻を示す以外に、勇者以外の者のレベル上限（Ｌｖ 40・100）を突破する「クラスアップ」の儀式を行う。

↑並行世界あるいは理論物理学におけるマルチバース理論に近いイメージだ。

●異世界に渡った際の法則

レベルやアイテムの効能などは、各世界ごとに規定されており、他の世界へ渡った場合、その世界の設定やステータス、レベルが適応され、アイテムや魔物も変質・変換が起こる。尚文が絆たちの世界に渡った際も、一からレベル上げをする必要に迫られ、一部の武器や防具は使用不能となった。また、フィーロはハミングフェーリーという絆たちの世界の鳥型魔物へと変化した。アイテムについても、例えば尚文の世界のポーション系アイテム「魔力水」はその名の通り魔力を回復させる効果を持つが、絆たちの世界の勇者にとっては経験値を上げる効果を持つなど、元と異なる効果が備わる。

ただし、波の発生時に世界が繋がった状況では、元いた世界と渡った世界での情報が反映され、レベルは二つの世界の合算値となる。

⬆絆たちの世界に飛ばされた尚文たちは、レベルやステータスの変化に激しく戸惑うことに。

ちなみに尚文は特例的に絆たちの世界へ行けたが、聖武器の勇者が他の異世界へ渡ることは原則不可能となっている。世界渡航の制限がないグラスら眷属器の勇者が異世界侵攻の主力となったのは、このためである。

異なる日本

メルロマルクで召喚された四聖武器の勇者、さらに別の異世界の勇者である絆までが日本出身だった。これが偶然か何らかの理由があるのかは不明だが、驚くべきことに、その日本というのはそれぞれが別の世界に存在する異なる日本だったのだ。言語や文化などの基本的な要素は共通していたものの、どの日本も技術レベルや歴史が異なっていた。

そして尚文以外の全員に共通しているのが、元いた世界で召喚後の異世界と似た世界観・物語のゲームをしていたこと。なぜか尚文だけはファンタジー小説「四聖武器書」を読んでいたが……。錬・元康・樹は、武器の強化方法や登場する魔物がゲームと似ていたことから、プレイ経験・攻略情報を参考に行動していた。しかし、同じに見えて実際はいろいろと異なっており、二度目の波で早くもそうした前提知識との相違点による支障が出始めることとなった。

尚文以外の勇者たちがプレイしていたゲーム

元康：「エメラルドオンライン」
パソコンや家庭用ゲーム機を用いたネットRPG。

樹：「ディメンションウェーブ」
クローズドなコンシューマーゲーム。

錬：「ブレイブスターオンライン」
脳波を認識してプレイするVRMMO。

絆：「ディメンションウェーブ」
娯楽施設の専用ポッドに搭乗してプレイするダイブ型VRMMO。

伝説の武器と勇者

●聖武器・聖武器の勇者

盾、剣、槍、弓……世界を守る四つの伝説の武器は「四聖武器」と呼ばれ、四人の使い手は「聖武器の勇者」「四聖勇者」などと呼ばれる。聖武器の勇者になれるのは異世界より召喚された者のみ。世界が波の脅威にさらされたときにだけ召喚可能となる、まさに波へ対抗するための切り札なのだ。

とはいえ召喚当初はレベル1。つまりステータスは最低の状態なので、武器を強化し、また自らも経験を積んで強くなる必要がある。特に重要なのが武器の強化だ。伝説の武器の勇者は、盾の勇者なら盾、剣の勇者なら剣というふうに同系統の武器しか扱うことはできないが、素材となるものを取り込むことで新たな武器を生み出し、いつでも形態変化させて使用できる。素材となる対象は、魔物の肉や骨などの部位から雑草一枚にいたるまで、世界に存在するあらゆるもの。ちなみに売られている武器などは、同じ系統であれば手に持つだけで使用可能となる「ウェポンコピー」の仕組みもある。

新しい武器を入手すると、様々なスキル獲得や能力値アップなどのボーナスがあり、ステータスとして累積する。

【勇者の権能と制約（一部）】

スキル……さまざまな技・能力を勇者専用の能力値「SP（絆たちの世界では魂力）」を消費して使用できる。

パーティー登録……任意の者をパーティーメンバーとして登録・編成可能。メンバーは魔物を倒した経験値が分配されるほか、波が起きた際には勇者と共に転移できる。

レベルの非制限……一般人のようなレベル上限がなく、クラスアップも不要。理論的には無制限に強くなれる。

経験値の獲得制限……聖武器の勇者同士が一定距離（半径1キロメートル前後）以内にいると経験値が入らない。

使用制限……他系統の武器は一切使用不可（戦闘のためでない、料理時の包丁などは可）。捨てることもできず、勇者の体から離れない（携行や隠ぺいのために小さくするなどの形態変化は可能）。

さらにその武器を装備しているときにだけ使用可能な「専用効果」を持つものもある。ただし、武器によっては必要レベル等の条件もあるため、勇者自身の成長も重要である。

また聖武器は他にもドロップアイテム生成（魔物を倒した際に自動的に作り出し武器内に格納）、アイテムの調合・作成（必要素材とレシピ、対応した武器を使用）など、便利な機能を持っている。

⬆解放した武器はステータス魔法の画面で、スキルツリーとして確認できる。

●聖武器の強化方法

四聖武器には複数の強化方法が存在していた。しかも、それぞれかなり似ている部分もありながら異なる仕組みになっており、勇者たちの共闘を妨げる要因の一つにもなった。そのすべてが明らかになっているわけではないが、それらを解明し、駆使することで、勇者はどこまでも強くなれる。

盾

様々な盾の持つステータス補正やスキルのほか、他の三つの伝説の武器の強化方法を信じて実行することで適応される。

剣

同じ武器を使うことで威力が上昇する「熟練度」のほか、熟練度を変換したエネルギーで秘められた力を解放する「エネルギー付与」や、強化する「レアリティ増加」など。

槍

特殊な鉱石で槍を強化する「精錬」、魔物の魂の欠片やアイテムを武器に吸わせることで様々な効果を付与する「エンチャント」など。

弓

特定の鉱石を装着して威力を高める「強化」や、武器に吸わせたアイテムをエネルギーとして各種補正値を上げる「アイテムエンチャント」、特定の魔物やアイテムの力を与えることでステータスを上げる「ジョブLv」など。

●眷属器・眷属器の勇者

物語の当初、勇者とは四聖武器の勇者のみを指すと思われたが、実は四聖武器のほかにも「眷属器」と呼ばれる伝説の武器が七つ、それに対応する七人の「眷属器の勇者」が存在していた。尚文たちの世界では「七星勇者」と呼ばれていたが、これら勇者たちも波への対抗が可能で、しかも現地の者でもなれるという。眷属器は聖武器に準ずる強力な武具であり、眷属器の勇者は聖武器の勇者を補佐する存在のようだ。

これは絆たちの世界でも同様。ただ、眷属器の勇者についてはどちらの世界においても、行方不明だったり、勇者同士で争っていたりと、どういうわけかまともに機能していないようだったが……。

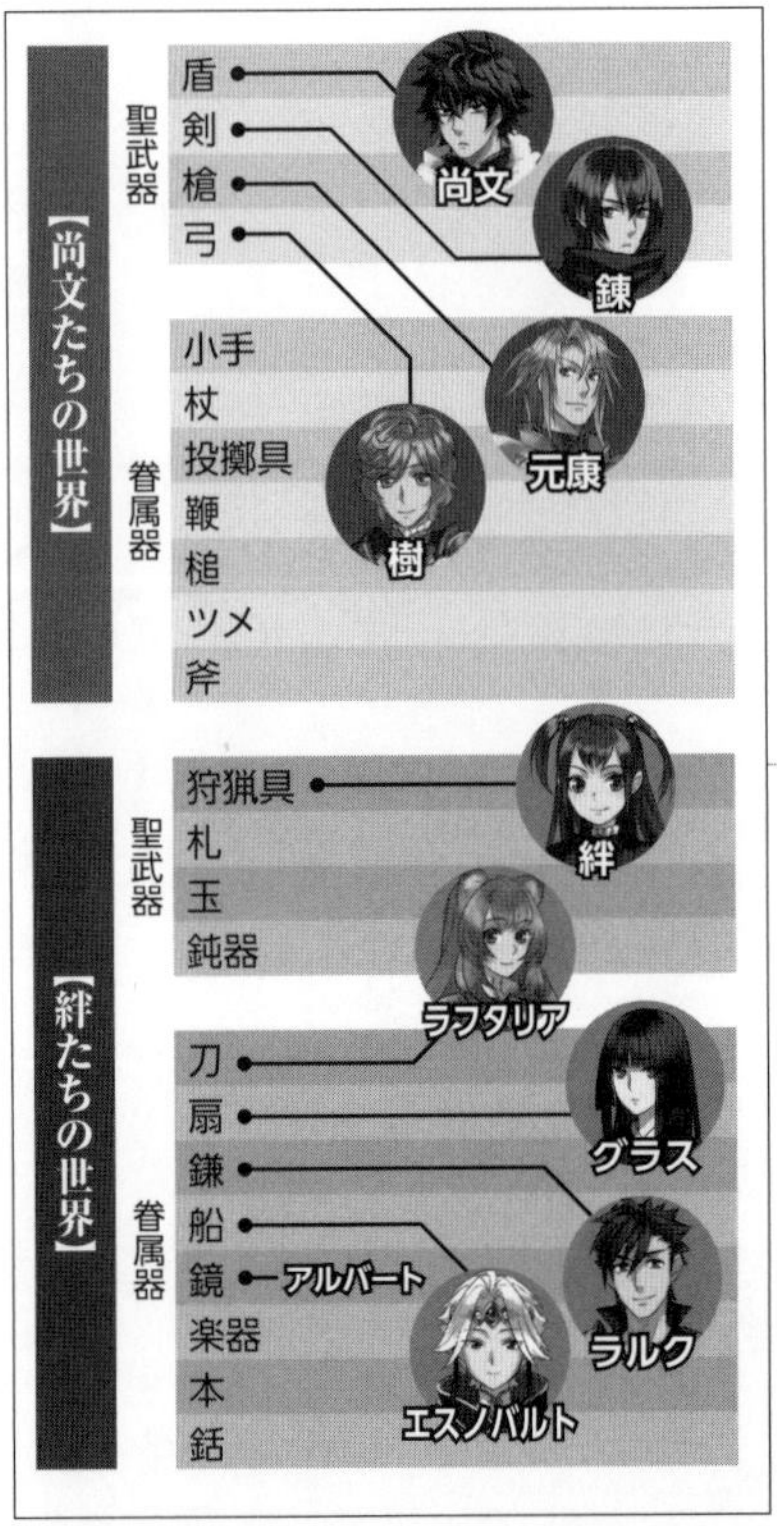
【尚文たちの世界】
聖武器
盾
剣
槍
弓
尚文
錬
元康
樹
眷属器
小手
杖
投擲具
鞭
槌
ツメ
斧
【絆たちの世界】
聖武器
狩猟具
札
玉
鈍器
絆
ラフタリア
眷属器
刀
扇
鎌
船
鏡
楽器
本
銛
グラス
ラルク
アルバート
エスノバルト

世界を守る者たち

四聖武器の勇者や眷属器の勇者のほかに、この世界には防衛機構として霊亀や鳳凰といった守護獣が封印されている。ただし守護獣は人類を守るものではなく、世界そのものを存続させるために存在しており、勇者による対応がうまくいかない場合に、波への最後の対抗手段として、人や魔物の命をエネルギー源として機能する兵器なのだ。

勇者にせよ守護獣にせよ、世界の防衛システムとして用意された仕組みであるが、これとは別に、尚文の世界では、大昔の勇者に世界の守護を託されたフィトリアが勇者の手の届かないところで起きた波の対処をしている。

盾の力

尚文の盾は様々な素材を吸わせることで、スキルや装備ボーナスなどを獲得できる優れものだ。薬の調合やアクセサリーの加工など、戦闘以外で役立つものも多く、素材ではなく尚文の強い怒りにより発現した「憤怒の盾」をはじめとするカースシリーズなどの特殊な盾も存在。実に奥が深い。ここでとくに使用頻度・重要度の高い盾＝スキルを紹介する。

エアストシールド

※コミックス２巻より

「ロープシールド」に付属するスキル。任意の場所にエネルギーで形成された盾を一枚出現させる。射程範囲は五メートル程度。効果時間は一五秒。防御のほか、空中で足場にしたり、敵の動きを妨害したりと応用の幅が広い。「ソウルイーターシールド」付属のスキル「セカンドシールド」で二枚目の盾を、「勇魚の盾」付属のスキル「ドリットシールド」で三枚目の盾を展開できるようになる。

シールドプリズン

「パイプシールド」付属のスキル。盾で四方を囲む檻を出現させ、対象を閉じ込め拘束する。防御にも使える。

チェンジシールド

「キメラヴァイパーシールド」付属のスキル。スキルで出現させた盾を一瞬で任意の盾に変化させる。主に反撃を狙ってカウンター効果のある盾にすることが多い。

アイアンメイデン

「憤怒の盾（→ラースシールド）」付属のスキル。コンビネーションスキルのため、シールドプリズン→チェンジシールド→アイアンメイデンの順番に発動させる。内部が鉄の棘だらけの巨大な盾の檻に敵を閉じ込める凶悪なスキル。

ブラッドサクリファイス

「ラースシールドⅢ」付属のスキル。巨大トラバサミを召喚し対象を噛み砕く。代償として激しい痛みと長期間のステータス低下の呪いを受ける。

流星盾

「隕鉄の盾」付属のスキル。半径二メートルの球状防御結界を展開する。敵や攻撃は通さないが仲間は通れる、使い勝手の良いスキル。

ポータルシールド

「龍刻の砂盾」付属のスキル。行ったことのある場所を三ヶ所まで登録、転移できる。スキル強化で登録場所や転移人数が増える。

盾の勇者・シールドリスト
Shield List

名称	素材・入手手段	装備ボーナス・専用効果など
1巻		
スモールシールド	—	—
オレンジスモールシールド	オレンジバルーン	防御力2
イエロースモールシールド	イエローバルーン	防御力2
リーフシールド	薬草(アエロー)	採取技能1
フィッシュシールド	魚	釣り技能1
レッドスモールシールド	レッドバルーン	防御力4
マッシュシールド	ルーマッシュ	植物鑑定1
ブルーマッシュシールド	ブルーマッシュ	簡易調合レシピ1
グリーンマッシュシールド	グリーンマッシュ	見習い調合
プチメディシンシールド	粗悪な調合薬	薬効果上昇
プチポイズンシールド	粗悪な調合薬	毒耐性(小)
エッグシールド	エグッグの殻	調理1
ブルーエッグシールド	ブルーエグッグの殻	目利き1
スカイエッグシールド	スカイエグッグの殻	初級調理レシピ
カロリーシールド	栄養剤・治療薬	スタミナ上昇(小)
エナジーシールド	栄養剤・治療薬	SP増加(小)
エネルギーシールド	栄養剤・治療薬	スタミナ減退耐性(小)
ウサレザーシールド	ウサピルの皮	敏捷3

名称	素材・入手手段	装備ボーナス・専用効果など
ウサミートシールド	ウサピルの肉	解体技能1
砥石の盾	砥石	鉱石鑑定1／自動研磨(八時間)消費大
ツルハシの盾	ツルハシ	採掘技能1
ロープシールド	ロープ	スキル「エアストシールド」／ロープ射出
双頭黒犬の盾	双頭黒犬	スキル「アラートシールド」／ドッグバイト
ライトメタルシールド	ライトメタル	防御力1／魔法防御向上
ピキュピキュシールド	ピキュピキュ	初級武器修理技能1
ウッドシールド	材木	伐採技能1
バタフライシールド	バタフライ(蝶の魔物)	麻痺耐性(小)
パイプシールド	鉄パイプ	スキル「シールドプリズン」
アニマルニードルシールド	ヤマアラ	攻撃力1／針の盾(小)

2巻		
奴隷使いの盾	奴隷紋のインク	奴隷成長補正(小)
奴隷使いの盾Ⅱ	奴隷紋のインク	奴隷ステータス補正(小)
奴隷使いの盾Ⅲ	ラフタリアの血	奴隷成長補正(中)
乳鉢の盾	製薬道具	新入り調合
ビーカーの盾	製薬道具	液体調合ボーナス
薬研の盾	製薬道具	採取技能2
次元ノイナゴの盾	次元ノイナゴ	防御力6
次元ノ下級バチの盾	次元ノ下級バチ	敏捷6
次元ノ屍食鬼の盾	次元ノ屍食鬼	所持物腐敗防止(小)
ビーニードルシールド	次元ノ下級バチの針	攻撃力1／針の盾(小)／ハチの毒(麻痺)
キメラミートシールド	キメラ	料理品質向上
キメラボーンシールド	キメラ	闇耐性(中)
キメラレザーシールド	キメラ	防御力10
キメラヴァイパーシールド	キメラ	スキル「チェンジシールド」／解毒調合向上／毒耐性(中)／蛇の毒牙(中)／フック
魔物使いの盾	フィーロの卵の殻	魔物成長補正(小)
魔物の卵の盾	フィーロの卵の殻	料理技能2
魔物使いの盾Ⅱ	フィーロ(雛)の羽根	魔物ステータス補正(小)
魔物使いの盾Ⅲ	フィーロ(成体)の羽根	成長補正(中)
ホワイトウサピルシールド	ホワイトウサピル	防御力2
ダークヤマアラシールド	ダークヤマアラ	敏捷2
ウサピルボーンシールド	ウサピルの骨	スタミナ上昇(小)
ヤマアラボーンシールド	ヤマアラの骨	SP上昇(小)
ボイスゲンガー(蝙蝠型)シールド	ボイスゲンガー(蝙蝠型)	音波耐性(小)／メガホン

名称	素材・入手手段	装備ボーナス・専用効果など
ボイスゲンガー(ネズミ型)シールド	ボイスゲンガー(ネズミ型)	目つぶし耐性(小)／メガホン
ヌエの盾	ヌエ	防御力3／雷耐性／夜恐声／雷の盾(極小)
水晶鉱石の盾	水晶鉱石	細工技能1
ブックシールド	薬の中級レシピ本	魔力上昇(小)
トレントシールド	トレント	植物鑑定2
ブルートレントシールド	ブルートレント	中級調合レシピ1
ブラックトレントシールド	ブラックトレント	半人前調合
アンチポイズンシールド	解毒剤	毒耐性(中)⇒防御力5
グリホサートシールド	除草剤	植物系からの攻撃5%カット
メディシンシールド	ヒール軟膏	薬効果範囲拡大(小)
プラントファイアシールド	パチパチ草製の火薬	火耐性(小)
キラーインセクトシールドα	殺虫剤	昆虫系から攻撃3%カット
鉄鉱石の盾	鉄鉱石	製錬技能2
銅鉱石の盾	銅鉱石	製錬技能1
銀鉱石の盾	銀鉱石	悪魔系からの攻撃2%カット
鉛鉱石の盾	鉛鉱石	防御力1
バイオプラントシールド	バイオプラント	植物改造／フック
プラントリウェシールド	プラントリウェ	中級調合レシピ2
マンドラゴラシールド	マンドラゴラ	植物解析
ポイズンツリーシールド	ポイズンツリー	毒耐性(中)⇒ステータスアップ
ポイズンフロッグシールド	ポイズンフロッグ	毒耐性(中)⇒ステータスアップ
ポイズンビーシールド	ポイズンビー	毒耐性(中)⇒ステータスアップ
ポイズンフライシールド	ポイズンフライ	毒耐性(中)⇒ステータスアップ
ビーニードルシールドⅡ	ポイズンビーの針	攻撃力1／針の盾(小)／ハチの毒(毒)
憤怒の盾	怒りの感情	スキル「チェンジシールド(攻)」／スキル「アイアンメイデン」／セルフカースバーニング／腕力向上

名称	素材・入手手段	装備ボーナス・専用効果など
3巻		
クリームアリゲーターシールド	クリームアリゲーター	夜間戦闘技能1／夜目が利く
憤怒の盾Ⅱ	腐竜の核石	スキル「チェンジシールド(攻)」／スキル「アイアンメイデン」／セルフカースバーニング／腕力向上／竜の憤怒／咆哮／眷属の暴走
シャドウシールド	ゴブリンアサルトシャドウ／リザードマンシャドウ	闇耐性(小)
ソウルイーターシールド	次元ノソウルイーター	スキル「セカンドシールド」／魂耐性(中)／精神攻撃耐性(中)／SPアップ／SP回復(微弱)／ソウルイート
4巻		
フィロリアルシリーズ	フィトリアのアホ毛(冠羽)	フィロリアルの基礎能力向上／能力補正／成長補正(大中小)／ステータス補正(大中小)／騎乗時能力向上(大中小)など
ラースシールドⅢ	腐竜の核石に残された記憶(錬に倒された竜の怒り)	スキル「チェンジシールド(攻)」／スキル「アイアンメイデン」／スキル「ブラッドサクリファイス」／ダークカースバーニング／腕力向上／激竜の憤怒／咆哮／眷属の暴走／魔力の共有／憤怒の衣(中)
5巻		
キメラヴァイパーシールド(覚醒)	ステータス魔法での強化	スキル「チェンジシールド」／解毒調合向上／毒耐性(中)／蛇の毒牙(大)／ロングフック
各種アイアンシールド	店の商品をコピー	防御力3
ラウンドシールド	店の商品をコピー	防御力4
バックラー	店の商品をコピー	敏捷2
ナイトシールド	店の商品をコピー	体力3
銅の盾	店の商品をコピー	防御力1
青銅の盾	店の商品をコピー	防御力2
鋼鉄の盾	店の商品をコピー	防御力3
銀の盾	店の商品をコピー	魔法防御3
皮の盾	店の商品をコピー	体力2／敏捷1
魔法銀の盾	店の商品をコピー	魔法防御3
ヘビーシールド	店の商品をコピー	腕力4
鉄甲の盾	店の商品をコピー	防御力3
魔力の盾	店の商品をコピー	魔力4

名称	素材・入手手段	装備ボーナス・専用効果など
隕鉄の盾	店の商品をコピー	スキル「流星盾」
ブルーシャークシールド	ブルーシャーク	水泳技能1
シャークバイトシールド	ブルーシャークの歯	船上戦闘技能1／サメの牙
カルマードッグファミリアシールド	カルマードッグファミリア	嗅覚向上(小)／イヌルトのステータス補正(小)
カルマーラビットファミリアシールド	カルマーラビットファミリア	察知範囲(小)／ウサウニーのステータス補正(小)
カルマーペングーシールド	カルマーペングー	潜水技能2／釣り技能3／ペックルのステータス補正(中)
カルマーペングーファミリアシールド	カルマーペングーファミリア	潜水技能1／釣り技能2／ペックルのステータス補正(小)
龍刻の砂盾	龍刻の砂	スキル「ポータルシールド」
ソウルイーターシールド(覚醒)+6 35/35 SR	ステータス魔法での強化	スキル「セカンドシールド」／魂耐性(中)／精神攻撃耐性(中)／SPアップ／ソウルイート／SP回復(弱)／ドレイン無効／壁抜け／アンデットコントロール
ラースシールドⅢ(覚醒)+7 50/50 SR	ステータス魔法での強化	スキル「チェンジシールド(攻)」／スキル「アイアンメイデン」／スキル「ブラッドサクリファイス」／ダークカースバーニングS／腕力向上／激竜の憤怒／咆哮／眷属の暴走／魔力の共有／憤怒の衣(中)
6巻		
勇魚の盾	次元ノ勇魚	スキル「ドリットシールド」
勇魚の魔法核の盾	次元ノ勇魚	スキル「バブルシールド」／船上戦闘技能2
勇魚の角の盾	次元ノ勇魚	水中戦闘技能3
エーテルシールド	魔力水	魔力回復(強)
スピリットシールド	魂癒水	SP回復(強)
オーラシールド	命力水	体力3
――の使い魔(蝙蝠型)の盾	霊亀の使い魔(蝙蝠型)	敏捷3
勇魚の魔法核の盾(覚醒)+6 45/45 SR	ステータス魔法での強化	スキル「バブルシールド」／船上戦闘技能2／水属性／熱線の盾(中)／魔法補助／魔力回復(小)／潜水時間延長
7巻		
霊亀の心の盾(覚醒) 80/80 AT	オストの意志	龍脈法の加護／グラビティフィールド／Cソウルリカバリー／Cマジックスナッチ／Cグラビティショット／生命力向上／魔

名称	素材・入手手段	装備ボーナス・専用効果など
		法防御(大)/雷耐性/SPドレイン無効/魔法補助/スペルサポート/特殊専用効果:エネルギーブラスト 100%
8巻		
初心者用の小盾	—	防御力3
初心者用の白い小盾	ホワイトダンボル	防御力2
式神の盾	式神召喚	式神使役/式神強化
ヌエの盾(覚醒) 0/35 C	ステータス魔法での強化	防御力3/雷耐性/夜恐声/雷の盾(中)
9巻		
白虎クローンの盾(覚醒)	複製白虎	スキル「チェインシールド」/敏捷上昇(中)/衝撃吸収(弱)/受け流し(弱)
魔象の盾 C	次元ノギリメカラ	騎乗能力補正(強)⇒防御力30/騎乗時闇耐性向上/人力車技能向上4/背負い時能力上昇(中)/魔象の牙(会心)
白虎の皮の盾	白虎	気配察知(中)/敏捷上昇(強)/衝撃吸収(中)/受け流し(中)/援護無効/風圧発生
白虎の牙の盾	白虎	SP30/敏捷上昇(強)/受け流し(中)/援護無効/風圧発生/白虎の牙
白虎の骨の盾	白虎	防御力20/斬撃耐性(中)/敏捷上昇(小)/衝撃吸収(小)/援護無効/風圧発生
魔竜の盾	黒い鱗と骨、核石	スキル「アタックサポート」/竜の鱗(大)/C魔弾/全属性耐性(中)/魔力消費軽減(弱)/SP消費軽減(弱)
ラースシールドⅣ(覚醒)+7 50/70 SR	竜帝の核	スキル「チェンジシールド(攻)」/スキル「アイアンメイデン」/スキル「ブラッドサクリファイス」/スキル「メギドバースト」/ダークカースバーニングS/腕力向上/激竜の憤怒/咆哮/眷属の暴走/魔力の共有/憤怒の衣(大)/魔竜の魔力　など

種族・魔物

●亜人

この世界には人間のほか「亜人」と呼ばれる人型種族がいる。人間と似ているが異なる外見的特徴や能力を備えた人種の総称だ。大雑把な分類だが、基本的に体のどこかに動物の部位を持つ種族と言える。例えばラクーン種であるラフタリアの場合、狸の

ような耳や尻尾があり、一目で普通の人間と区別がつく。同様に兎の特徴を持つラビット種、狐の特徴を持つフォックス種など、様々な種類の亜人がおり、中には獣人や獣の姿に変身できる種族も存在している。

亜人は幼い頃から急にレベルを上げると、比例して肉体も急成長する。物語序盤でラフタリアが急成長したのもこのためだ。また成長している期間は通常の数倍の食事を必要とする。これらは魔物とも共通する特性だ。そのため魔物に近い存在として疎まれる場合も多いが、人間に交わって世界中に暮らしており、珍しい存在ではない。亜人だけの国もいくつか存在している。

これとは別に、絆たちの世界独自の種族として「晶人（ジュエル）」や「魂人（スピリット）」、「草人（エルフ）」、「ドワーフ」などが存在している。

【獣人】

「狼人」や「リザードマン」など、亜人の中でより獣としての度合いが強い人種が「獣人」に分類される。通常の亜人よりも獣の力を濃く備えており、力などが強い場合が多い。

【晶人（ジュエル）】

絆たちの世界の亜人種。体に宝石が付いている。宝石の声を聴く能力があり、宝石の力を借りる「宝石魔法」が得意。

【魂人（スピリット）】

絆たちの世界の亜人種。幽霊や精神体に近い種族で、体が半透明になっている。レベルが存在せず、生命力や魔力などのエネルギー量＝強さとなる。魔法やスキルを使った分、生命力が減ってしまう。

●魔物

この世界には尚文が元いた世界と同じように犬・猫や牛・馬といった動物のほかに「魔物」と呼ばれる存在が跳梁跋扈している。

一口に魔物と言っても、「ウサピル」など広く野や山に棲息する動物に近いものから、「双頭黒犬」のような人里離れた場所に潜む危険なもの、「フィロリアル」や「ドラゴン」のように知能が高いものなど、実に多種多様。〝魔〟と付くだけあり、特殊能力など動物とは一線を画す特徴を備えているものが多い。

魔物は人間にとって脅威である一方、使役用や食肉用として役に立つ場合もある。家畜にする場合は卵から育てないと人に懐かないため、育成や牧場が一つの産業にもなっている。

なお、亜人と同様、絆たちの世界の「図書兎」のように、異世界ごとに独自の魔物がいるようだ。

※コミックス1巻より

⬅四肢のない球状の体で飛んだり跳ねたり噛みついたりする、いわゆる初級のザコモンスター、バルーン。倒すと破裂。

※コミックス1巻より

➡兎型の魔物だが、兎にあるまじき突進力や牙の攻撃力を持つウサピル。肉は処理すれば食用にもなる。

⬅フィロリアルはダチョウのような姿をした大きな鳥型の魔物。温和な性質で、野生でも人間を襲うことは少ない。雑食かつ非常に食欲旺盛。走ることと車を引くことが好きという面白い特徴があり、家畜としてもメジャーな魔物。勇者に育てられた個体はキングもしくはクイーンと呼ばれる上位種に進化。ずんぐりした巨体となり言葉を話せ、さらに羽の生えた人型に変身もできるようになる。

※コミックス3巻より

➡人里離れた山奥やダンジョンには、ヌエや双頭黒犬など、数は少ないものの危険な魔物が巣食う。

※コミックス4巻より

⬅波の魔物はその都度まったく異なる系統のものが出現するが、異世界の存在だからなのか、そのどれもが強力・凶悪だ。

⬆ドラゴンはこの世界でも一、二を争う強力な魔物。縄張り意識が強く、獰猛な性質。多くの種類・亜種があり、上位種は高い知能を持つ。比較的小型の飛べないタイプはフィロリアル同様、運搬用や乗用として使役されることも。

魔法

この世界における魔法は、主に体内に流れる魔力を使って様々な効果・現象を引き起こす術の総称だ。多くの種類があり、発動方法もさまざま。判明しているだけでも、火や水といった自然の要素を魔力で起こす「通常魔法」をはじめ、複数人の魔力を結集して威力を上げる「合唱魔法」や「儀式魔法」などがある。ちなみにレベルや能力値を確認するための「ステータス魔法」も、この世界の者なら誰でも使える魔法の一種だ。

さらに、絆たちの世界で使われている「宝石魔法」や「札」など、各世界独自の魔法も存在している。

習得には魔法文字で書かれた魔法書を読む必要がある。魔法を封じ込めた水晶玉を使えば簡単に覚えることも可能だが、高価な割にあまり強力な魔法を覚えることはできない。さらに適性の有無があり、誰しもが使えるわけではないうえ、その適性も火、水、土、風、光／闇といった各種属性に分かれている。一人の人間が持つ魔法属性は一つに限られているわけではなく、リーシアのように全属性の適性を持つ者もいる。

【通常魔法】

定番の火、水、土、風など自然的要素を用いた攻撃魔法や回復魔法、援護魔法。発動には魔力の消費と呪文の詠唱が必要となる。

強さに段階があり、呪文詠唱の接頭語として下位のものから順に「ファスト」「ツヴァイト」「ドライファ」がつく（省略される場合もあり）。最上位である「ドライファ」については、原則的に勇者のほか、女王やオストなど勇者に匹敵するクラスの上級の者のみ使用可能なようだ。

また、対象人数や範囲を選べる魔法も多く、その場合は「ファスト」や「ツヴァイト」などの前にさらに接頭語「アル」がつく。（例：アル・ツヴァイト・アクアショット）

それらの魔法を妨害したり効果を打ち消す魔法も存在しており、詠唱時に接頭語「アンチ」がつく。

【合唱魔法】

複数の使用者が魔力を合わせて同時詠唱することにより発現する魔法。唱えるのが同じ魔法の場合は範囲や出力を拡大し、異なる魔法の場合は効果が合わさった特殊魔法となる。詠唱者の人数が多いほど威力が増大。また、技やスキルと組み合わせて「合成スキル」にすることも可能。

9巻までに登場した主な魔法

ヒール	生命力回復
パワー	筋力向上
オーラ	全能力向上
ガード	防御力向上
スピード	速度向上
スピードダウン	速度低下
ライト	光を発する
ライトシールド	光の盾を出現させる
ハイディング	対象の姿を隠す
ミラージュ	対象を幻惑する
アンチバインド	視界を奪う魔法の効果を打ち消す
ホーリー	聖なる力で攻撃
ウイングブロウ	拳大の空気の塊を射出
ウィンドー	突風を巻き起こす
エアーショット	圧縮した空気弾で攻撃
ウィンドカッター	風の刃で攻撃
ウイングカッター	真空の刃を飛ばして攻撃
トルネイド	つむじ風を発生させ対象を吹き飛ばす
スコール	雨雲を発生させて雨を降らせる
ウォーターショット	水を飛ばして攻撃
アクアショット	水塊を飛ばして攻撃
アクアスラッシュ	水の刃を射出して攻撃
ファイア	炎を発生させる
ファイアアロー	炎の矢で攻撃
ファイアブラスト	爆炎で攻撃
ヘルファイア	強力な火炎球で攻撃
ファイアースコール	炎の雨を降らせて攻撃
アースハンマー	土塊を飛ばして攻撃
アースホール	地面に穴を開ける
ダイヤミサイル	硬く鋭利なダイヤモンドを飛ばして攻撃
アイシクルニードル	氷の針を射出
アイシクルプリズン	氷の檻で拘束
アイシクルフローズン	凍えさせて動きを封じる

【儀式魔法】

合唱魔法の発展形で、多人数の魔力を用いた儀式により発動する大魔法。主に戦争などで使用される。教皇が使用した、高等集団合成儀式魔法「裁き」、高等集団浄化魔法「城壁」もこれに当たる。

⬆教皇の放った「裁き」。数百人規模の儀式魔法で天より雷を落した。

【宝石魔法】

テリスら絆たちの世界の種族「晶人」が宝石と交信し、その力を利用して行使する魔法。少ない魔力消費で強力な魔法が使える。

【式神生成の儀】

エスノバルトが使用していた絆たちの世界独自の魔法。魔法陣を通じて、軸になる材料と主人の血から使い魔である「式神」を生み出す。

魔法道具

魔法は戦いはもちろん広く生活にも組み込まれている。メルロマルクは科学技術こそ未発達だが、さまざまな「魔法道具」が普及し、伸縮自在な魔法の服や奴隷を主人に紐づける特殊なインク（「契約魔法」）などが日常的に使用されている。

絆たちの世界にある「札」と呼ばれるアイテムも、相手に投げつけると魔法が発動する魔法道具である。

※コミックス1巻より

各地案内 メルロマルク

尚文たち四聖勇者を召喚したメルロマルクは中世ヨーロッパ風の封建国家だ。この世界で四番目の大国であり、政治形態は王制を敷いている。尚文は当初、クズことオルトクレイ王が支配者と思っていたが、実際には女系王族の国であり、最高権力者は女王ミレリア。オルトクレイは女王不在時の臨時の王に過ぎなかった。

広大な国土には肥沃な平原に山、森林、南方には海もあり資源も豊富。人口も多く、作中登場した以外にも数多くの街や村が点在している。城下町の近郊はラファン村やリユート村といった直轄地が多い一方、辺境を中心にセーアエット領やカルミラ島など、大小合わせてかなりの数の貴族領もあるようだ。

➡メルロマルク中央部の平原に位置する王都。通常は「城下町」と呼ばれている。

国力に応じた軍事力も有しているが、強力な魔物が出没する地域も存在し、盗賊・山賊などが横行することもあり、すべてに治安が行き届いているわけではない。とくに最初の波により多大な被害を被ったこともあり、国内の秩序は混乱気味である。「影」と呼ばれる隠密機関もあり、王族の護衛から諜報まで担当する。女王は自らの不在の間、影を使って国内の監視と尚文のサポートをさせていた。

宗教は、剣、槍、弓の勇者を信仰する「三勇教」を国教としていたが、勇者抹殺と国家転覆の陰謀を企てた教皇亡きあとは邪教として解体され、現在は四聖勇者を等しく信仰する「四聖教」が国教となっている。

もともと人間至上主義で亜人が差別が強かったが、女王の方針により融和の方向に動いている。

⬅カルミラ島で波が発生した際には、女王自ら水軍を率いて勇者たちを援護した。

➡国境付近の要所には砦が築かれ、守備や関税徴収のために兵が駐屯している。また国境を超えると警報が鳴り響く魔法装置が設置されている。

●城下町

メルロマルクの都は王族が住まう城を中心に城下町が造られ、さらにその周囲をぐるりと城壁が取り囲んでいる、いわゆる城郭都市だ。石造りの建物が多く、主要街路は石畳で整備され、馬やフィロリアルが引く馬車が行き交う中世ヨーロッパ風の街並みである。

町の人口・面積などの詳細は不明だが、大国の首都だけあって住民も多く、各地から集まった旅人や商人の姿も見られる。商業的な規模もかなりのもので、様々な店が軒を連ね、武器から生活用品まで揃えることができる。

【城】

王族の住む宮殿にして、一段と高い城壁に囲まれ何層にもわたる構造を持つ堅固な城塞でもある。行政から軍事までを司るメルロマルクの中心だ。王族の住居のほか、大広間や執務室、兵士詰所や訓練場、武器庫、素材庫、宝物庫、図書館などの様々な施設を有している。

※コミックス１巻より

【教会】

三勇教の本部。全国の教会組織を束ねる総本山にして最高位の聖職者である教皇の本拠地。剣と槍と弓を重ねた形のシンボルが要所に飾られた荘厳な建物の中には「龍刻の砂時計」もあり、教会が管理していた。聖水やお守りの授与や、冒険者のクラスアップ管理なども行っていた。

※コミックス２巻より

※コミックス5巻より

⬆剣、槍、弓がそれぞれあしらわれた、三勇教のアクセサリー。

【武器屋】

城下町の一角にある武器屋。尚文が「武器屋の親父」と呼ぶ店主エルハルトが営んでいる。三勇教を国教としていた国柄か盾の品揃えは悪いが、それ以外のありとあらゆる武器や防具を扱うほか、素材を持ち込めば専用の武器や防具をあつらえてもくれる。エルハルトの武具職人としての腕もなかなかのものである。

【宿屋】

冒険者や行商人などが泊まる宿。最初に尚文が泊まったのは冒険者向けの比較的安めの宿で、宿泊料金の相場は一人一泊で銅貨三〇枚ほど。馬などを預けられる小屋もあり、酒場が併設されているところも多い。

【奴隷商】

表向きは魔物の売買をしている「魔物商」の店だが、メインの商売は亜人や獣人などの売買。この世界では奴隷売買は違法ではないが、やはり体裁が悪いためか店舗は路地裏の奥にある。わりと手広くやっているようで、サーカスのテントのような店の中には商品（奴隷）の檻が奥までずらりと並んでいる。メルロマルクは人間至上主義の国であり亜人への差別意識が強いためか、亜人の取扱いが特に多いようだ。奴隷購入の際の、奴隷紋の登録なども請け負っている。

※コミックス１巻より

※コミックス２巻より

⬆魔物は卵から育てないと人に懐かない性質のため、売っているのは主に魔物の卵。サービス商品の「魔物の卵くじ」では、銀貨一〇〇枚で一回、中身不明の卵を買える。当たりを引けば金貨二〇枚相当の騎竜など、価値の高い魔物が出ることも。

【薬屋】

薬草や薬の買い取りも行っている薬屋。薬を製作するための道具も取り扱っている。店主はいつも渋い顔をした初老の男性だが、まだ尚文が苦労していた初期に薬草を買い取ってくれたり、使い古しとはいえ薬調合の道具をゆずってくれるなど、優しい人物。リユート村に親戚がおり、波の際に尚文に助けられたお礼として、薬の中級レシピの本を与えた。顔は広いようでアクセサリー商とも旧知の間柄だった。

※コミックス３巻より

【魔法屋】

表通りに面した、城下町で一、二を争う規模の店舗を構えた店。主な商品は魔法を覚えるための書物であるため、一見したところは本屋にも見えるが、カウンターの奥には水晶玉が並び、杖なども取り扱っている。店主はふくよかな中年女性。それなりに魔法の心得があり、希望すれば魔法の適性診断などもしてくれる。

【洋裁屋】

布など素材を持ち込めば、注文にあった服を仕立ててくれる。店を切り盛りするのは頭にスカーフを巻きメガネをかけた若い女性だが、腕利きの職人で、フィーロの魔法服を見事に仕上げた。

【定食屋】

町の人々が気軽に立ち寄る大衆的な食堂。何種類かの定食のほか、子どもが喜ぶものを盛り合わせたお子様ランチっぽいメニューも揃っている。

貨幣と経済

賑やかな城下町はもちろん、尚文が各地を行商した際に体験したとおり、金貨や銀貨、銅貨といった貨幣が流通。売買だけでなく税も貨幣で徴収されていたことから、かなり活発に貨幣経済が回っているようだ。

作中登場したいろいろなものの価格を見ると、例えば尚文が武器屋で最初に購入した鎖帷子が銀貨一二〇枚。奴隷商の店でラフタリアを購入した金額は銀貨三一枚（うち銀貨一枚は手数料）だった。魔物商でフィロリアルの成体を購入する場合は、銀貨二〇〇枚程度からが相場だという。ちなみに後日尚文が成長したラフタリアとともに訪れた際、奴隷商は非処女でも金貨二〇枚、処女なら金貨三五枚で買い取ると査定してきた。ピンキリではあるが、武器や魔物、奴隷などはいわゆる高額商品に相当するのだろう。

※コミックス1巻より

一方、城下町の食堂のメニューは銅貨数枚程度で提供されているようで、尚文が定食屋でいちばん安いランチ（ベーコン定食）とラフタリアのためにお子様ランチを頼んだ際の代金は、合わせて銅貨九枚だった。またリユート村の宿屋では一部屋一泊で銀貨一枚だった。これらの様子から、日常生活で必要になる物やサービスについては、概ね銅貨数枚から、せいぜい銀貨数枚程度であることがわかる。

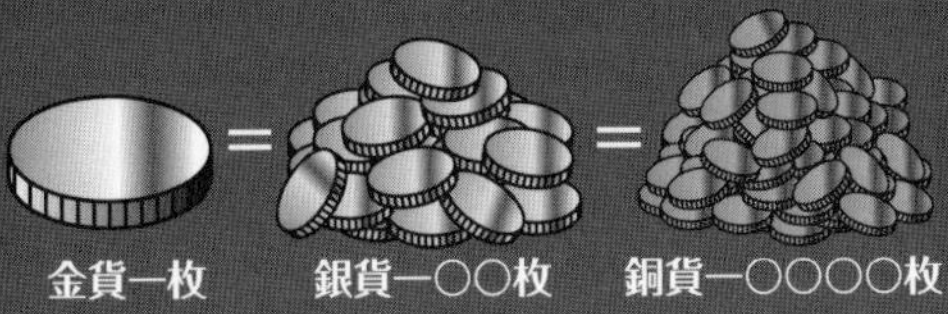

⬅金貨一枚は銀貨一〇〇枚に、銀貨一枚は銅貨一〇〇枚に相当する。

●国内

【リユート村】

城下町から街道を行った先にある村。銀貨一枚で泊まれる宿が一軒あり、買取商人も二日に一度は滞在するということで、尚文にとって便利だったので、初期はこの村を拠点に活動していた。近隣に廃坑寸前の炭鉱があり、奥のほうで高値で取引されるライトメタル鉱石が採れる。

※コミックス１巻より

二度目の波が村の近くで発生して魔物に襲われた際、尚文が村を守ったおかげで村人への被害は最小限にとどまり、村人は尚文を恩人として信用するようになる。波の功績の報奨として元康にこの村の領主の地位が与えられそうになった際も、尚文の活躍で回避。そのお礼に自由に行商できる手形と馬車を用意してくれた。

※コミックス1巻より

【ラファン村】

城下町近郊の平野を抜けた森の先にある村。平凡な村だが、近くに初心者向けのダンジョンがあるらしい。

【メシャス村】

ラファン村の南東にある村。尚文たちが行商で近くを回っていた際、病に臥せっていた老母のために街へ薬を買いに行っていた息子をフィーロに乗せて送り、尚文が直に薬を飲ませて治療した。この老婆こそ、のちに仲間となる変幻無双流伝承者のババアだった。

【ライヒノット領】

南西部の国境近くに位置する地方領のひとつで、亜人冒険者が多くいる町。村に毛が生えた程度の小さな町ながら、領主である「優男の貴族」ことヴァン＝ライヒノットは、女王派の貴族であり、女王の右腕だったセーアエット領主の亜人も平等に扱うという考えに賛同して、自らの領地でも実践。多くの亜人たちが集まり、慕われているようだ。

尚文たちがメルティ誘拐の嫌疑で追われていた際には自分の屋敷に匿った。

※コミックス5巻より

※コミックス6巻より

【レイビア領】

南西部の国境近くに位置する地方領のひとつで、ラフタリアを最初に奴隷として買い、虐待していた貴族・イドル＝レイビアの領地。ライヒノット領の隣だが、こちらはかなり大きな町。イドルが三勇教の妄信的な信者であるため、亜人に対する差別が特に厳しい。城の中庭に石碑があり、過去の勇者が倒した魔物・タイラントドラゴンレックスが封印されていた。

※コミックス6巻より

※コミックス6巻より

【アイヴィレッド領】

尚文が北へ向かう道中に立ち寄った村。没落貴族の娘であるリーシアの故郷でもあるが、私腹を肥やす領主に支配されていた。樹が領主を懲らしめたものの、後始末を考えていなかったため難民がでるほど経済状態が悪化した。

【南西部の洞窟】

城下町より南西方面の山麓にある遺跡。地下に鉱脈があり、希少な宝石が採れる。尚文たちはフィーロの服を作るために必要となる宝石を調達に行った。その昔、邪悪な錬金術師が根城にしていたという神殿の下の横穴から入った坑道の先に、ボイスゲンガーやヌエといった魔物が生息。最奥部にバイオプラントの種が封印されていた。

※コミックス3巻より

【レルノ村】

城下町から南西にかなり離れた村。飢饉に喘いでいたが、元康がもたらした奇跡の種から植物型の魔物であるバイオプラントが異常繁殖。困っていたところを尚文が解決してから、村人は尚文を恩人として敬っている。

※コミックス3巻より

【ミルソ村】

東の村。山を根城にしていたドラゴンを錬が倒したが、その死骸が原因で疫病が蔓延していた。死骸から生まれたドラゴンゾンビを尚文が退治し、村人を治療して救った。

【セーアエット領】

メルロマルク南部の海に接した辺境領。かつて女王の右腕でもあるエクレールの父が治めていた。亜人との融和政策を進めていたが、最初の波で壊滅し、その際に領主も死亡。

【ルロロナ村】

セーアエット領内にある海辺の村。ラフタリアの故郷で、亜人保護区とされており、村人のほとんどは亜人。農業や漁業を営むのどかな村だったが波で壊滅。生き残った村人も奴隷狩りで売られてしまう。

お子様ランチの旗
私ね
盾の勇者様と
結婚したい！
※コミックス１巻より

【港町ロラ】

南部沿岸にある港町で、漁業はもちろん、メルロマルクの海上交易を担う拠点の一つ。小舟から大きめの帆船まで、何隻も停泊可能な港を持っており、カルミラ島へ渡るための定期船もここから出ている。

ほかの勇者は
相変わらず
バカだし
亜人と人間の
わだかまりは
すぐに消えたりも
しない
※コミックス９巻より

【カルミラ島】

メルロマルク南部海岸沿いの港町から船で一日の距離にある島。カルミラ島というのは通称で、正式名はカルミラ諸島といい、主島である火山島と、その周辺の大小様々な島々から成る群島である。諸島内の波は穏やかで、干潮時には主島から歩いて渡れる島も多いが、基本的に島から島への移動は小型船を使用。数多くいる舟渡しに頼めば、指定の島まで運んでもらえる。

気候が温暖で、火山のおかげでそこらじゅうに温泉が湧いていることもあ

※コミックス 11 巻より

り、保養地ともしてかなり有名である。また、温泉には重度の呪いを癒やす効能があるという。尚文たちが泊まったホテルは南国リゾート風ながら、和風の露天風呂があった。

　自然が豊かな土地柄もあり魔物の種類・量ともに豊富なうえ、十年に一度「活性化」と呼ばれる現象が起こり、得られる経験値が増加するため、活性化の期間中には多くの冒険者や軍人が島を訪れる。

　島全体を管理している領主は、ハーベンブルグ伯爵というメルロマルクの軍服に身を包んだ渋い初老の男性貴族。島にはその昔、四聖勇者がこの島で修行したという伝承があり、四聖勇者が残した勇者専用魔法が魔法文字で刻まれている碑文もある。ハーベンブルグ伯爵は、四聖勇者にまつわる伝承を持つ自分の領地を非常に誇りに思っているらしく、尚文たちが訪れた際、自ら率先して島内を案内してまわった。

※コミックス9巻より

➡この島は先住民であるペックル、ウサウニー、リスーカ、イヌルトが開拓したという伝説がある。開拓を終えた彼らは新たな土地へと旅立ったとされており、その後、姿を見た者はいない。その名は、勇者たちが自分の世界で一番近い姿をしている動物の名前にちなんで名付けたという。

※コミックス10巻より

⬆島の奥にはストーンヘンジのようなオブジェがあり、その中心のレンズ状の黒い球体を攻撃するとそこから「カルマーラビット」など、先住民を模したような魔物のボスが出現する。倒すとかなりいい武器や防具をドロップする。

※コミックス10巻より

⬅主島からほど近くの海底に水中神殿があり、その内部に龍刻の砂時計が置かれていた。尚文はそこに示された数字を見て、近くこの島を「波」が襲うことを知る。

各地案内　その他の地域

この世界にはメルロマルクのほかにも大小様々な国が存在している。メルロマルクは世界で四番目の大国、つまり同等以上の大国がいくつかあるということだ。ただしメルロマルクが直接国境を接するのは、比較的小規模な中立国・友好国。基本的に大国同士は直接国境を接しておらず、間にこうした国々を挟むことで、緩衝地帯としているようだ。

【霊亀国】

メルロマルクの東にある、霊亀が封印されていた中華風の小国。霊亀が動き出したことにより壊滅した。

※コミックス13巻より

国際情勢・世界会議

我々の世界同様、この世界においても長い歴史の中で国家同士の争いも珍しいことではなかったようだ。現に獣人差別主義のメルロマルクと亜人の国シルトヴェルトはたびたび争いを繰り返し、つい十数年ほど前にも激しい戦争があったという。

現在、波の脅威さえ除けば比較的平和な状態といえるが、それはあくまで一時的なものであり、波という世界共通の脅威を前に維持された脆弱な協力関係といっていいだろう。

そんな微妙な国際関係の中であればこそ、世界の救い手たる四聖勇者をどの国が召喚するか、どの国が召喚した勇者が世界を救うかといった話は、国の威信に関わる問題であり、召喚を巡って衝突も起きやすい。

このため、一つの国で一人の勇者を召喚するという国際的な協定が定められており、今回も大国フォーブレイに、勇者召喚の第一優先権があった。しかし、オルトクレイと三勇教の暴走により、四聖勇者全員がメルロマルクに同時召喚されたため、戦争に発展しかねないほどの緊張状態を招く。戦争回避のため、女王ミレリアは外交交渉に奔走することになったのである。霊亀戦の際に、有力な大国から援軍がなかったのも、世界の不和とメルロマルクの孤立を示しているのかもしれない。

※コミックス13巻より

⬅対霊亀の戦いでは、通り道となったメルロマルク東側にある小国が次々に破壊され、甚大な被害を出した。

※コミックス13巻より

⬅霊亀戦ではメルロマルクが中心となって周辺諸国をまとめ上げ、連合軍を結成。女王自ら指揮を執った。

【シルトヴェルト】

メルロマルクから二つほど国を挟んで北東にある亜人の国。エルハルト曰く「亜人絶対主義で人間は奴隷という極端な国」らしく、長きにわたりメルロマルクと戦争を繰り返している。メルロマルクとは逆に盾の勇者を崇拝しており、追われた尚文が一時目指した。

【シルドフリーデン】

メルロマルクから二つほど国を挟んで南東に位置する国。シルトヴェルト同様、亜人主体国家だが、こちらは一応人間とも共存しているらしい。

【フォーブレイ】

この世界一番の大国。国王は太った醜悪な外見だが、狡猾な人物。その国力を背景に波への対策と勇者召喚に関する国際会議においても、主導的な地位にあるようだ。都には七星勇者の存在確認ができるステンドグラスがある。文化的にも進んでおり、各国から王侯貴族の子女が留学している。ビッチやリーシアもこの国の学校に通っていたらしい。

【ゼルトブル】

傭兵の国と呼ばれる、冒険者や傭兵が多く集っている国。首都にある武器屋の品揃えがいいらしく、元康たちはここで「隕鉄シリーズ」の武器をコピーして入手していた。非常に商工業が盛んらしく、尚文を見込んだアクセサリー商も、自分の商会の本拠地を置いている。

フィロリアルの聖域

フィロリアルの女王であるフィトリアが尚文たちを連れていった場所で、フィトリアのほかにも数多くのフィロリアルが集っていた。

フィトリアの転移能力で移動したため、正確な場所は不明だが、フィトリアによると、最初の勇者が守った国の跡地と言われているという。彼女が管理しているが、彼女が生まれる前からこの状態であったらしく、正確なところはわからない模様。

フィロリアルの聖域なのかと尋ねたメルティに、フィトリアは「半分あたり」だと答えている。本拠地はあまり人を立ち入らせてはならないらしいので、その入口のような場所なのかもしれない。

⬆崩れた石垣や、石造りの家の残骸がある。植物に侵食されて、かなり長い期間放置されている様子。奥のほうは青白い霧がかかった深い森で、一歩入れば抜け出すことも難しそう。

各地案内　絆たちの世界

絆やグラス、ラルクベルクたちの所属する世界。多くの国が存在しているが、互いに合従連衡しながら戦争が絶えない。尚文の世界同様、武器の勇者や守護獣といった波への防衛システムが備わっており、聖武器は絆の持つ狩猟具、眷属器はラルクベルクの持つ鎌やグラスの持つ扇などの存在が判明している。

➡なぜか和風の文化を持つ国が多いこの世界。尚文たちも和風の装束を身につけて行動した。

伝説の武器の勇者や眷属器の勇者になったものは、波や魔物からその国を守るだけでなく、戦争にも駆り出されるような状況だった。そのためか、勇者の武器の機能に関しての研究がかなり進んでいる。

尚文たちの世界と同様に「龍刻の砂時計」があり、勇者は一度訪れた砂時計の間であれば自由に転移することが可能。

【鎌の眷属器の国・シクール】

鎌の眷属器の勇者であるラルクベルクが治める国。中世ドイツのような国だが、服装は和洋折衷。近隣に和風の国が多いため、文化が流入しているようだ。この世界の聖武器の勇者で唯一残っている狩猟具の勇者・絆を擁している。

都である城下町に隣接する海沿いの港町には絆たちの拠点となる家があるほか、腕利きの武器職人ロミナの鍛冶屋がある。迷宮古代図書館があるのもこの国。

【迷宮古代図書館】

どの国にも所属していない、図書兎たちの領域。迷宮古代図書館内は魔物の聖域にもなっており、侵入は容易ではない。図書兎の族長でもあるエスノバルトが管理し、波に関する古い資料の整理などを行っている。

【扇の眷属器の国・セン】

鎌の眷属器の国・シクールの隣国で友好国。グラスの出身地でもあり、和風の文化を持っている。

【鏡の眷属器の国・ミカカゲ】

鏡の勇者であるアルバートがいた国。平安時代のような雰囲気を持つ和風の国で、首都に近づくと江戸時代風の町並みになる。国内にいくつもの関所を設けており、通行手形がなければ移動できない。住人の自由な移動を制限するため通行しづらいようにしてあるらしい。

絆・ラルク陣営とは対立しており、絆を陥れて無限迷宮に閉じ込めた。キョウの死後の政界情勢を見て、渋々だがシクールと同盟を組む。

【無限迷宮】

絆が囚われていた特殊空間で、波発生時の特殊召喚でも抜けられない脱出不可能な空間。内部には海や密林、草原などがあり、動物や魔物なども生息している。過去の魔術師が空間を操作する魔法を駆使して作ったもので、城塞にするつもりだったが、空間と魔力の暴走を引き起こして出られない空間と化したという。

【刀の眷属器の国・レイブル】

クズ二号やツグミがいた国。絆たちと対立しており、本の眷属器の国・ルワーレと同盟を結んでいる。鏡の眷属器の国・ミカカゲの隣国であり、住人の多くは日本の幕末っぽい格好をしているが、一部は昭和臭のする建物や電灯など、中途半端に近代化したようなところがある。

天才呪術師と呼ばれたクズ二号の力により、守護獣「白虎」のクローン製作に成功している。クズ二号やキョウの死を受け、やはり絆たちと同盟を組むことになった。

【本の眷属器の国・ルワーレ】

キョウが所属する和風の国。首都から離れた地方の森林地帯にキョウの研究所がある。ここは過去に封印された屋敷を利用したもので、人を惑わす霧が立ち込める森があるため、選ばれた者のみがたどりつける

尚文たちが仲間を探している間に、刀の眷属器の国・レイブルと鏡の眷属器の国・ミカカゲなど、同盟関係にもかかわらず近隣の国を占領して、ラルクたちへ戦争を仕掛けようと画策していた。キョウの死後はやむなくシクールと和睦した。

関連書籍紹介

『盾の勇者の成り上がりアンソロジー ラフタリアといっしょ』
(KADOKAWA)

©Aneko Yusagi 2018

原作：アネコユサギ　キャラクター原案：弥南せいら
参加作家：藍屋球／ミト／イトハナ／イシマリユウヤ／辛口ムース／のじい／森あいり／赤樫／佐藤夕子／谷村まりか

尚文の剣となった亜人の少女・ラフタリア。『盾の勇者』の正ヒロインともいうべき彼女の魅力を描いた珠玉のコミックアンソロジーが登場！　公式コミカライズを担当する藍屋球をはじめ豪華作家陣が参加しているほか、なんと原作者・アネコユサギによる書き下ろしショートストーリー「バルーンとの攻防」も掲載♪　必読の一冊となっているぞ!!

➡小さなラフタリアと美少女ラフタリア、どちらのかわいさもいっぱい！

『盾の勇者の成り上がりアンソロジー フィーロといっしょ』
(KADOKAWA)

©Aneko Yusagi 2019

原作：アネコユサギ　キャラクター原案：弥南せいら
参加作家：藍屋球／にぃと／ミト／辛口ムース／赤野天道／イトハナ／吉乃そら／あららぎあゆね／双葉ますみ／三色網戸。／のじい

天真爛漫な人気キャラクター・フィーロ。『ラフタリアといっしょ』に続き、彼女の魅力をたっぷり描いたコミックアンソロジーが登場♪

公式コミカライズの藍屋球や『槍の勇者のやり直し』コミカライズのにぃとなど、豪華作家陣が参加。 原作者・アネコユサギ書き下ろしショートストーリー「フィーロの宝物選別」も掲載したファン必携の一冊だ!!

➡かわいさだけではなく、『盾の勇者』の世界を補完するエピソードも魅力。

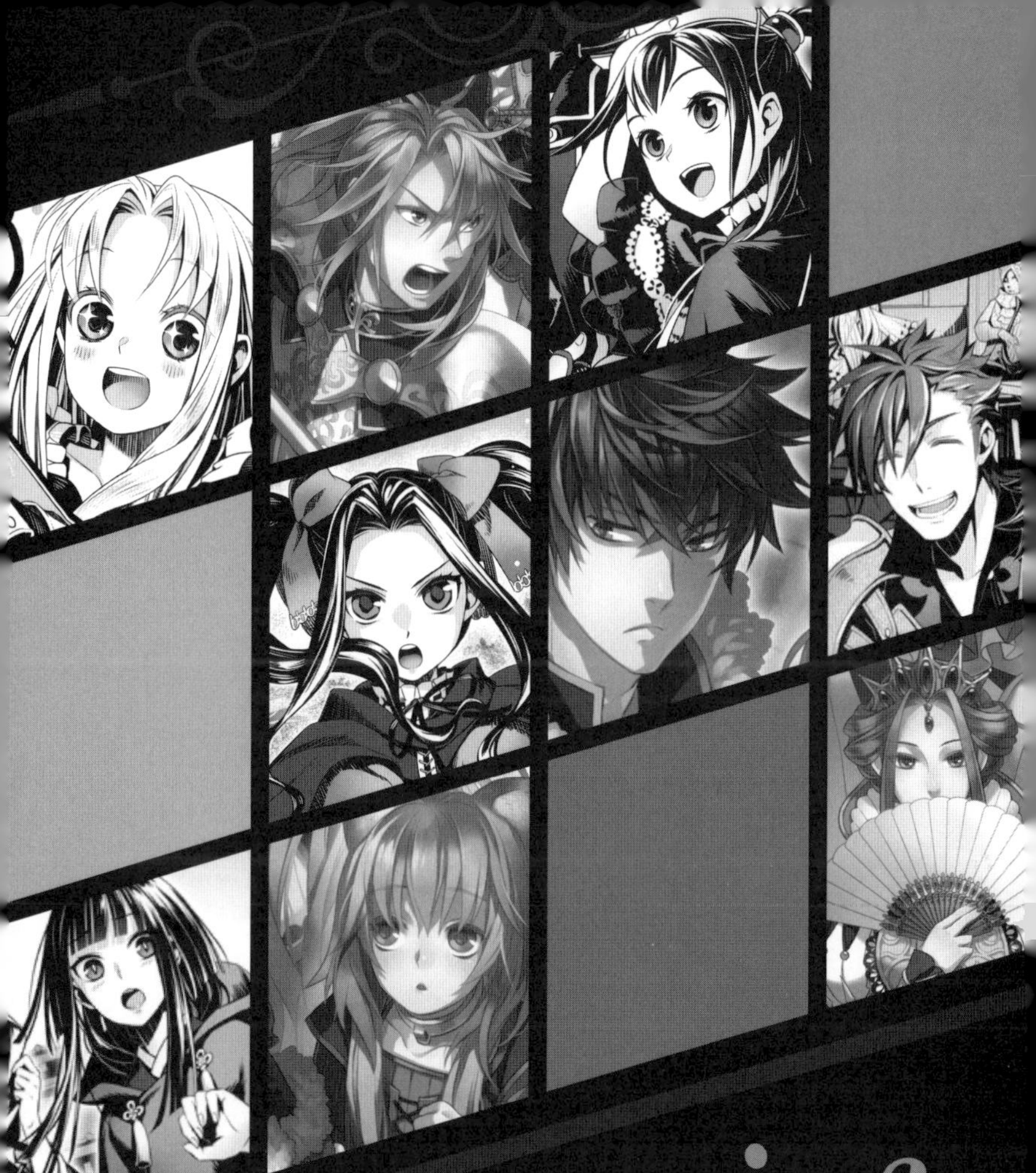

Side Stories

サイドストーリーズ

七つの旗

その日は城下町で武器防具を新調しようかと考えていた。

ま、あと数日はリユート村に滞在する予定ではある。

俺は村に来た行商に薬を売って、ちょうど部屋に帰ってきたところだ。

ラフタリアが色々な手荷物を整理している。

前に買ったボールや、ラフタリアが最初に着用していた服を綺麗《きれい》に畳んで荷物袋に収めているようだ。

その中に汚れたお子様ランチの旗がある。

ラフタリアはまだ、俺が部屋の扉を開けたことに気付いていないみたいだ。

ラフタリアは汚れた旗を、ゴミとして捨てるどころか大切そうに手に持って、

「えへへ」

と、なんか楽しそうに声を出している。

そうか……ラフタリアはお子様ランチの旗がそんなに好きなのか。

なら、それに応えよう。戦力となるラフタリアにはやる気を出してもらわねばならない。

でないと波を上手《うま》く乗り越えられるかわからんからな。

「あ、ナオフミ様」

俺が帰ってきたことに気付いたラフタリアは旗を荷物袋に仕舞って平静を装う。

「今帰った」

「どうでした?」

「売上は上々だな」

いつものように会話をしていると、とあるアイデアが閃《ひらめ》いた。

これさえあればラフタリアも喜んで食事を楽しみ、戦ってくれるだろう。


リユート村から少し離れた山道で遭遇した魔物を倒し、飯時となったので魔物を捌《さば》いて肉を焼くことにした。

今日は豪快に鉄串を刺して串焼きだ。

「大分焼けてきましたね」

「そうだな」

俺は味覚が無いからよくわからないけれど、美味《うま》いかど

うかは見た目と匂いでなんとなく判断する。

　薬草の中にある香草っぽいもので肉の下ごしらえをしているから、スパイシーな良い匂いが辺りに漂ってきた。

　さて、そろそろだろう。

　俺は焼き上がった鉄串を持ち、荷物袋から、昨晩作った自作の旗を串焼きの肉に刺した。

「え!?」

「ほら、ラフタリア。お前の分だ」

　俺の世界の国旗だ。

　覚えている国旗は複数あるから種類は増やせるだろう。

「あの……何ですかこれ？」

「何って旗だが？」

　まあ、確かに旗を付けられたらおかしいとは思うかもしれない。

　だけどラフタリアはどうやら旗が好きなようだから刺してみた。

　ん？

　更に名案が閃《ひらめ》いたぞ。

「俺の自作の旗では不満か。ではこの旗を七つ集めたら城下町のあの店で旗の付いたランチを注文してやろう」

「いえ、不満ではないですけど……」

「なら存分に食うといい」

「はい……」

　やはり俺の自作じゃ不満か。

　とは言いつつ、旗を取ったラフタリアは機嫌良く串焼きを頬張《ほおば》り始める。

　そして旗を空に掲げてとても嬉《うれ》しそうだった。

　うん。やはりラフタリアは旗が好きなんだな。

「さて、腹ごなしも済んだし、そろそろＬｖ上げを再開するか」

「はい！」

　と、その日の夕方まで俺たちは近隣の魔物を狩り、同時に薬草の採取を続けた。


　夕方、リユート村に戻った俺達は少しだけ豪華なランチを注文した。

　なんだかんだ言って疲れてきた。味はわからないが良い物を食わないと体がもたないことを俺は知っている。

　ラフタリアにも精の付くものを食ってもらわないと。筋肉が付かないだろうし。

タダでさえやせ気味なんだ。万年腹ペコのようだし、下手にケチっても良いことはない。

「お待たせしました」

酒場で出てくるランチをラフタリアは目で追っている。

コトっと俺達の前にランチが置かれ、店員は次の客の応対を始める。

「ではいただきます」

「あ、ちょっと待て」

「なんですか？」

最近はラフタリアもテーブルマナーを覚えてきて上品になっているような気がする。

手掴《てづか》みで食べていたのがウソのようだ。

俺は懐から旗を取り出してランチに刺した。

どうせ近々城下町に行くんだ。それまでの間に旗を増やしてやった方がいい。

「えっと……」

楽しそうに食べようとしていたラフタリアの表情が曇る。

「どうした？」

ああ、衛生観念的にイヤというやつか？　ワガママな奴だな。


そして夜食の時間。最近はあまり空腹で目覚めることはなかったけれど、調合中にラフタリアは目を覚ました。

「なんだ？　腹が減ったのか？」

「ああ……はい」

昼間に焼いておいた串焼きを取り出して旗を刺そうとしたところでラフタリアは俺の手を握る。

「なんだ？」

「あの……もう結構です」

「どうしたんだ？　旗が好きなのかと思ったのだが」

「好きか嫌いかと言われれば好きですけど、こうボンボン渡されても……」

ああ、なるほどね。

時々もらえるから嬉しいのであって、毎度もらえるとありがたみも薄れるというわけか。

俺もうっかりしていた。本人にしかわからない希少価値というやつだ。

「それはすまなかった」

「はい」

ならば、希少価値さえ見いだせれば嬉しいということだ。

どうする？　奴隷の精神状態のケアくらいしておかない

と戦いに支障を来《きた》すぞ。

　なるほど。旗は好きだが、食べ物に付いている旗が好きなわけではないのか。

「ではこれから、ラフタリアが十分、役に立ったと思ったら旗を進呈しよう」

「は？」

「金の代わりだ。旗が七つ集まったら、一日休みをやる。存分に遊んでこい」

「そういう意味で断ったわけじゃないです」

　むう……ラフタリアも頑固だな。

「じゃあ、どうすればいいんだ？」

「ナオフミ様。私はその……別に旗が好きだという意味で大切にしているわけじゃないのですよ」

「そうなのか？」

「なんと言いますか……その……ですね」

　あれはお子様ランチ。子供であるラフタリアはきっと両親と一緒に同じように外食で食べさせてもらえていたのかもしれない。

　だから過去を振り返って、思い出の旗と比べているのか。

「皆まで言うな、わかった。親との思い出なんだな？」

「えっと」

　ラフタリアは目を泳がせてから、諦めたかのように頷《うなず》く。

「はい。そういうことにしておいてください。似たようなものですから」

　違うのか？　どうも気難しい奴だな。

　ああ、そういえば、頭に旗を付けた古いアニメキャラがいたな。

　俺は旗を改造して頭に付けられるよう細工し、ラフタリアの頭にのせることにした。

「あとは語尾にダジョーって付けるといい」

「あの……何の冗談ですか？」

「旗好きなキャラクター……物語の登場人物の真似だ」

「怒りますよ？　ダジョー……ですか？」

　……ふむ、冷静に考えたら俺もやりすぎだと思う。正直くどいな。しかも古い。

「本当に悪かった」

「はい」

「じゃあ旗は処分だな」

「いえ……今回まででいいですから下さい」

「む、わかった」

ラフタリアは俺から旗を受け取ると、そのまま荷物袋に仕舞う。

「この旗は色々な種類があるようですが、どこの旗なのですか？」

「俺の世界の国旗だ」

「いっぱいありますね」

「色々な国があるからなぁ……」

「ナオフミ様の世界って、どんなところなんですか？」

ラフタリアに尋ねられて、俺は元の世界に戻る夢を描く。

ああ……懐かしい。

つまらない日常だと思っていたあの日々がこんなにも恋しいとは思わなかった。

「そうだな……まず魔物とかはいないな。Ｌｖとかの概念もない」

「そうなのですか!?」

「あと亜人はいない。奴隷制度はあったけど、今じゃ廃れている——」

と、俺は深夜、ラフタリアに故郷である日本の話を聞かせる。

「そのような世界があるのですか」

「ああ、俺の世界はそんな世界だ」

「一度でいいから行ってみたいです。そんな平和で、平凡な世界に」

「ラフタリアは住みづらいと思うぞ」

見世物にされてしまうだろう。哀れな未来が簡単に想像できる。

「それでも……私は行ってみたいと思います」

「じゃあもしも行けたら、俺の世界のお子様ランチを奢《おご》ってやるよ」

「約束ですよ？」

「ああ」

叶《かな》うかどうかわからない約束を、俺はラフタリアとしたのだった。

はじめてのおつかい

フィーロの名前はフィーロ！

馬車を引きながら、ごしゅじんさまたちといろんな所を旅してるの。

今日はー……えっとー賑やかな町の宿で、ごしゅじんさまがお薬を作ってるよ。

困ったような顔をしているのはどうしてかな？

「ふむ……」

ごしゅじんさまが腕を組んで唸《うな》ってる。

「どうしたのー？」

「ん？　ああ、フィーロか。いや、気にしなくていい」

「えー！　なんなの！　教えてよー！」

「フィーロ、ナオフミ様を困らせてはいけませんよ」

ラフタリアお姉ちゃんがそう言ってフィーロに注意する。

「気になる年頃ってやつだろ。しょうがないな、教えてやる。薬の材料が切れてしまってな」

ごしゅじんさまは本を読みながら薬作りをしていたのだけど、薬に使う材料が足りなかったみたいなの。

「明日には疫病の流行《はや》っている村へと行かなきゃいけないだろ？」

「となると近場で採っていくにも間に合いませんね。どうしましょう？」

「この際だ。少しだけなら薬屋で買い足すのも手だろう。元々この辺りは薬屋が数軒あるからな、買いに行けばいい」

その話を聞いて、フィーロはチャンスだと思ったの。

ごしゅじんさまの欲しい物を買ってくれれば、褒めてもらえるんだよ。

ラフタリアお姉ちゃんがこの前、買い物を頼まれて買ってきたとき褒められてたもん。

「フィーロ、買い物に行ってくるからごしゅじんさまは待っててー」

「は？　何を言っているんだ？」

「そうですよ、フィーロ。あなたがお使いだなんて……」

「ぶー。ラフタリアお姉ちゃん、フィーロが何もできないと思ってるー！」

少しくらいフィーロより年上だからって、お姉ちゃんはいつもフィーロにあれダメこれダメって言う。フィーロだってごしゅじんさまの欲しい物を持ってくることくらいできるもん。

「そういうわけじゃないですけど、向き不向きがあるといいますか……」

「できるもんできるもんできるもん！」

と、フィーロが言うと、ごしゅじんさまはなんか嫌そうな顔してる。

「ああもう、うるさい。わかったから、お使いに行ってこい」

「え？　ナオフミ様、フィーロに行かせるんですか？」

「このまま騒がれるのも面倒だ。失敗しても問題ない程度にしておくさ」

「わーい！」

ごしゅじんさまは茶色いお金をフィーロに持たせてくれたの。

「これを持って近所の薬屋に行って、ルテナって薬草を買ってこい」

「うん！　じゃあ行ってきまーす」

フィーロは宿の扉を開けて跳ねるように出ていくの。

「るってなーるってなー♪」

ごしゅじんさまの頼んだ薬草を買ってくるために、薬屋さんにスキップしながら向かったの。

すぐに薬屋についたよ。ごしゅじんさまがいつも弄《いじ》ってる草と同じ匂いがしたからわかるんだ。

「るってな下さい！」

「ルテナかい？　残念だけど今日は品切れだな」

「えー……」

「ごめんよ嬢ちゃん。いつもはあるんだけど、ここ最近よく売れていてね」

「そうなんだー……」

そういえばごしゅじんさまが、近くで病気が多いって言ってた。

でもこの辺りは薬屋が数軒あるって言ってたから大丈夫。

「他の薬屋ならまだ扱っているんじゃないかな？」

「はーい！　ありがとうございました！」

フィーロは頭を下げて走り出したの。

それからフィーロは薬屋を探してたんだけど、おいしそうな匂いがしてきたの。

そっちの方向に向かうと、お肉に串を刺した食べ物を作っている人がいる。

「てなーる、てなーる、てなーるー♪」

「今日は串焼きが安いよー」

ぐー……フィーロお腹空いた。

フィーロ、屋台に並んでいる食べ物に目移りしちゃった。

「いらっしゃい！　いらっしゃい！」

お店の人が呼び込みしてる。

じー……お肉の良い匂い……でもフィーロお使いしてるのー。

にくじゅうが垂れて、じゅって音がしてねー、良い匂いでねーで、炭に脂が垂れてねー。

フィーロ、涎《よだれ》が出てお肉をじっと見ちゃう。

「なーる、なる、うなーる、うにゃーる……じゅーるじゅる」

「え、えっと……」

道行く人達がフィーロと屋台を交互に見たの。

「い、一本あげようか？」

「ホント!?」

「あ、ああ、焼きすぎちゃったやつだから特別にね」

「ありがとー！」

フィーロは屋台からお肉をもらって、頬張《ほおば》るの。

甘辛い味がして、とってもおいしい！

でも、ごしゅじんさまのご飯の方がおいしいかも。

「いい食べっぷりだね、嬢ちゃん。でも、どうして街に来たんだい？　何か買い物か？」

「うん！　じゅーるじゅーる下さい！」

「は？」

確か……何屋さんだっけ？　うー……忘れちゃった。だから尋ねたの。

「草ください！」

「さすがに草は売ってないなー」

「そうなのー？　変わった草みたい。安く欲しいの」

「それなら山の村に行けばわかるんじゃないか？」

「わかったー。ありがとうございました」

フィーロはお店を出て、お山を目指して走り出したの。

本当の姿に変身したから、すぐに着くことができると思う。

「だ、誰か助けて！」

お山を登っていくと、どこからか叫び声がしたの。

「はーい！」

見ると、半透明のぶよぶよな生き物に女の子が襲われそうになってたの。

「てーい！」

フィーロが力を込めて蹴ると、半透明な生き物は飛び散った。

「大丈夫ー？」

「え、あ、はい！　その姿は……神鳥の鳥さん？」

「うん！　フィーロなのー！」

「あ、ありがとうございました」

「ところでどうしたのー？　こんな山にいたら危ないよ？」

近くに村があったと思うけど、どうしたんだろう？

「そ、それが、スライムが突然村に現れて、村の人達は必死に応戦しているんですが……なかなか手強《てごわ》くて……。なので、近くの町に応援を呼びに行こうって話になって、みんなで出たんですけど、魔物に追いかけられてしまったんです」

「そうだったんだー、じゃあフィーロががんばるよー」

フィーロ知ってるんだよ？　困っている人を助けるとお礼がもらえるって、ごしゅじんさまはもらってたもん。

「その代わりお礼ちょうだい！」

「は、はい！」

「じゃあフィーロに乗って」

「え、あ、ちょっと。わ――――――！」

女の子を背中に乗せてフィーロは走り出したの。


「てーい！」

村に着いたら、村の人達が必死に半透明の大きな魔物と戦ってたの。

だからフィーロは魔物に飛び蹴りをしたの。

最初はブヨンと弾《はじ》かれたけど、力を込めて真ん中の球体を蹴ったら飛び散った。

「フィーロの勝ちー！」

「ま、まだです！」

「えー……」

見ると半透明の魔物が集まっていくの。

でもフィーロ、なんとなくわかったよ。

ここにいるのは分身で、本物は近くの茂みに潜んでるんだと思う。

「ここー！」

フィーロが茂みに突撃して、小さな動くスライムを食べたの。

プニプニして美味《おい》しい。

すると半透明の魔物は弾けて動かなくなったのー。

「あ、ありがとうございます、神鳥様。……あれ、聖人様は？」

「ごしゅじんさまはお留守番ー。それよりも、お礼ちょうだい！　草がいいなー」

「草……ですか？　それなら倉庫にありますので、お確かめください」

村の人達は倉庫から草をいっぱい持ってきてくれたの。

「ありがとうございました、神鳥様」

「うん。じゃあねー」

フィーロはたくさんの草を受け取って、ごじゅじんさまの元へ帰ったのー。

「ただいまー」

「遅い。いつまでほっつき歩いてんだ」

ごしゅじんさま、フィーロが帰ってくると注意してきた。

「えーでもー」

「もうラフタリアにお使いをさせて用事は終わってしまったぞ」

「えー……」

「ま、俺のためにがんばろうとしていたみたいだし、いいだろう。飯を作っておいてやったぞ。今回だけだからな」

「わーい！」

フィーロはごしゅじんさまが作ってくれたご馳走《ちそう》に手を伸ばして食べ始めるの。

うん、やっぱりごしゅじんさまのご飯が一番美味しい！

「やっぱり失敗でしたね」

「ま、俺の手伝いをしたいという気持ちだけは汲《く》んでやろう」

「そうですね。気持ちは大事ですものね」

「フィーロの奴、何を持ってきたんだ？　これ……上質な薬草じゃないか」

「あ、ごしゅじんさま、フィーロお金返すね」

「なんで金持ってるんだよ……お前、この薬草は買ったんじゃないのか？　じゃあ、どうやって手に入れた？」

「あのねーびゅーんってなってねー、フィーロがバーンってしたの」

「うむ、わからん。フィーロのことだから盗品じゃないとは思うが……まあいい、よくやったな」

そう言ってごしゅじんさまはフィーロを撫《な》でてくれたのー。

フィーロのお使いはこうして終わったんだよ。

もしもフィーロが走り屋だったら……

「今日は北の村へ行くとするか。そこまで急いでいないからな」

　南西の村でバイオプラント産の野菜を仕入れた俺達は飢《き》饉《きん》で困っている北の村へ進路を取ることにした。

「うん。わかったー」

「フィーロ、本当に話を聞いていたんですよね？　ナオフミ様は急いでいないと言いましたからね」

　……ラフタリアが不安そうにフィーロに念を押して尋ねる。

　無駄だろ。フィーロはそこまで真面目に人の話を聞かない。

　そういや、似合うかと思って大きな懐中時計をフィーロの首に吊《つ》るさせた時、嫌な気配がしたんだよな。

「わかったー」

　と、フィーロが馬車の取っ手を握った瞬間……。

　俺は前に確認したことがある。この時のフィーロの目は死んだ魚の目のようになる。

　そしてなぜか村の連中が旗を上げて、振り下ろす。

「ワッ――」

　ラフタリアがガクンと馬車の後方に転がって、受け身を取る。

　やはりか……俺は思わず溜息《ためいき》を吐《つ》いた。

　ガラガラと音を立てて車輪が高速回転し、後方で土煙を巻き上げる。

　前方ではフィーロがダッダと音を立てて、高速で走っていた。

　馬車はそれはもうガクンガクンと揺れる。

　後方に連結した荷車……大丈夫かな？

　こんなこともあろうかと入念に布を被せ、丈夫な綱で結んである。

「フィーロ、お願いですからもう少し速度を落として！」

「えー……そんなんじゃ時間を短縮できないよ？」

「しなくていいんです！　だからもっとゆっくり」

　現在、行商で行き交う街道を爆走しているのは一台の馬車と、それに連結された複数の荷車だ。

　やがて街道を抜けた後は、山道へと差しかかる。

峠……というんだろうな。

クネクネと道が入り組んでいる山道、下手をすれば断《だん》崖《がい》絶壁だ。

「えっほえっほ！」

フィーロがどたばたと音を立てる。

時々ガラララララと車輪が空を切る音が聞こえるな。

荷重が片方に寄ること、星の数ほど。

ラフタリアは必死に床に引っ付いて、転げ落ちないようにしている。

俺は……まあ、運転席だから辛うじて大丈夫だな。

フィーロの手綱を握っているし。

ラフタリアも運転席の隣に座ればいいんだけど、転げ落ちたことがあってから座りたがらない。

フィーロの背中に乗ればいいと思うかもしれないが、できない。

「とー！」

と、下りに差しかかった辺りでフィーロは人型形態に変身して、走り始めるからだ。

軽量化した方が速度が出ると学んだフィーロは下りだと人型で走る。

……馬車でどうやってドリフトしてるんだろうな。

後ろに連結している荷車も一緒に横に移動すると、現実感が失われていく。

レースゲームでは絶対に起こらない不思議な現象だと走馬灯のような景色を俺はぼんやりと見ていた。

「な、ナオフミ様！　どうか、どうかフィーロに止まるように命令を……」

「それをさせて大事故を起こしたのを忘れたか？」

フィーロに馬車を与えて走らせ、あまりにも村から村、町から町への移動に時間短縮を図るので、魔物紋で制止を指示した時、それは起こった。

フィーロが急ブレーキをしたところ、馬車が前のめりで飛んでいったんだった。

あの時はさすがの俺も死ぬかと思った。

俺は盾のお陰で怪我こそしなかったけど、ラフタリアはトラウマになったな。薬代もタダじゃないんだぞ。

その分、時間は短縮できて、速達便で儲けが出てるけどさー……。

「うう……どうしてこうなってしまったのでしょう」

「普通のフィロリアルだったらまだよかったのかもしれな

いが……」

普通に馬車を引くフィロリアルが羨《うらや》ましいと思う時がある。

そのフィロリアル達はフィーロを羨ましそうに見ているけどさ。

最近じゃ、メルロマルク内を爆走する神鳥として俺達は有名になってきているし、真似した貴族共の中で競技になりつつあるという話を聞いた。

ゼルトブルという賭博で有名な国も注目していると、アクセサリー商が言ったのを覚えてる。

「む！　あそこはショートカットできるかも！」

フィーロが崖に目掛けて突進した。

「崖ー！」

ラフタリアが叫びを上げる。

ああ……重力から解放される感覚を覚えるな。先ほどから全身が後ろに押さえつけられるような気もしていたが、今は何もかも馬鹿らしく感じてしまう。

あ、昔の記憶がふつふつと蘇《よみが》っていく。

これ……何度目に見る走馬灯だっけ？

もう忘れたな。


ドスンと馬車の車輪が一個外れると同時に、着地したフィーロがそのまま走って、峠を越える。

後方の荷車を確認する。

……うん。どういう原理か問題ない。

「ああう……ナオフミ様、もう行商はやめませんか？」

「奇遇だな。俺もそう思ってきている」

身入りは非常に良いんだけどな。

命の危険を何度経験すればいいのだろう。

目的地に到着すると、フィーロが懐中時計を取り出して確認する。

「うん。この前よりも二〇分短縮できたー」

人間形態になって俺に嬉《うれ》しそうに報告するフィーロだけど……、今の俺達はそれどころじゃない。

到着した村の連中も拍手しながら、タイムを確認していた。

「おめでとうございます聖人様！　タイム更新ですよ」

「ああ……そう」

村から村へのタイムレコードが、なんか看板に書きこまれている。

始まりはフィーロらしいが……国を挙げて馬車レースの

タイムアタックを始めるって……どうなんだよ。

ルールは決まっていない。いかに早く目的地に行くかだけどさ。ちなみに空飛ぶ騎竜よりもフィーロは早いらしい。

「……負けました」

なぜか樹《いつき》達が俺の方を悔しげに見ている。

使っているのは……馬だな。

錬もこの前見たな。あっちはグリフィンだった。

「次は負けませんよ」

と、樹は俺にそう吐き捨てて走り去っていく。

……これ、異世界なんだよな。

「おめでとうございます聖人様、タイムアタック成功により二割増しで商品を購入させていただきます」

結果的には良いのだけど、なんか納得できない。既に馬車がボロボロだ。

「ごしゅじんさまー……馬車の修理ー……今度は車輪をもう少し速く回るようにして、で、車軸をもう少し傾けて、油はね――」

と、ツラツラとフィーロが専門用語を羅列していく。

まだ速さを競う気か！

最近じゃ、謎のフィロリアルマニアというツインテールの女の子が張り合ってくるしな。

俺は何と戦ってんだよ。なんで異世界に来て、峠をしなきゃならないんだ！　波に備えてたんじゃなかったのか!?

結論――行商は成功するが、馬車の修理に追われるのと、謎のレースが世界的ブームになる。

もしもラフタリアが幼いままだったら……

「ナオフミ様ー」

「ん？　どうした？」

解除されてしまった奴隷紋の再登録が終わり、そのついでに魔物のところでラフタリアと顔を合わせる。

「次はどこへ行くんですか？」

「そうだな」

……ラフタリアを見る。思えば小さな女の子だ。

俺を信じてくれた、そのお礼をしよう。

「よーし、じゃあ前に食いに行った飯屋で旗の付いたあのお子様ランチを食わせてやるぞ」

「無駄遣いは良くないと思います。昨日、城で沢山食べましたからいいですよ」

ふむ……見た目は幼いのに経済観念が根づいているな。

多分、俺の所為《せい》だろう。

「じゃあ玩具《おもちゃ》を買おう」

「なんでですか！」

「俺からの礼だと思ってくれればいい。ラフタリア、お前は使命を優先したいのだろうがまだ幼い女の子なんだ。年相応に……遊ぶことも重要なんだよ」

「玩具を買うくらいなら、貯金をして、良い装備を買いましょうよ」

「玩具くらいなら安いもんだ」

城下町の露店を見て、ラフタリアが遊びそうな玩具を探す。

この世界の玩具って……バルーンで作ったボールとか石を飛ばすパチンコとかか？

他に竹トンボみたいなのもあるみたいだ。

うーむ……、お、おはじきとかも発見。女の子はこういうのを欲しがるのかな？

いや、それよりもぬいぐるみとかを買うのも悪くはないだろう。

更には可愛《かわい》らしい服を着させるのもいい。

ふと気付くと服を作ってくれる洋裁屋に足を運んでいた。

「いらっしゃいませ」

スカーフを頭に巻き、眼鏡をかけた店員が話しかけてくる。

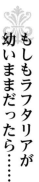

「ああ、この子に似合いそうな可愛らしい服を選んでほしい。他にぬいぐるみとかも頼めないか」

「ナオフミ様？　玩具を買うのではなかったのですか？」

「わぁ……可愛い子ですね。どんな感じの服装がいいですか？」

「できれば和風なのが似合いそうだがー……」

和服とかわかるかな？　多分無理だから、洋裁屋の中でゴシックロリータっぽい服装を指差す。和風とは違うけど、こっちの服も似合うだろう。

「ああいう感じで可愛らしい服を頼めないか？」

「あの……」

「わかりましたぁ。素材が良いから素敵な子になると思いますよ」

「ナオフミ様」

「なんだ？」

「贅沢《ぜいたく》はダメですよ」

「何を言うんだ。小さな女の子が、楽しいことを我慢して何になる。少しくらいは、贅沢しなきゃダメに決まっているだろ」

「はぁ……」

と、俺と洋裁屋はラフタリアに似合いそうな服を選んで長いこと着せ替え、満足のいく形で服を購入した。

リボンで髪を束ねて可愛らしさを演出するんだ。

その後はぬいぐるみを売っている店を教えてもらい、ラフタリアにプレゼントする。

「よし！」

可愛い服装にぬいぐるみがマッチして、ラフタリアの魅力がアップしたぞ！

後は……私服はこんなところでいいだろうが、武器は良いものが欲しいな。

武器屋に行く。

「お？　アンちゃん……と、嬢ちゃんだけど、どうしたんだ？」

武器屋の親父が俺を見て首を傾《かし》げる。

「どうしたとは？」

「なんで嬢ちゃんがめかし込んでるんだ？」

「ああ、小さな女の子がおしゃれをせずに戦い戦いばかり言ってるのはいけないことなんじゃないかと気付いたんだ。おしゃれは重要だろ？」

「私にこんな服を買って、無駄使いをしているんですよ。

どうか注意してください」

「そ、そうなのか。どういう心境の変化なんだ、アンちゃん?」

俺は遠い目をしながらフッと呟《つぶや》く。

「ラフタリアの事情は聞いたからな……決めたんだよ」

「何をですか?」

「俺が親代わりをして、立派な淑女に育てようとな」

波を乗り越えるのは大前提だ。だけど、それ以上に親を失った可哀想《かわいそう》な女の子を立派な女性に育て上げる。

これが俺を信じてくれたラフタリアに対して俺ができる最大限の報酬だ。

購入した卵の内容次第だが、魔物を使役してＬｖを上げて、波を乗り越えよう。

ラフタリアは大事にしなくちゃな。

「何を言っているんですか!」

「絶対に安全なのを確認してから強力な武器でトドメを刺すんだぞ! 堅実に……精々ウサピルやエグッグで高Ｌｖを目指そう!」

「効率が悪いです! もっと、貪欲に強めの魔物と戦い、Ｌｖを上げて装備を整えるんです!」

「怪我をしたらどうするんだ! ラフタリア、お前は俺を盾にして何があっても生き残るんだぞ」

「ナオフミ様を犠牲にして生き残りたくありません!」

「アンちゃん。またどこかネジが飛んだな……」

その後、購入した卵から生まれた魔物がフィロリアルという中型の魔物だったのを不満に思った俺は、即日、ラフタリアのためにウサピルを購入するに至る。

ああ、幼女に小動物は映えるな。

結論――尚文《なおふみ》が父性に目覚めて過保護になる。

もしもマインが清楚で尚文を罠に掛けるような性格じゃなかったら……

異世界二日目、俺はマインという女の子と一緒に草原へ出かけ、武器屋の親父のところで武器を買ってあげた。その後は宿に泊まり、若干不安に思いながらも就寝した。

明日にはまた冒険が始まる！

「ん……」

目が覚めた俺は背伸びをしながらベッドから出て外を見る。

城下町の往来には、昨日と変わらず人々や馬車が行き交っている。

日の傾き具合から九時くらいかな。

今日は、昨日マインと相談して行くことを決めた村と洞窟に出発しようかな。

椅子に掛けておいたくさりかたびらを着用して、部屋を出る。

「おはようございます。勇者様」

部屋を出て、宿の食堂へ行くとマインが優雅に朝食を取っていた。

「おはよう」

向かい合わせに座ってマインと話をする。

「さて、勇者様。ここで一つ、重要な話をしようと思いますわ」

「な、なに？」

俺が戦力的に役に立たないとか言われたらそれこそ困るんだけどなぁ。

俺が戦っても碌《ろく》に魔物を倒せないし……マインに戦ってもらうしかないだろ。

「今はまだ、パパが静かにしていると思いますが、できる限り問題を起こさないようお願いします」

「え？」

初耳だ。

どういうことなんだろう。

「やはり勇者様はご理解していないようですね。パパは、勇者様のことを嫌っております。ですので、難癖をつけられる前に城下町から出ましょう」

「パパって？」

「そうでした、まだ説明していませんでしたね。……私のパパはこの国の国王なのですわ。そして私の本名はマルティ＝S＝メルロマルクと言います。改めてよろしくお願いしますわ」

「ええ!?」

　俺は思わず声が裏返ってしまった。

　マインの父親が王様？　じゃあ目の前にいるのは王女様だったんだ。

「あまり気にしないでください。私は勇者様と一緒に世界を救いたいと願っているだけなんですから」

「あ、ありがとう」

「それで重要なことなのですが、勇者様に仲間が出来なかったのもこの国、メルロマルクが盾の勇者を嫌悪しているからなのです」

「そ、そんな……」

「気になさらずに。勇者様が活躍して素晴らしい人だと民が知れば認識を改めますわ。そのためにはパパの放った妨害をくぐりぬけていくのがよいと思います。パパは私には強く出ることはできません。ですから私は勇者様の仲間になったのです」

「何から何までありがとう」

　どうやらマインの話では盾の勇者はこの国では嫌われているらしい。

　理由はわからないけれど、それは後になったらわかるのかな？

「じゃあ、国を出るの？」

「いいえ、この国で勇者様の活躍を認めさせるべきだと思いますわ。嫌われているから逃げるなんて……負けを認めたようなものです」

　おお……マインが輝いて見える。

　これが王女様の威厳ってやつなんだなー……すげー。

　異世界って凄《すご》い。こんなことが起こるんだ。

「だけど俺は他の勇者みたいに知識はないんだけど……」

「冒険者ギルドで、初心者の冒険者が戦うような魔物を探しましょう。今の装備ならきっと勝てますわ」

「わかったよ。じゃあそのあたりは全て任せるよマイン……いや、マルティ王女様？」

「今はマインでいいですわ」

　マインの話を聞いて俺は急いで城下町を後にすることを

決めた。

なんだか最初から評判が悪くて、戦闘力のない職業に就いてしまったみたいだけど、マインがいればがんばれそうだ。


冒険を開始してから二週間と少し。

マインとの日々は続いている。

途中で何人も盾の勇者の仲間になりたいと言う人々がいたけれど、その度にマインが相手の目的を見抜いて追い払ってくれていた。

どうやら盾の勇者を欲している国があって、俺は誘拐されるかもしれない危険があるらしい。

その国では召喚された盾の勇者は崇められるけれど、都合が悪いとすぐに殺されてしまうかもしれないとか。

危なかった。

全てマインのお陰だ。

「勇者様！」

「おう！」

マインの指示に従って、俺は魔物の足止めをする。

その間に、マインが剣で攻撃したり、魔法を放ったりする。

現在のLvは24。中々の強さになったような気がするけどマイン曰《いわ》く、まだまだであるらしい。

最近では仲間も増えた。

エレナという、女の子だ。

父親がメルロマルクの貴族で真面目な性格らしい。

だからか信頼できて、俺の仲間になってくれた。

「はあ！」

エレナもマインと同じく剣と魔法で戦う。

「はぁ……もっと楽に戦えないかしらね」

「ご、ごめんね。できる限りがんばるからさ」

「いいわよ。なんだかんだで盾の勇者様はがんばってるわよ。良い肉の壁よね」

手を振りながらエレナは俺に言う。

「今回の魔物は捌《さば》いて……」

マインが算盤《そろばん》みたいな道具でお金勘定をしてくれている。

「どうしましたか？　今日の食事はまだですか？」

「あ、うん」

俺は荷物からフライパンを出して料理を作り、マインとエレナに振る舞う。

「盾の勇者様って戦闘じゃあんまり役に立たないけど、料理だけは上手よね」

「あ、ありがとう」

「いえいえ、戦闘でも役に立ってますわよ。あとは細かな雑務をもっと覚えてくだされば、更に楽になりますわ。金を貯《た》めたら更に装備を購入し、波に備えましょう」

「何から何までありがとうな。マイン。エレナ」

「感謝の分、勇者様が、がんばってくださって世界を救えばいいのですよ」

「次は調合を覚えてもらいますわ。更に買い出し、鍛冶、錬金術、釣り等、覚えることはいっぱいありますわよ」

「うん。俺……がんばるよ」

結論——尻に敷かれることは元より、勇者というより雑用係。

というか……もはや別人？

もしもメルティが最初に尚文の仲間だったら……

「さあ、未来の英雄達よ。仕えたい勇者と共に旅立つのだ」

え？　そっちが選ぶ側？

これは俺達も驚きだった。

よく考えれば異世界のよくわからない連中に選ばせるよりも国民の方に重きを置くよなぁ。

なんか順番に並ばされる。

ザッザっと仲間達が俺達の方へ歩いてきて各々の前に集まっていく。

錬《れん》、五人。

元康《もとやす》、四人。

樹《いつき》、三人。

俺、一人。

少ないなぁとは思いつつ、俺の目の前にいるのは十歳くらいの女の子だ。目つきはちょっと鋭く、気が強そうな印象を受ける。

ツインテールで髪の色は紺色。フリルが付いたドレスを着ている。

魔法が得意とかそういう子なのかもしれない。重い剣を振れそうには見えないし。

「よろしくお願いします。盾の勇者様、わたしの名前はメルティと言います」

「メルティ――そこの魔法使いよ。本当に盾の勇者でよいのか？」

王様がなんか変な顔つきでメルティに尋ねている。

「バランスの面もあります。心配なので私もお供しますわ」

と、元康の部下になりたがっていた赤髪の女の子が手を上げる。

「結構ですわ」

メルティは俺の腕を掴《つか》んで、放さないと言うかのように答える。

うわぁ。幼いとはいえ、女の子に抱きつかれちゃった。

さっそく異世界に来て良いことあったぞ。これからこの子のことはちゃん付けしよう。関係を大事にしていきたいしな。

「ですが……」

「わたしだけが盾の勇者様の仲間でいたいんです！　盾の勇者様、どうかお願いします」

今にも泣きそうな顔でメルティちゃんは懇願してくる。

「そ、そうだなぁ。そこまで言うなら」

「ありがとう！」

「ロリコン」

錬が言い放つ。

俺じゃないぞ！　メルティちゃんが俺がいいと言ったんだ。

「ぐぬ……よいじゃろう。では勇者諸君。支度金である。しっかりと受け取るのだ」

支度金をもらって城の外に出る。

なんかメルティちゃんは王様にのことを睨《にら》んでいたような気がするなぁ。

王様もメルティちゃんのことを気にしていたし。

というところでメルティちゃんは俺の前に立って、内緒話をするように手をかざして俺を呼び寄せる。

「どうしたんだい？」

「盾の勇者様、内密にお話があるの」

「何？」

「わたしの本名はメルティ＝メルロマルク。わたしの父上は先ほど話をしていた王様よ」

「え!?」

「落ちついて。そして覚えて」

「な、何？」

「このままこの国に滞在すれば、盾の勇者様は何かしらの罠《わな》に掛けられるわ」

「ど、どうして？」

「この国、メルロマルクは盾の勇者のことを敵だと思っているの。だからできる限り、他の国へ亡命することをお勧めするわ」

そうだったんだ。道理でなんか空気がおかしいなと思ったんだ。

他の三人には愛想よくする兵士だけど、なんか俺に対してはよそよそしかった。

「わたしが父上に会いに戻ってきていたからよかったのですが、姉上が関わってきそうだったからなおのことです。さあ、早く旅立ちましょう」

「わ、わかったよ。だけど君はどんな戦いができるの？　もしかして俺が守らなきゃいけないのかな？」

　この国が敵だと知った途端に空気が張り詰めているような気がする。

　俺を見る、店の連中の目つきが気になる。

「わたしは魔法が使えます。Ｌｖは15ですから勇者様よりも高いです」

「おお……」

　なんとも頼りになる。

「とりあえずは国を出て母上と連絡を取りましょう」

「そ、装備とかは準備しなくてもいいの？」

「そこは大丈夫。わたしの貯蓄と、城の倉庫から借用しましょう」

　こうして俺はメルティちゃんのお陰で危険な国を脱出できて、そのまま別の国へ渡った。

　幼いながらもメルティちゃんは物知りで、交渉事が得意だった。

　なんでも国の女王がメルティちゃんに色々と知識を詰め込んでいるそうだ。


「ツヴァイト・アクアスラッシュ！」

　メルティちゃんの放った魔法で魔物はアッサリと絶命した。

　冒険一週間目で俺のＬｖは15まで上がり、メルティちゃんは20になった。

「あと少しで隣国の都市に着くわ」

「これも全てメルティちゃんのお陰だよ。ありがとう」

「何を今更。ナオフミさんの当たり前の権利を守っただけにすぎないわ」

　最初、メルティちゃんは盾の勇者様と俺を呼んでいたけれど、仲間なんだし、名前で呼んでもらおうと頼んだ。

　様を付けて呼ぼうとしたのを俺が頼み込む形で、さん付にしてもらっている。

「上手《うま》く亡命したら、メルティちゃんともお別れかー……」

　仮にも王女様なんだし、凄《すご》く残念だな。

「それは……えっと……ナオフミさんが望むなら……母上に、頼むのも悪くはないわ」

　恥ずかしそうにメルティちゃんは答える。

　うふふふ、もしかして俺に惚《ほ》れてくれているのかな？

不謹慎だと思うけど、凄く嬉《うれ》しい。絶対に、俺の命をかけてでも守ってみせるよ！

「そうだ。もしもこれからも一緒にいてもいいと女王様が認めてくれたら、何かメルティちゃんにお礼をさせてくれないかな」

一緒に冒険をしてくれている女の子へ感謝のしるしをプレゼントしたい。

「じゃあ……ナオフミさん。二人きりじゃ寂しいからフィロリアルという鳥の魔物を仲間にして」

「うん！　絶対に仲間にして、楽しい旅をしよう！」

結論――メルティの性格の気の強さと子供っぽさが薄まり、尚文《なおふみ》がロリに目覚める。

もしもラフタリアが尚文以外に心を開かなかったら……

「初めましてお嬢さん。俺は異世界から召喚されし四人の勇者の一人、北村元康《きたむらもとやす》と言います。以後お見知りおきを」

初めて入った龍刻の砂時計の前で元康がラフタリアに自己紹介をする。

「お嬢さん、あなたの名前はなんでしょう?」

「……」

ラフタリアは終始無言で元康を睨《にら》みつけている。俺が苛立《いらだ》っているのに勘付いているようだ。

そうだ、一秒だってこいつ等の前にはいたくない。

「あなたは本日、どのようなご用件でここに? あなたのような人が物騒な鎧《よろい》と剣を持っているなんてどうしたというのです?」

コイツ! 女なら何でもいいのか! こんな幼い女の子までナンパするなんて!

「き――」

ラフタリアが口を開いた。何を言うつもりだ?

「気色悪い! 顔が良いからって調子に乗らないで! あなたがとても軽くて中身が全くない男だってことは目を見ればわかります!」

元康の笑顔が引きつる。ああ、狙った女にこんな事言われた経験がなかったんだな。

しかし、小さな女の子に見抜かれているとか、やっすい男だな。

まあ、ラフタリアは今まで酷《ひど》い目に遭ってきたから、見ず知らずの相手に心を開いたりしないのだろう。

「なんですって! モトヤス様に何たる暴言! 許しませんよ!」

「安易にナンパをするのが原因じゃないですか?」

文句を言う元康の取り巻きに、樹《いつき》が呆《あき》れた様子で肩をすくめながら言った。

「中身がないだってよ。いきなりナンパしたらそう思われるだろ」

「う……はは、元気なお嬢さんだ」

元康が軽く流す。イケメンアピールか。ふざけやがって!

だが、少しは気が晴れたな。

「尚文《なおふみ》、こんな可愛《かわい》い子をどこで勧誘したんだよ」

「貴様に話す必要はない」

「はい。この方と関わっていたら、耳と口が腐ります。さあ、ナオフミ様。行きましょう」

「お、おう……」

なんだ？　なんかイライラしていたが、ラフタリアの方が不機嫌に見えるぞ？


それから俺達は波を乗り越え、元康はラフタリアが俺の奴隷であることを知り、解放を求めて勝手な決闘をさせられた。

そして奴隷紋が解かれたラフタリアに元康が近づく……。

くそ……視界が、黒く……何もかもが憎く……。

ゴスっと、ラフタリアが元康の頬《ほお》をグーで殴りつけたと思ったら馬乗りになって元康の顔面を殴り続ける。

「卑怯《ひきょう》者！　勝てる相手にしか勝負をしないなんて最低の下劣！　死ね！　死んでナオフミ様にわびなさい」

「うわ！　いた、ぎゃあああ！　この子本気で俺を殴ってる！　誰か助けて！」

視界が凄《すご》い勢いでクリアになっていく。なんだこれ!?

ラフタリアが、俺の代わりに元康を殴っているぞ！

「だ、誰かやめさせなさい！」

「止める必要はないだろ？」

錬《れん》と樹が止めようとする兵士に注意する。

「彼は女性が大好きなんですから、これくらいは自業自得ですよ」

「そうだな」

「早く！　この無礼者から槍《やり》の勇者を救い出すのじゃ！」

王が兵士に注意するが、ラフタリアの鬼気迫る迫力に押されて何もできない。

「ら、ラフタリア」

「な、ナオフミ様！」

俺の声にラフタリアがパアっと表情を明るくして近寄ってくる。

「うう……あの子ヤンデレだ。ヤンデレ怖い……」

元康が震えて逃げ去った。

これは滑稽《こっけい》。なんか全てが吹き飛んだぞ！

「やりました！」

「ああ、ありがとう。ラフタリア」

「またナオフミ様に近づいてきたら、私の拳で黙らせてみせます！」

俺に褒められて気を良くしたラフタリアが、元康が逃げた方角を向いてシャドーボクシングをした。

そんなにも嫌いか。これはいい。

「任せたぞ」

「はい！」

「無礼者！　槍の勇者にこのような蛮行！　許されんぞ！」

「それはこちらの台詞です！　見ましたよ！　ナオフミ様が勝ちそうになった瞬間、背後から魔法を撃った人の姿を」

ラフタリアが王女を指差す。

「し、知らないわ？　被害妄想も大概にしなさい」

「いや、俺たちには見えていたぞ」

「無理がありますね。むしろ、あなたの所為《せい》で元康さんは反則負けをしたんですよ」

「この卑怯者！　その性根！　私が叩き直してやる！」

ラフタリアが王女に向かって飛びかかった。

「や、やめなさい！」

王女が逃げながら怒鳴りつける。

「この無礼者を殺しなさい！」

「させるか！」

ラフタリアに向かって飛んでくる攻撃を俺は庇《かば》う。

その後、錬と樹が俺を守るように立った。

「ズルをした人には相応の罰が必要だと思います」

「にもかかわらず、相手にしない。罰から逃げるのはどうなんだ？」

「ぐぬ……しょうがあるまい。マルティ、後で罰を与える」

「そんな！　パパ！」

王女が王に連れられて去っていった。

「尚文さん。ここは彼女を抑えてもらえませんか。これ以上の騒ぎは御免です」

「あ、ああ……」

錬や樹達に庇われた？　とにかく、ラフタリアのお陰で胸がスッとした。

翌日……玉座の間で援助金を出し渋られた。

「ナオフミ様への数々の蛮行……を見ると何か良いことでもあるのですか？」

ムッとしたラフタリアが兵士や元康を睨みつけながら言い放った。

「昨日の王女への罰は何なんです？　今すぐ教えてください」

「そうですね。教えてほしいですね」

樹達が便乗する。これは……俺達に追い風が吹いている！

「ぐぬ……」

「どうせ無いんでしょ？　何かあるのなら理由を言ってみてください」

「パパ！　私は悪くないわ！　盾の勇者が私に酷いことをしようとしたからやり返しただけよ！」

「そ、そうじゃ！」

いやぁ……無理だろ。錬も樹も納得していない表情だ。

元康は……ラフタリアに脅えて話に入れないでいる。

「ナオフミ様を、ナオフミ様を甚振《いたぶ》っていい権利なんてこの世の誰も持っていないのですから！　他の勇者なんてゴミ同然ですよ？　もっと優遇すべきなのに、これはどういうことですか！」

「ご、ゴミ!?」

「ここは……彼女の個性として流しますが、確かにおかしいですね」

勇者共が腕を組んで考え込む。

『『『だけどこの子、凄く性格悪いな』』』

結論——勇者達が陰謀に早く気付く……かもしれない。

もしもフィトリアがフィーロと同じ口調、性格だったら……

細切れになったタイラントドラゴンレックスの破片から光り輝く何か……いや、核石を掴《つか》んでから、巨大フィロリアルクイーンは俺達の方を向く。

「おまたせー！」

「……」

うん。声は違うけどフィーロと全く同じ口調だ。

直前までの神々しさが完全に吹き飛んだ。

「大きなフィロリアル……さん？」

「むしろ巨大フィーロだな」

「んー？」

巨大フィロリアルが首を傾けながら俺達を見ている。

「えっとねー。フィトリアの名前はフィトリアって言うのー」

……間違いない。フィーロとほとんど同じ性格だ。

自己紹介を終えた俺達はフィトリアによってフィロリアルの聖地に連れていかれた。

人型の姿になった時もフィーロと瓜二つなのか考えたがさすがにそこは違った。

元々色合いも違うしな。ただ、締まりのない表情は同じだ。

「で？　俺達に何の用なんだ？」

「えっとねー、まずは今の勇者がどんなことをしているのか教えてー」

緊張感がない。

俺達がタイラントドラゴンレックスに追われる理由、そしてメルティを誘拐した疑惑で追われていることを説明した。

そして、勇者同士の関係に関しても。

全てを聞いてから……フィトリアはムッとした表情で答えた。

「あのねー。フィトリアねー、ごしゅじんさまに今の勇者が悪いことをしていたらボーンってしてって頼まれてるのー。だから喧嘩《けんか》はめーなの！」

「ボーンって何？」

「んー？　ボーンはボーンだよ？」

「……フィーロ」

「なーに？」

同じ性格、しかも同じフィロリアルという種類だ。

フィーロならフィトリアという伝説のフィロリアルの言葉がわかるかもしれない。

「ボーンってなんだ？」

「フィーロわかんない」

「お前と同じタイプだろうが！」

自分でも解読できない台詞を使うんじゃない！

魔法の時もそうだったな。バーンとか言ってただろ。

苛立《いらだ》ちつつ、ラフタリアに目を向ける。

「えっと……わかりません」

「はぁ……」

「ナオフミ、わたしに任せて」

メルティが手を挙げて立候補した。

うん。フィーロと友達になれるんだ。メルティならできるかもしれない。

「任せた」

「うん。あの……フィトリアさん」

「フィトリアってよんでー」

「あ、はい。フィトリアちゃん」

「なーに？」

「ボーンってなーに？　もっと詳しくお願いします」

「うん。メルたん」

「むー……」

フィーロがムッとした表情でメルティとフィトリアのやり取りを見ている。

「ボーンはね。ズバッとしてバタッとしてねー。新しくバビュンってするの」

「ズバッてのは何？　あと、バタッてのは倒れる音？」

「ズバッていうのはねーこんな感じで勇者達をねー」

フィトリアが手を水平にしてなんか空を切っている。

ズバッて、効果音か？　わからなくもないけど、説明されなきゃ難しいだろ。

「うん。バタッてのはせいかい」

「新しくバビュンってのは？」

「えっとねー。波が起こっていない時にねー勇者をズバッとしないと世界がバーンってなるの。だけど波がない時は大丈夫で、バビュンすると――」

うん。既に日が暮れているけど、どれだけ時間が掛かるかわからないな。

黙って見ていると退屈しそうだ。

それからメルティが、フィーロと話す時のように、フィトリアから少しずつ聞きだした。

「あのね。四聖勇者同士が喧嘩をしているようなら、世界のために死んでもらって再召喚させるってフィトリアちゃんは言っているみたい」

「軽いノリで凄《すご》く物騒なことを言っているな」

「ところでナオフミ、なんで料理しているのよ」

「待たせすぎだ」

フィトリアの言葉をメルティが翻訳するまで相当時間が掛かってしまった。

その間、暇だったし、腹も減ってきたので料理をしていた。

「だから勇者が悪いことしてたらボーンなんだよ？」

「そうかそうか、じゃあ子供にはご馳走《ちそう》を用意しないとな」

物騒なことを仕出かしそうだが、中身はフィーロと同じようだからな、飯には弱いだろ。

さっきからチラチラとこっちを見ていたし。

「わーい」

と、フィトリアは俺から飯をもらって、フィーロと一緒に貪《むさぼ》った。


「さて、じゃあ話を続けようか？」

「んー？　何のはなしだっけー？」

「……」

これは……完全に忘れている？

その後、メルティがどんな話をしていたかを説明したが、結局フィトリアが思い出すことはなかった。

そして……。

「なんでお前までついてくるんだよ！」

「えー？」

「むー！　メルちゃんはフィーロの友達なのー！」

なぜか……フィトリアが俺達に同行してきた。

まあ、物凄く強いフィロリアルがいれば千人力だけどさ。

「えー？　でもメルたんはフィトリアの友達だよ？」

「フィーロもメルちゃんの友達なのー！」

「あはは……ナオフミ、助けて……」

ただフィーロが二匹に増えたようで、騒がしくてしょうがない！

メルティも疲れてきているぞ！

結論——フィーロは二人も要《い》らない。

もしも尚文が槍で元康が盾の勇者だったら……

王様が紹介した仲間達。

錬《れん》、五人。

元康《もとやす》、〇人。

樹《いつき》、四人。

俺、三人。

「は？　なんで俺には仲間が来ないんだよ！」

盾の勇者である元康が異議を唱える。

おかしいなぁ。こういうタイプって印象は良いからもっと仲間が集まるだろうに。

情報通だから俺よりも強くなるのは早いだろ。

「くそ！　タダでさえ負け職なのに、仲間までいないいんじゃどうやって強くなればいいんだよ！」

そこで樹の仲間になりたがっていた女の子の一人が手を挙げて元康についていった。

王様も元康への援助金を多めにしたみたいだし、あの顔なら仲間も出来るだろ。


翌日の早朝。

戦い方を理解した俺は仲間達と宿で休んでいると、兵士達がやってきて招集された。

そして玉座の間に通されて、待たされた。

見ると樹の後ろで元康の仲間になった女の子が泣いている。

で、インナー姿の元康が連行されてくる。

「え？　な、何が起こっているんだ？　ってマイン！」

ん？　何が起こっているかよくわかっていない感じだ。

「うぐ……ひぐ……盾の勇者様はお酒に酔った勢いで突然、私の部屋に入ってきたかと思ったら無理やり押し倒してきて」

「え？　そりゃあマインに酒を勧められて飲んでいたらいつの間にか酔いつぶれたけど……え？　え!?」

ああ、酒に酔って狼《おおかみ》に変身したのか。ありがちな話だ。

「私、怖くなって……叫び声を上げながら命からがら部屋を出てイツキ様に助けを求めたんです」

マインと呼ばれた美女の話を聞いて、元康の表情が青ざめていく。

「嫌がる我が国民に性行為を強要するとは許されざる蛮行、勇者でなければ即刻処刑ものだ！」

王様が元康を怒鳴りつける。

「いくら酒に酔ったからって、身に覚えがない！」

「何かしそうだと最初に会った時から思っておった！　やはり尻尾を出したなこの悪魔め！」

「あ、悪魔!?　なんでそうなるんだよ！」

「やはりそうでしたか。なんとなく僕達とは違う精神の人だと思っていたんですよね。顔が良いことで調子に乗っていたんですね」

「そうだな。まさか、こんな犯罪に手を出すような奴だとは……自分を特権階級だと勘違いしたんだな」

「えっとー……酒に酔ってたんなら身に覚えがないこともあるんじゃないか？」

俺は無難な台詞で元康に注意する。

俺自身は酔ったことないからよくわからないけど、友人が記憶がなくなるまで酔いつぶれたのを見たことがある。

と言ったところで、青くなっていた元康の顔色が真っ赤になった。

なんだろう？　樹の後ろ……マインって子を見ていたかと思ったら激怒し始めた。

「お前！　まさか支度金と装備が目当てで有らぬ罪を擦《なす》りつけたんだな！」

元康は樹を指差し、怒鳴った。

「酒に酔った強姦魔が何を言っても無駄ですよ！」

あとのことは精神衛生上良くない問答だった。最終的には元康は怒って出ていった。

その後ろ姿に俺は疑問符を浮かべた。

本当に、強姦したのか？


数日後、城下町で休息を取った俺は、仲間達から離れて商店街を歩いていた。

そこにボロボロの服を着たホームレスのような奴が目に入る。

元康だ。なんか店の商品を狙っているように見える。

僅《わず》か数日で……何か物凄《ものすご》く殺伐とした表情を浮かべるようになっている。

ダッと駆け出す直前に、俺は元康の襟首を掴《つか》んだ。

「何をするつもりかわからないけど、やめておいた方がいい」

「お前は！　尚文《なおふみ》！」

　なんか物凄い目で睨《にら》まれた。目だけで人が殺せるなら、殺せそうな眼力だ。

　うーむ……何があったのか想像に容易《たやす》い。

　俺は手頃な屋台から食べ物を買って、元康に手渡す。

「く、くれるのか？」

「ああ、気にせず食え」

　元康は俺からふんだくるように食べ物を奪って貪《むさぼ》った。

　ここ数日碌《ろく》に食べていなかったらしい。最後の手段として万引きをしようとしていたとか。

　危ないなぁ。ただでさえ前科一犯なのに……。

「ふう……やっと落ちついた」

「で？　本当に身に覚えがないんだな？」

「ああ、この国の連中、最初から俺を悪人と決めつけやがって誰も相手をしやがらねえ！」

「確かに……妙に厳しいな、それは」

　俺には普通に相手をしてくれる。

　さすがに三人じゃ人手が足りないかもしれないと一人仲間を増やしたところだ。

　いくら犯罪者の疑惑があるとしても……世界のために戦う勇者にここまで厳しいのは変だ。

「ん？」

　俺はふと、元康を遠目から見ている亜人に気が付いた。

　元康を置いて話しかける。

「さっき俺達を見ていたよね？」

「は、はい」

　あ、地味に可愛《かわい》い女の子だ。何の動物のものかはわからないけど、獣の耳と尻尾がある。

　ザ・異世界って感じの典型的な獣娘って感じだ。

　見たところ、元康のことを気にしているのかな？

「もしかして不快だった？　ならすぐに立ち去るよ？」

「ち、違います」

「そうなの？」

　亜人の女の子はキョロキョロと辺りを見渡し、俺に向けてそっと囁《ささや》いた。

「気にしないでいいから」

　俺は女の子に来るように言ってから元康の元へ行く。

「どうしたんだ？」

「あのな元康、どうやらこの国は盾の勇者ってだけで迫害されるんだってさ」

それから俺は、女の子から聞いた話の内容にこの国の陰謀を感じ取り、元康に伝えた。

「そう……だったのか」

元康の目が怒りに彩られる。そりゃそうだ。三日でコレだもんな。

「盾の勇者様、どうか我が国に来てください」

「……わかった。そして……俺を罠《わな》に掛けてこんな生活をさせた報いをあの女に味わわせてやる！」

元康が元気に立ち上がる。

酒に酔って本当に強姦しようとした……のではないらしい。

あの王女が、樹に隠れて挑発していたとか。

確かにあの時、俺もおかしいなとは思った。この国、色々な意味でやばいかもしれない。

「じゃあ……これからよろしく」

亜人の女の子が元康に服を用意してくれた。これから別の国へ行くとの話だった。

「それじゃあ行きましょう、モトヤス様」

女の子の仲間である亜人が二人出てきて、元康と握手をする。

「槍《やり》の勇者様、ご協力感謝します」

「いや、俺は何もしていないよ」

「謙遜はおやめください」

「尚文……ありがとう。この借りは必ず返す。じゃあな」

こうして元康は旅立っていった。いいなぁ、可愛い女の子がいて。

ただ、最後まで復讐《ふくしゅう》してやると連呼はしていた。

勇者ってのは信仰の対象で、こんなことをするメルロマルクは断じて許せないって亜人達は言っていた。それに話を聞く限り、まだ隠されていることも多そうだ。

なんかこの国、物騒だから錬と話をして早めに俺も出るとしよう。

樹は……王女様に気に入られているから無理だろう。

結論――もっと事態は早く収束するが、その後、確実に戦争になる。

もしもメルティが尚文の仲間になる時、最高Ｌｖだったら……

俺達は二回目の波を乗り越え、クラスアップのために外国へ行こうとしていた。

そこへ第二王女が追いかけてきて、クズ王と話し合えと提案してきたのだった。

この時、第二王女に向けて突然、騎士は剣を振りかぶった。

俺は咄嗟《とっさ》にエアストシールドを唱えようと――。

「脇の締めが甘いわ！」

「ぐはあああ！」

メルティの拳が騎士の胴を貫き、吹き飛んでいった。

「え……？」

「お、おのれ盾め！　よくも姫にこんな真似をさせたな！」

騎士共はうろたえながらも全員で逃げ出す。

「待ちなさい！　わたしに剣を振るうとはどういう考えよ！　事と次第によっては許さないわ！　フィーロちゃんも手伝って！」

「う、うん！」

と、第二王女が事もあろうにフィーロと一緒に自分が連れてきた騎士を追いかけ始めた。

「こら！　勝手にフィーロを連れていくんじゃない！」

と、止めた所為《せい》で数名の騎士に逃げ切られた。

騎士共を縛り上げたところで、一仕事終えたかのように第二王女が額を拭《ぬぐ》う。

「……第二王女。お前、妙に強いな。Ｌｖいくつだよ」

「わたし？　Ｌｖ１００だけど？」

１００！　俺達の二倍以上もあるのかよ！　そりゃあ強いな！

くそ……こんな化け物を俺はからかっていたのか。

「妙に強いな」

「いざという時に備えてよ」

どんな時だよ……。ああ、今みたいな時のことか？

その後、俺達は第二王女誘拐疑惑で指名手配されてしまった。

こんな高Ｌｖの王女をどうやって俺が誘拐したんだよ！

そう思いつつ、騒ぎにならないよう、第二王女と共に女王のところへ行くことにした。

その道中、勇者共が刺客として現れた。

「おそらく、近くにいて話をするだけで自らの思うように相手を洗脳する力を持っています。現在、国の教会関係者が力を合わせて洗脳を解く準備を進めております」

ビッチが謎の洗脳の力が俺にあるとか吹聴して勇者達を遣わす。

第二王女と共に勇者共を説得しようとしたが、どうも聞き入れてくれる気配がなさそうだ。

「んな力あるかボケ！」

俺の突っ込みに誰も反応しない。

いや、ラフタリアをはじめフィーロも第二王女も呆気に取られている。

「姉上？　いい加減にしないとわたしも怒りますよ？」

「ああ、メルティ！　可愛《かわい》い妹！　勇者様方、どうかメルティを洗脳から解き放ってください！」

このビッチ！　なに調子に乗ってんだ！

「ラフタリアちゃんやフィーロちゃんもアイツの力で洗脳されているってことだよな！」

「違います！　私達は洗脳なんてされていません！」

「俺達が君達を救い出してあげるからね」

「フィーロはごしゅじんさまといたくているんだもん！」

元康《もとやす》の奴、まだラフタリアとフィーロを諦めていなかったのか！　どんだけ女が好きなんだよ。

「姉上！」

ビシッと、メルティが大声でビッチを睨《にら》みつける。

「おふざけも大概になさらないと実力で黙らせます。これは最終警告ですよ」

「う……うろたえてはいけません！　あの可愛いメルティが私にこんなことを言うはずがありません！　洗脳されて人格が歪《ゆが》んでしまったのです！」

「そ、そうか！」

「確かに……王女様ともあろう方が、こんな脅しをするはずありません！」

錬《れん》と樹《いつき》が元康に同調した！

くそ！　半信半疑だったから交渉でどうにかなりそうだと思ったが、これでは決裂だ。

「第二王女……少し大人しくしていてくれないか？　もう少しか弱い演出をだな……」

「わたしの所為《せい》じゃないわよ」

思わず愚痴りたくもなる。

Ｌｖ１００って最高Ｌｖらしいし、強いのはわかっているけどさ。

というか姉はそこまで強くないのに妹が抜きんでているってどうなの？

親の教育の差か？　第二王女の方に英才教育をしていたらしいから、その結果？

ビッチは知らないっぽいな。

「いや……お前の所為《せい》だろ」

「しょうがないわ。洗脳なんてされていないことを証明するには勇者達には撤退してもらうしかないわ。盾の勇者様、協力して」

「はいはい」

やるしかないか。

というか、Ｌｖ１００の第二王女がいればここを突破することは簡単にできそうだよな。

俺が先頭に立ち、戦闘態勢に入る。

第二王女は何をするんだ？

そう思ったところで、魔法の詠唱に入っていた。

『力の根源たるがわたしが命ずる。真理を今一度読み解き、彼《か》の者等を大いなる水の衝撃で洗い流せ！』

速い！　Ｌｖが高いと魔法の詠唱も速くなるのか？

「ドライファ・メイルシュトロノーム！」

第二王女の両手から魔法で生み出された膨大な水が出現し、辺りをさながら津波のように洗い流す。

仲間に該当する俺達は特に影響がない。

しかし……辺り一面が薙《な》ぎ払われるほどの猛烈な威力のある魔法だ。それをこの短時間で放つとか……。

魔法の津波はすぐに消失した。まさしく津波のような衝撃波を出す魔法のようだ。

「「「ぐぁあああああああああああ！」」」

錬、樹、元康とその仲間達全員が、数日前に見た覚えのある吹き飛び方をした。

うん、これはグラスの必殺技でやられた時と同じだ。

「その程度で勇者とは……笑わせるわ！　姉上、相手を見てから勝負をしましょうね？」

しかし……これは……凄《すご》く突っ込みたい……。

言うべきじゃないのはわかっている。だが……だが……言うべきだ。

これだけの強さがあるのなら！

「もうお前が波と戦えよ！　俺が戦う必要ねえだろ！」

結論——勇者の必要性なし。

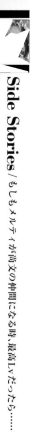

もしもクラスアップする時に肉体的成長が一度リセットしてしまったら……

「じゃあ、フィーロを先にクラスアップさせるぞ」

「わーい！」

フィーロは魔物の姿に戻り、徐《おもむろ》に龍刻の砂時計に触れる。

一瞬、フィーロが触れたところから波紋のように砂が輝く。

「ではクラスアップの儀式を行います」

女王の指示で兵士達が砂時計を囲むように立ち、床にある魔法陣のような溝に液体を流し込む。

フィーロはゆっくりと目を閉じて、両手を広げる。

砂時計が淡い光を宿し、その光が床の魔法陣を伝う。その中心にフィーロは立っていて、光が包み始める。

「では、自分の未来を選んでください」

「あ、何か見えてくるー」

目を閉じたフィーロが呟《つぶや》く。俺の方で色々と項目が出現したが全部拒否する。

「わ！　なんか一杯見えてきた！　どれにしようかなー……」

楽しそうにフィーロは目を瞑《つむ》って自分の将来の可能性を選択する。

俺が決めてもよかったが、フィーロの一生はフィーロが決めるものだ。

と、思っていると、フィーロの頭に生えている人型時にはアホ毛となっている冠羽《かんむりはね》が光り輝く。

「え？」

パアアアっと光が強まりフラッシュした。

一瞬、目が眩《くら》んだ。何度も瞬《まだた》きしながら、俺はフィーロの方を見る。

外見が少し変わった？　フィロリアル・クイーン形態であるのは変わらないが、身長が縮んでいる。

俺よりも背が高かったフィーロの身長が、俺より僅《わず》かに低くなっている。

これではフィーロの背中に一人乗れるのがやっとだな。

冠羽が少し豪華になっている。ミニクラウンのような……そんな感じ。

「無事クラスアップが完了したようですね」

「そうか、クラスアップすると縮むのか」

「あのね……なんか選べなかったの……」

能力を見ようとしていると、人型に戻ったフィーロがこっちへ来るなり今にも泣きそうな声を絞り出して呟《つぶや》いた。

「どうした？」

「毒を吐けるようになりたかったのに、なんか勝手にね。選べるどれでもないのが出てきて決まっちゃったの」

フィーロは過去に戦った強い魔物達の特徴を見て、どうも毒を使うことにロマンを感じていた節があるのだ。

安心しろ、お前は毒は吐けないが毒舌があるだろ。

「お前のアホ毛が光ったように見えたぞ」

「むー……」

ガックリと落ち込むフィーロをラフタリアが宥《なだ》める。

「じゃあ、次はラフタリアだな」

「は、はい……なんか嫌な予感がしますけどやります」

ラフタリアもフィーロと同じように砂時計に触れる。

その後、同じように兵士が液体を流して魔法陣が淡く輝いた。やはり俺の視界にアイコンが浮かぶ。

その時！　フィーロのアホ毛が二つに裂けて、一つが俺の視界に飛び込んでくる。

俺の視界に溶けたアホ毛が何やら存在しない可能性の区域で一つの項目を浮かび上がらせる。

その光が俺を通じてラフタリアに飛んでいった。

「キャ!?」

ラフタリアが悲鳴を上げる。

そして閃光《せんこう》を放った。更にもうもうと煙が立ち込める。

フィーロとは少し違うな。

煙が晴れると、そこにはラフタリアが咳《せき》をしながらこちらを見ていた。

だが……。

「ずいぶんと縮んだな」

「え!?」

そこには俺と出会ったばかりの頃のラフタリアが立っていた。

今まで着ていた服がブカブカになって、袖から手が出ていない。

「どうなっているんですか！」

「一度成長がリセットされるみたいだな」

だからフィーロの身長も縮んだのか。

年齢相応の外見にまで一度戻るのか……フィーロは何事もなく人型に変身したから気にならないが、ラフタリアはそうはいかない。

「はい。急成長した亜人にはこのような問題があります……が戦闘の面で大きく支障を来《きた》すことはないかと思いますよ」

女王が補足してくれる。

「ナオフミ様と同じくらいにまで成長できていたのに、これでは意味がないじゃないですか！」

「別にラフタリアが小さくても問題ないだろ」

「んー？　お姉ちゃん縮んだね」

「そうだな」

フィーロがラフタリアに近づいて手を握る。

「この大きさだとお姉ちゃんじゃないね」

「それでもお姉ちゃんです」

「よろしくね。ラフタリアちゃん！」

「改めてよろしくなラフタリア。帰りに定食屋で旗の付いたランチを注文してやろう」

「うう……より一層、ナオフミ様が私を子供扱いするように……」

「何を言っているんだ、ラフタリア？」

「は？」

「お前は……子供だろ？」

「もう知りません！」

プンスカと、なぜかラフタリアは怒ってズカズカと歩き出し、ブカブカなのを忘れて転んだ。

「あいた！」

「ほら……早く着替えないと動きづらいだろ？　俺が着替えさせてやるから」

「やめてください！　子供扱いしないでください！」

「微笑《ほほえ》ましいですね。ホホホ」

なんか女王が俺達を見て笑っていた。

まあ、ラフタリアはこれくらいの頃の方が親代わりをしている身としては微笑ましいと思うけどな。

結論——ラフタリアが幼女になる。

もしも尚文が最初に四聖武器書を読まなかったら……

「ん？」

俺は町の図書館に読書をしにやってきていた。

俺、岩谷尚文《いわたになおふみ》は大学二年生だ。人よりも多少、オタクであるという自覚はある。

様々なゲームにアニメ、オタク文化と出あってから、それこそ勉強より真面目に取り組んで生きている。

そんな俺は図書館で古いファンタジーを扱っているコーナーへ目を通していた。

なにぶん、人類の歴史に匹敵するほど、ファンタジーの歴史は古いからな。聖書だって突き詰めればファンタジー小説だ。

「四聖武器書？」

なにやら古そうな、タイトルでさえ辛うじて読める本が、本棚から落ちてきた。おそらく、前に手を取った奴が棚に戻すのをおざなりにして立ち去ったのだろう。

どうしたものかなー……この際、何かの縁で読むのもいいが……。

とは思いつつ、俺は四聖武器書を本棚に戻す。

ファンタジー小説を読みたいとは思ったけど、もっと軽いノリのやつを読もう。

「さて」

と、適当にファンタジー小説を見繕う。

ドスン。

音を立てて一冊、また本棚から落ちた。

見ると、先ほど本棚に入れた四聖武器書という本だ。

「棚の奥に何か入ってんのか？」

拾い上げて棚の奥を確認する。

……特に何かあるわけじゃない。最初に棚に戻した時にも違和感はなかった。

「何なんだ？」

そう独り言を呟《つぶや》きながら俺は本棚に再度、四聖武器書を仕舞った。

だが——またも四聖武器書が本棚から落ちる。

「飛び出す書物……」

なんて一人、ボケるのは置いておいてと。

なんだこの本？

今度は落ちないように並んでいる本と棚の隙間《すきま》……悪いけど、別の本の上に横にして入れ込んだ。これで何があっても落ちることはない。

「さーてと」

ドス……。

俺は、恐る恐る音の方を振り返る。

……おい。なんで本で落ちないように押さえておいたのに何事もなかったかのように落ちてるわけ？　しかも押さえていた本の方は落ちていない。

なんなんだ？

怖くなって、咄嗟《とっさ》に取ったファンタジー小説を片手に、離れた読書用の席に座る。

誰かが棚に戻してくれるのを祈る。


そのまま俺は適当に手に取ったファンタジー小説を軽く読んで、必ず落下する謎の本のことなどすっかりと忘れ去った。

ネット仲間に話す、話の種程度に思いながら、読み終わった本を棚に戻して家路についた。

この時には既に四聖武器書は落ちていなかったので、誰かが戻したのだと思った。

「おい……」

家の自室に戻って俺は絶句してしまった。

なんと、机の上になぜか……四聖武器書が当然のように置いてあった。

親は外出中、弟も学校に行っていていない。しかも、行く前にはこんな本はなかった。

ど、どうなっているんだ!?

ワクワクしそうな状況だ。こんな不思議な現象に立ち会えるとは……とは思うけど、俺に付きまとう書物と思うとちょっと気持ち悪い。

焦る気持ちを落ち着かせ、四聖武器書を持って、家の近くのゴミ捨て場に投棄する。

もうファンタジー小説はいいんだ。図書館で十分読んだからな。

「さーて……」

とゴミを捨てて家に帰ると、郵便受けに何か入っているのを確認した。

「なん、だと……」

そこにはまたも四聖武器書が！

ど、ど、どうなってんだ!?　誰かが俺が捨てたのを怒って俺の家に戻した？

ありえない！　だって捨てた俺よりも早く俺の家の前に来て本を投函したことになるんだぞ!?

すげー……けど、気持ち悪すぎる。

どこかの……人形供養の寺あたりにお祓《はら》いを頼んで処分してもらおう！


後日、ネットの情報を頼りに俺は人形供養の寺へと足を運び、事情を説明して預かってもらった。

内容に関しては、ここまで気持ちが悪いもの故に、読まないようにしていた。

住職もそのあたりは理解してくれて、快く預かってくれた。

が……。

「ど、どうなっているんだ！」

家に帰ると、当たり前のように俺の部屋に四聖武器書は舞い戻っていた。

もはや恐怖の書物！

俺は衝動の赴くまま、四聖武器書を台所で燃やして処分した。

「これで……」

と、ひと安心して自室に戻ってパソコンをチェックする。

……ん？　見覚えのないプログラムが……。

四聖武器書.exe

……なんでプログラム？　txtでも書式プログラムでもなくなぜexeなんだよ！

というか、なんでそこまで俺に付きまとうんだ四聖武器書！

迷わずデリート！

ああもう……そんなにも付きまとうなら、次に出た時に少しだけ読んでやろうじゃないか。

で、椅子の下に出現した四聖武器書を持った俺は、静かに……読み始めるのだった。

結論——呪われた書物——四聖武器書。

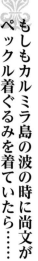

もしもカルミラ島の波の時に尚文がペックル着ぐるみを着ていたら……

……チャキっという音と共に殺気を感じ取って振り返る。

そこには——ラルクが不敵な笑みを浮かべながら俺に向けて鎌を構えていた。

「……なんだ？」

不穏な空気に、俺はラルク達を無表情で睨《にら》む。

「いやぁ……まさか坊主が本当に盾の勇者だとは思わなかったぜ」

「何度も言っただろうが」

「そうなんだがな。坊主……いや、ナオフミと呼ぶべきか？　ところで……なんで坊主はそんなおかしな着ぐるみを、ぶふ——！」

「わ、笑っちゃダメよラルク——ブフ！」

テリスもラルクを止めようとして、俺を凝視し笑う。

そう、今の俺は性能を重視するため、武器屋の親父が作ってくれた鎧《よろい》ではなく、ペックル着ぐるみを着用して波に挑んでいる。

海での戦闘を想定しての装備だ。

このお陰で次元ノ勇魚《イサナ》に容易《たやす》く近づけたし、動きを止めるのも簡単にできたんだぞ！

見た目さえ我慢すれば、効果は非常に優秀なんだ。そう、見た目さえこだわらなければな。

「ふぇえ……」

現に樹《いつき》の仲間でリスの着ぐるみを着ている奴がいるじゃないか！

「ふん、笑っていればいいさ。この着ぐるみの性能の高さを知って驚くんじゃねえぞ！」

「ナオフミ様、迫力が全然ありません」

「ペックルー」

フィーロがテンション高めにペックルペックル連呼してる。

喧《やかま》しいわ！

「あはははははははは！」

「いい加減、笑うのをやめろ！」

「はは、そうだな。見た目はふざけているが、さあ尋常に勝負だ！」

ラルクは邪魔が入らないように大きく技を、放ち辺りの船を全て沈没させてしまった。

前に一緒に戦った時よりも遥《はる》かに強く感じる。

「じゃあ行くぜ！」

ラルクが高らかに跳躍して俺に向かって鎌を振るった。

俺は盾を前に出して構える。

バチバチと鎌が盾にぶつかると、大きく火花が散った。

「おうおう。余裕で耐えきられちまうか」

今だ！　俺はこの着ぐるみを着ている時に考えていた、不意を打つ言葉を放つ。

「ペックルにはそんな攻撃は効かないペン」

「フブ!?」

ラルクの力が激しく弱まる。笑いのツボにはまってしまったのか、笑わないようにするので精一杯だ。

「ぶ――汚ねえぞナオフミ！」

ふん。戦いに卑怯《ひきょう》もクソもあるか！

ましてやこんな格好で真剣に戦えというのはどうなんだ、お前は！

「ペックルは知らないペン。ただ出てくる敵を倒すだけペン」

これ見よがしに愛嬌《あいきょう》を振りまきながらラルクに詰め寄る。

その間にラフタリアもなんだかなーって顔をしながら、俺の姿を見て笑って失敗したテリスに攻撃を仕掛ける。

「なんと言いますか……人知の及ばない戦いのようですね」

女王もそう思ったのか、扇で口元を隠して呆《あき》れているような声を出している。

「よし！　行くぞ！」

「ペンペン！」

フィーロ、その喋《しゃべ》り方をやめろ！

思い切り、力の抜けたラルクを海へ突き飛ばす。

「うお！」

ラルクが俺の突進を堪《こら》え切れずに海へと落ちた。

俺はそのまま海へ突入し、ラルク組みつく。

ラルクが懸命に俺の拘束から抜けて海面へと出ようとするがそうはいかない。

そのまま俺は海底に向けて潜水を開始する。

やがて大分潜ったところで俺はラルクの……光る鎌の一撃を受けて傷を負ってしまった。

「これは……防御比例攻撃だな！」

「ごぼぼぼぼ（そうだぜ！）」

一応、ラルクの返事は俺なりの解釈だ。俺の言葉は通じているようだ。

ラルクの防御比例攻撃を受け流して海中で戦い続ける。

無駄だ、海中で俺に攻撃など容易く当てられない。

攻撃の瞬間だけ素早く距離を取ればいい。

水中というのはそれだけ負担が掛かる。普通に剣を振っても魔物を倒せないようにな。

「ごぼ……」

ラルクは急いで海面に上がろうとするが、俺はその足を掴《つか》んで阻止する。

やがてラルクの表情が青ざめていき、俺に向かって滅茶苦茶に鎌を振るう。

「ごぼぼ……（やるじゃねえかナオフミ）ごぼ……（見た目で侮っていた……俺の負けだな）」

俺は意識を失ったラルクを抱えて海面に出て、次元ノ勇魚の死骸《しがい》の上に乗る。

フィーロには波の亀裂を攻撃させて即座に波は終結した。

テリスはラフタリアに押さえつけられていた。

「勝ったぞ」

「ラルク！」

テリスが心配そうにこちらへ言葉を投げかけている。

「死んじゃいない。ただ、意識が戻るのはまだ先だろうがな」

「素晴らしい活躍ですね、イワタニ様。ではその者達を拘束し、意識が戻ったら白状させるとしましょう」

女王が褒め称《たた》える。だが……

「ぶわはははははは！」

「活躍は素晴らしいですけど……もう少し手段をですね……」

「ふん……あとでその着ぐるみを寄越せ」

俺の姿を見て、意識を取り戻した元康《もとやす》が馬鹿笑いし、樹《いつき》は苦笑、錬《れん》は何を言ってんだ！

笑わないように我慢する声がそこらじゅうから聞こえる。

俺は勝つために大事なものを失ってしまったような錯覚に襲われているのだった。

後にこの戦いは「ペックルの再来」と語り継がれることとなる。

結論——勝てるが締まりがなく、尚文は喪失感に苛《さいな》まれる。

もしもテリスが依頼したアクセサリーの品質が最高品質だったら……

合同で魔物退治に行くことになり、港で待っているラルク達の元へ。

俺は雑談のあと、テリスに依頼されたアクセサリーを取り出して投げ渡す。

オレイカルスターファイアブレスレッド
品質　最高品質

「これ……」

「魔力付与をしてもよかったんだが、それをすると品質が落ちる。それでもやるか？」

今のままだと綺麗《きれい》なアクセサリーでしかない。

だが、テリスは俺の渡した腕輪に満足しているようだった。

「素晴らしい……こんなにも……この世の奇跡に出あうことができるだなんて」

テリスがダーッと滝のように涙を流し始める。

大丈夫か？　脱水症状で死にそうだぞ。

「……ああ、こんなにも羨《うらや》ましいと思うほどの一品になるなんて……ああ――」

「て、テリス!?　大丈夫か？」

テリスは俺の渡した腕輪にずっと頬ずりしてぶつぶつと呟《つぶや》いている。

「素晴らしい名工よ。ナオフミ様……これでは足りないわね。宝石加工神様！」

なんかテリスなりの最高の褒め言葉のようだ。

「えっと……そのアクセサリーの値段――」

「うわ――テリス、やめ――」

テリスがラルクに向かって襲いかかり、懐から全財産が入っている財布を俺に献上する。

「ささ、神様……奉納金です」

「テリス、お前どうしたんだよ……」

正座して神に祈るみたいにして俺に金を渡そうとするテリス。

そしてやっとのこと、起き上がったラルクが困惑の表情を浮かべながら尋ねる。

なんていうか……感受性が高いにも限度を超えてしまったような……。

「あの、テリス……さん？」

「んー？」

ラフタリアもフィーロも事態に追いつけていない。

その後、テリスを説得するのに一苦労した。

で……魔物を狩りに行ったのだが、テリスが不思議な魔法を放って魔物共を薙《な》ぎ払った。

俺が魔物の攻撃に耐えている姿を見ると悲鳴を上げ、凄《すご》い形相で魔法援護をしてくれたのだが……。

「テリスさん。あの？　もう少し連携を考えましょうよ。ナオフミ様が仕事ができません」

「そうだ。俺は耐えるのが仕事だし、この程度の雑魚痛くも痒《かゆ》くもない」

「そんな！　私はそんな苦痛に耐えきれません」

なーんか、テリスの視線で俺の背筋が凍りつくような感覚を覚える。

「俺の役割がこなせないんじゃ、俺のいる意味がない。わかったか？」

「……わかりました。神様」

神様……頬が引きつるような感覚を覚える。

「坊主達って、やっぱり……」

「ん？　どうした？」

ラルクがなんか思いつめたような表情を一瞬だけ俺に向けた気がした。

それからラルクはテリスと視線を交わすのだが……。

「気のせいよラルク」

「そ、そうか？」

「ええ、そんなことは天と地がひっくり返ってもないわ」

「……テリス？」

テリスの目がおかしい気がしてきた。

俺達はその日の狩りを切りあげて宿に戻った。

なんかラルク達の不思議な点にまったく気付かなかった。

というか夜になったところで、テリスが俺達の部屋にやってきたり食べモノの差し入れとかアクセサリー作りのコツを聞きに来るなど、暇さえあればコンタクトを取ってくるようになった。

そして俺達はカルミラ島で波が起こることを知り、次元ノ勇魚《イサナ》を討伐した。

　その後——ラルクが俺に向けて不敵な笑みを浮かべながら鎌を構えていた。

「いやぁ……まさか坊主が本当に盾の勇者だとは思わなかったぜ」

「何度も言っただろうが」

「そうなんだがな。人は見た目によらないと思ってさ」

「で？　何のつもりだ？」

「ん？　まあ、ナオフミに俺は何の恨みもないんだけどさ、俺達の世界のために——うぎゃあああああああ——」

　そこに……テリスの放った雷の魔法で、ラルクが感電して煙を出して前のめりに倒れこむ。

「させないわ、ラルク」

「な、何しやがるテリス！」

「神様に危害を加えることを私は見過ごすわけにはいかないと言ったのよ」

　えーっと……事態についていけない。こいつ等、仲違いを始めたぞ。

「神様、私がラルクを退けてみせましょう。その暁には褒美を……」

「な、なにがなんだか……」

　ラルクに目を向けると、絶句したような表情で、過去に俺が元康《もとやす》あたりにした目を俺に向ける。

「坊主……いや、ナオフミ！　よくもテリスを俺から裏切らせたな！」

「神様の真の名を呼ぶとは不届き千万！　私が相手になります！」

　テリスが激怒してラルクに向けて魔法の準備に入る。

「テリス……邪魔をするなら手加減しないぜ！」

「やれるものならやってみなさい。私はこの身を賭してでも神様を守ってみせます」

「いざ尋常に——」

「勝負！」

　ああもう、勝手にやってくれ。この隙《すき》に波の亀裂を攻撃して閉じさせるか。

　こいつ等がなんで争っているんだ？

　なんか俺、凄く酷《ひど》いことをしてラルクからテリスを奪ってしまったらしい。

　結論——尚文《なおふみ》が欲した一人が、最悪の方法で仲間になる。

もしもリーシアが実は物凄く強かったら……

リーシアが強くなりたいということで奴隷の成長補正を掛けるために奴隷になってもらった。

悪いと思いつつステータスを確認する。

「――っ」

なんだこれは……勇者である俺のステータスと比べてもそんなに差がない。

というか、これだけの能力がありながら二軍って、樹《いつき》達のメンバーってどんだけ猛者《もさ》がそろってんだ？　もしくは……俺の認識が間違っているのか？

このステータス魔法とやらが物凄《ものすご》くあやふやで信じられないものに見えてきたぞ。

それとも……本人の性格から実力を発揮できていないってやつなのだろうか？

などと思いながら、俺達は修行を開始した。

やがて他の勇者共が修行を放棄し始めたその時。

「いずれ僕に頼るようになるはずです。それまではしばしの別れです」

樹、なんだそれは。負け惜しみだとしても訳がわからん。

状況が想像もできないんだが。

我慢の限界を迎えていた俺は、一つの可能性を試すことにした。

「お前等、待っていろ。俺が連れてきた奴に勝てたら……好きにするがいいさ」

女王が何か言おうと近づいてきたが、俺の言葉で足を止め、内緒話をするように話しかけてくる。

「イワタニ様、何か名案が？」

「少しな。もしかしたら程度で、ちょっとな。失敗したら、最悪ラフタリアを嗾《けしか》けるさ」

そういうわけで俺は訓練中の仲間達の元へ向かった。

「リーシアはいるか？」

「ふぇえ？」

訓練場で剣術の訓練をしているラフタリア達の中からリーシアを呼ぶ。

「な、なんですかぁ？」

びくびくと脅えながらリーシアが近寄ってくる。

いい加減ペックル着ぐるみを脱いでほしいな。

「いいか、そこに座って呼吸を整えろ」

「は、はい」

俺の指示通りに、リーシアは座って深呼吸する。

さてと……俺は指輪に紐《ひも》を通してリーシアの前に吊《つ》るして振り子の原理でゆらゆらとしてみせる。

「お前は段々、眠くなる……」

「な、ナオフミ様。何をしているんですか？」

「ん？　なんちゃって催眠術を施そうと思ってな」

性格的な問題があるのなら、催眠術で催眠状態になれば解消するんじゃないかと思うんだ。

もちろん成功する見通しの方が低い。

正直に言えばラフタリアを勇者共に嗾けてボコボコにしてもらうことを考えている。

「ふえええ……」

ゆらゆらと揺れる振り子を見ていたリーシアがくったりと頭を下げて俯《うつむ》く……？

え？　まさか効いた？

「お前は世界最強の変幻無双流の使い手で、強い者を見ると衝動が抑えられない狂戦士だ」

「ナオフミ様、そのあたりでやめた方がいいんじゃありませんか？」

ラフタリアが俺を注意したその時、リーシアが着ている着ぐるみの目の部分が光り――リーシアが立ち上がった！

「またせたな」

俺は痛む腹部を押さえながら勇者共の方へやってくる。

「なんですか？　そのふざけた格好の方は」

樹がペックル着ぐるみを着たリーシアを鼻で笑いながら呟《つぶや》く。

「いいからコイツと戦って勝ってみろ。話はそれからだ」

「……いいでしょう。吠《ほ》え面《づら》をかくんじゃありませんよ！」

樹が仲間と距離を取り、弓を構える。

「では勝負……開始！」

勝負は一瞬でついた。リーシアが樹の目の前まで一瞬で移動し、持っていた剣で一閃《いっせん》した。

「え――」

その衝撃で跳ね飛ばされた樹は、何が起こったのかわからないままドサッと地に落ちて失神している。

「あは、あはははは！　私は、ワタシは最強！　イツキサマ！　見てくださっていますか！　ワタシハコンナニモツヨクなりましたよ！」

勝利の雄たけびを上げたリーシアの言葉は失神した樹の耳には入っていない。

「お前は——リーシア!?」

「イツキ様を傷つけた罪！　万死に値する！」

樹の仲間達が激昂《げきこう》して突撃してくるが、リーシアは振りかかる火の粉を払うかのように樹の仲間達を蹂躙《じゅうりん》していく。

「わ、わぁあああああああ！　や、やめろ！　俺はお前なんか好きじゃない！　うわぁあああ怖いよー！」

ヤンデレのトラウマを刺激された元康《もとやす》がその場でガクガクと震え始て蹲《うずくま》り、ビッチとその仲間が惨事になりつつある場から逃げようとして女王に捕まる。

「ふん！　アイツを倒せばいいんだな。喰《く》らえ流星——」

錬《れん》の殺気に反応したリーシアが即座に対応して錬の手に剣を突き刺す。

「ぐあああああああああ——」

「ああ、イツキサマはいずこ、ですか？　ワタシは、イツキサマに強くなったのをミトメテもらいたいデス」

デスがＤＥＡＴＨに聞こえるな。

俺もリーシアの一撃がかなり痛かった。

とんだバーサーカーの誕生だ。

「えっと……ナオフミ様、どうするんですかこの状況は……」

「そうだな……正直、やり過ぎ感はある」

樹はリーシアの攻撃の当たりどころが悪くて意識が戻ってない。

元康はヤンデレの恐怖でガクガクと震えていて立ち直るのに時間が掛かりそう。

錬は、大怪我した所為《せい》でしばらくは治療に専念することになってしまった。

「樹にリーシアが強いことを証明できたんだから、結果オーライか？」

「大失敗だと思います」

俺もそう思う。だが、しょうがないだろ。

結論——三勇者敗北！

もしも尚文が最初の奴隷をラフタリアではなくキールを購入していたら……

「人間不信のヌイ種です。今の勇者様にはぴったりの奴隷かと思いますよ」

ふむ……俺は腕を組んで考える。

人間不信……か。

ヌイ種のガキに目を向ける。

確かに人を信じておらず、世の中の全てを憎んでいるかのようだ。

良い目だ。今の俺と同じ気持ちでいるのが手を取るようにわかる。

「よし、このガキにしよう」

ヌイ種と呼ばれた、犬のような耳を生やした亜人の子供を俺は指差した。

「性格に問題がありますが、よろしいですか？」

「調教くらいする。そのための奴隷紋なんだろ？」

俺の指示に従い、奴隷商の部下がヌイ種のガキを檻《おり》から出して奴隷紋の登録を行う。

「や、やめろよ！　さわんじゃねえガルルルル！」

思い切り敵意を見せるヌイ種のガキを俺はジッと見つめる。

これからお前は更に苦痛を味わうことになるんだよ。

「ガキ、お前の名前はなんていうんだ？」

「誰が話すか！　ぐ……」

奴隷紋が浮かび上がってガキは呻《うめ》き始める。

「キ、キールだ！　はぁ……はぁ……」

キールか。まあ、名前なんてどうでもいいが、命令する時に必要だからな。

こうして俺は奴隷のキールを連れて武器屋に行き、安物の短剣を買い与えて、マントの下に引っ付いていたバルーンを見せる。

「ほら、これを刺して割れ」

最初はキョトンとしていたキールだったが、状況を理解するなりバルーンに向かって短剣を刺した。

パァン！　と、バルーンが割れる。

ふむ……思ったよりも素直に従うじゃないか。

「魔物……村を襲った魔物……やった！　俺はやった

ぞ！」

何か興奮気味で、高揚感に支配されているようだ。

どうやら好戦的な性格のようだな。これは良い買い物をしたかもしれない。

褒美に、定食屋でお子様ランチっぽいのを食わせてやると嬉《うれ》しそうに食っていた。

それでも時々俺に向かって不快感をぶつける時はあるが、知ったことではないな。


キールがバルーンの素材で作られたボールを目で追っているのに気付いた。

欲しいのか？　と思って俺は買取商に命じてボールを購入する。

「ほら」

俺は買ったボールをキールに投げ渡した。

「え？」

「いらないのか？」

「ううん。そんなわけじゃねえけど」

「なら素直に受け取っておけ」

「……」

不満なのか、不思議そうな表情を浮かべたままキールは俺に黙ってついてくる。

それから宿屋で宿泊することになったのだが。

「あの、盾のお兄ちゃん」

「ご主人様と呼べ」

まったく、俺は優しいお兄さんじゃねえっての！

とは思うがキールは俺に対して不満そうな目を向ける。

「勝手にしろ」

「うん！　兄ちゃん！　あのな！」

尻尾を振って犬みたいな感じでキールはボールを持って目を輝かせている。

「ボール投げてくれよ！　俺が取ってくるからさ！」

……本当に犬なのか？

「ああ、はいはい。わかったわかった」

面倒だ。俺はキールからボールを受け取り、部屋の窓から外へ投げる。

ボールは、甲を描いて裏通りをポーンと飛んでいってい る。

「わー！」

興奮したキールが宿の階段を下り、跳ねたボールを追いかけていった。

その後、なんか不良っぽいガキ相手に殴り合いのケンカをしてボロボロになって帰ってきたんだけどさ。

元気な奴だ。


「ほら、ちゃんと体を拭け」

泥んこになるまで遊んで帰ってきたキールを宿の亭主に頼んでお湯を準備して、洗うことになった。

「うー……兄ちゃん。俺汚くねーよ」

「汚いんだよ！　ベッドに入ったら汚れるだろうが！」

服を脱ぐのも嫌そうにしているキールは、俺の命令に渋々……服を脱ぐ。

「さ、俺が洗ってやるからじっとして……」

俺はキールの全裸を見て言葉を失ってしまった。

「どうしたんだ兄ちゃん？」

くそ、キールの奴、よくも俺の期待を裏切ってくれたな！

俺はベッドで不貞寝《ふてね》をしている。

別にキール自体が悪いわけじゃない。勝手に勘違いした俺が悪いんだ。

まさかキールの奴があるべきモノがなくて、生えてくるとか思っている不思議思考な奴だとは思わなかった。主に下半身に生えているアレが……奴にとって大人になると生えてくると思っているとかどんな考えだよ。

「兄ちゃん……」

不貞寝していると、キールが俺のベッドに勝手に入ってきた。

「別のベッドで寝ろ」

「んー……ん……」

子供独自の寝ぼけたままの状況か？

「すー……」

完全に寝息を立て始めた。

俺は振り返ってキールの寝顔を見る。そこには完全に俺を信用しているような寝顔のキールが俺の服の端を掴《つか》んで眠っていた。

……誰も信用できないと思っていたけど、こんな……俺のことを信じてくれて寝ている奴を無下にはできないか……。

「しょうがねえな……」

人間不信という割には俺に懐《なつ》くとか……軽い奴だな。
とまあ、俺とキールの波に備えた日々は続きそうだ。
キールの奴が思いのほか戦闘に前向きに挑んでくれるから助かるな。

結論――心に傷を負った尚文《なおふみ》とキールの旅が続く。

もしもラルクとテリスがチャラ男とスイーツ(笑)だったら……

出発にはまだ時間が掛かるようだ。防波堤で船に乗るため、列に並んでいる。

で、俺の前の奴が暇そうにキョロキョロとしていた。

「ぱねぇよ！　これから俺っち達、船に乗ってどんどん進んでいくんじゃん！　テリス、後で船ん中、探検しようぜ！」

「そうねラルク！　この船旅で私達、更に磨きがかかるのよねー！」

う……すっげーバカップルっぽい。二つの意味で。

落ち着きがない二人が俺の前にいて、ストレスが溜《た》まりそう。

それ以前に探検って……コイツ等いくつだよ。フィーロだってそんなこと言わないぞ。

言わないよな？

「ん？　どうしたんだ、坊主だってばよ！」

「……」

俺は話しかけられたが、視線を逸《そ》らして他人の振りをしておく。

こういう輩《やから》とは関わり合いになりたくない。

「なあなあ、人と話をする時は目を合わせて話せって親に教わらなかったのかよぉー？」

うっぜぇ！　お前みたいな奴にだけは言われたくない。

しかも何の因果か同じ客室になるとか……一日しかない船旅だけど胃に穴が開きそう。

「キャハハ、ナオっちってば綺麗《きれい》なアクセサリー作れるんだって？　ラフっちから聞いたよ。作ってくんない？」

「あの……ナオフミ様、申し訳ございません。その……内緒にできなくて」

なんで俺が！　同じ船室にいて、ラフタリアが凄《すご》く会話に困っていて、嫌々話さざるを得ない状況になってしまったようだ。

こういうタイプって断ると凄くうるさいんだよな。

「ああ、はいはい。わかったから、材料があったら作ってやるよ」

「マジ!?　すっごく嬉《うれ》しいんですけどー」

俺はすっごくムカつくんですけどー！

「ラルク、島に着いたらスイーツ探すじゃん！」

「おう、わかったってばよ！」

スイーツって……カルミラ島に何しに行くんだ？

コイツ等の場合、どちらかと言えばスイーツ（笑）だろ。

それからカルミラ島に到着した俺達は、軽そうな二人から距離を取ってＬｖ上げに励んだ。

なんか一緒に狩りに行こうと言われたが、当然断った。

正直、こんな奴らと数時間だって一緒にいたくない。

とはいえ、依頼されたからにはもらった宝石の原石でアクセサリーは製作した。

ああいう……軽そうな連中って、約束を破るともっと騒がしくなる。

やることをやって適当なところで離れるのが妥当な関係なんだ。

とは言いつつ、良い鉱石を持っていたから興味本位で良いアクセサリーを作ってしまった。

「ホラよ。頼まれていたアクセサリーだ」

と、俺は港で遭遇したテリスに腕輪を投げ渡した。

テリスはその腕輪をマジマジと見て確認し、ピョンピョンと跳ねまわってテンションが高いことをアピールする。

「キャー！　これすごーい！　マジヤバーイ！　すごすぎなんですけどー！」

あり得ないのはお前等のテンションだ！

「ぱねぇ！　ぱねぇ！　まじぱねぇよ！　テリスがここまで機嫌が良くなるすげぇアクセサリー作るって、坊主って天才なんじゃねぇ？」

「知らん！」

褒められても全く嬉《うれ》しくないのは何なんだろうな？

こういうタイプ……昔は全然気にもしなかったが、異世界でもいるんだな。

「はねぇ！　はねぇ！　キャハハ、フィーロも楽しいー」

「フィーロ！　マネしちゃいけません！」

フィーロがラルク達のマネしだした。こりゃあ、近寄らせちゃいけない！

「じゃあこのまま一緒に狩りに行こうじゃんよ！　俺っちが礼として手ほどきしてやるじゃん！」

「くんな！」

そのままこの二人は強引に俺達についてきて、戦う敵をむしり取っていった。

そして……。

「ん？　まあ、ナオフミ、お前自体は俺っちは何の恨みはないんだってばよ」

「うんうん。私達、なーんも恨みはないのよ。だけどーこっちも事情があるっていうかー」

凄くイヤーな予感がする。

だが、俺がなんとなく感じ取っていたラルクの鎌に関して……大きな疑問が確信へと変わる。

「俺っち達の世界のために……死んでくれってばよ」

ラルクは俊足といえる速度で俺の懐に入ったかと思うと鎌を振りかぶった。

反射的に鎌の軌道に盾を合わせて弾《はじ》く。

「ってー……やっぱ一筋縄じゃあいかねー！」

「……なんのつもりだ？」

「ごしゅじんさまになにすんのー！」

フィーロがいきり立ってラルクに攻撃しようとしたのを俺が手を伸ばして止める。

なんて言うんだろうか、むやみな突撃は怪我じゃ済まない気がする。

俺達の世界のために死んでくれ？　どういうことだよ。

というか……いい加減俺の我慢も限界だ！

「ぱねぇけど、これも俺っち達のやるべきことじゃんよ！」

「そうそう、譲れないものがあるっていうかー」

何が譲れないものだ。

カルミラ島へ来るまでの船旅と島での日々の生活で付き合わされた方の身にもなれ！

「死ね！　遠慮も糞《くそ》もない！　ブラッドサクリファイス！」

呪いで重傷を負うが、知ったことではない。俺を怒らせた罪、その命で払わせてやる！

赤黒い錆《さ》びたトラバサミのようなものがラルクとテリスの足元に出現し、二人を噛《か》み砕く！

「な、ぱねえええええええええええ！」

ぐふ……俺は呪いの代償で重傷を負ってしまった。だが、後悔はない。

激しくウザい奴を倒すことができたんだからな。

結論――尚文《なおふみ》がラルク達に思い入れを持たず、後先考えずに仕留める。

リユート村美食騒動

「では、この食材を料理してみせろ！　できなければ店を畳んでワシのところで修業してもらう！　よいな！」

波に備えてリユート村を中心に活動している俺は、贔《ひい》屓《き》にしている飯屋で、入ってきた人物がそう言い放ったところに偶然立ち会ってしまった。

この飯屋、値段が安くて量が多くて手頃だったから、割と贔屓にしているんだ。

冤罪《えんざい》を着せられて味がしないから美味《うま》いかどうか知らん。

食事を終えてラフタリアは先に宿に帰っている。

俺はこれから魔物の素材や採取した薬草を売り払う商談をする手はずだったんだ。

言い放った客に店主は困惑の表情を浮かべている。

「うー……ん」

断ればいいものを……と、俺は思った。

何せ客が持ってきたのは大きなカエルのような、イモリのような魔物の死骸だったからだ。

フロッグサラマンダーというリユート村の西にある湿地帯の奥に生息する魔物らしい。

まんまなネーミングに少し呆《あき》れる。

受ける必要ないだろ。

そう思ったのだけど、店主の返答は俺の予想とは全く異なるものだった。

「わかりました。少々お待ちください」

そう言って店主は店の奥の厨房《ちゅうぼう》へと魔物を持っていってしまった。

そっと近づいてみると、店主がフロッグサラマンダーの死骸《しがい》をまな板にのせて腕を組んで唸《うな》っている。

「なあ」

「は、はい？」

俺は店主に近づいてちょっとした疑問をぶつける。

「なんであんな無茶な要求に応じて悩んでいるんだ？」

「……実はあの客は、この界隈の食堂を管理する料理長で……審査しに来たんだ」

「へー……」

料理が出てくるのを待っている審査員を俺は横目で観察しながら気のない返事をする。

「つまり、店を継続するための試験とかそんな感じなのか？」

「波の所為《せい》か作物の実りが悪く、飢饉《ききん》が懸念されているのでどんな魔物であろうとも美味《おい》しく料理できねばこの先は生き残れないとの方針だ」

あー……まあ、非常時なら頷《うなず》けなくもない。

ここの店主があの食材を料理できなかった場合、修業のため、この店はしばらく閉店することになるのか。

まずいな。

安いのが売りで助かっているこの店が閉店すると、狩りで得た素材の処理以外で食料調達が面倒になる。

何だかんだでモリモリ食うラフタリアにこの店の連中は良くしてくれるからな。

今、この店が閉まると俺が困るぞ。

まあ、こんな食材を美味しく料理しろとか、どんな拷問だろうな。

「適当に香辛料をぶちこんで肉の食感だけを楽しませればいいだろ」

カエルみたいなイモリを調理するだけならどうとでもなるはずだ。この店は香辛料のバリエーションだけは妙に豊富だしな。

この店主も激辛料理が得意だし、激辛メニューもやっている。

「そうなんだが……あの方に誤魔化しは通じない。下手な料理を出そうものならすぐに看破されちまうんだ」

どこぞの料理アニメの審査員みたいだな。親子で美食対決とかしそう。

「しかもこの魔物は捌《さば》くのに失敗すると毒になる」

フグか何かか、この魔物は……。

「しょうがねえな」

厨房にあった包丁を片手に、俺はフロッグサラマンダーの腹に切れ目を入れる。

見た感じ、毒のあるのは内臓と背中……他に毒腺とかそのあたりだろ。

「お、おい！　なに勝手に――」

スーッと肉の切れ目にそって包丁を滑らせて内臓を露出、毒腺らしき臓器を破らないように丁寧に抜き取って、そこから繋《つな》がる管を細かく剥離《はくり》させる。

「あ？」

「なんだ？　どうした？」

「い、いや……」

なんか店主が黙りこんで俺が捌く姿を熱心に凝視し始める。

そんなに難しいことじゃねえだろ。

ま、これで毒腺の除去は済んだ。肉と骨だが……臭みが強そうだな。

湿地帯に住んでいるだろうから間違いなく泥臭い。

俺は水がめに残った水を入れて、泥臭い肉をできる限り洗い続ける。

「なに見てんだ。お前も手伝え、お湯を沸かすんだ」

店主に命ずると店主も二つ返事で頷いて鍋に水を入れて沸騰させ始めた。

肉に付いた泥臭さを何度も洗って緩和させる。

元々が毒を持つ魔物なんだから解毒効果の強い薬草を練り込んだ方がよさそうだな。

で、カエルの肉みたいな食感のようだから……よく使う後ろ脚の部分はメインに置くべきだろう。

野菜を適当に切り分けてから油でサッと炒め、肉も適当に炒めた。

骨は……思いのほか軟らかくて、ゼラチン状の部分が多いな。

現代日本の知識じゃ理解できない骨で出来てる。他の部分は魚っぽい。

毒が混じってるかもしれないからこれも薬草を付けてお湯でぐつぐつと煮込む。

美味いかは知らん。味がわかんねえし。

割とすぐに火が通って、プルプルのゼラチン部分が食欲をそそる感じになってきた。

ゼリーっぽいから、砂糖らしいものを振りかけて炒めた肉野菜の上に盛りつける。

残った部分はトコロテンみたいな感じで好みの味付けで食えばいいだろう。

残ったやや硬そうな尻尾の肉と骨は食感を楽しむために揚げ物にした。

そんで残った肉を鍋にして盛りつける。

「他にバリエーションとして作るなら炒飯にするなりなんなりすればいい。普通の肉とそこまで変わらないだろ」

「あ、ああ……」

呆然《ぼうぜん》とした様子で、店主はそのまま俺が作った飯を審査員のところに運んでいった。

審査員はその料理に手を伸ばして口に入れる。

するとと目をカッとさせて貪《むさぼ》り始めた。

「なんと凄《すご》いことだ！　この村の近くに生息する食べるに適さないと思われたフロッグサラマンダーをここまでの味に引き上げるとは！　付け合わせにさりげなく混ぜた解毒効果の薬草が味を引き立てる！」

とか、食いながら喋《しゃべ》ってる。

おい、食べかすが飛んでるぞ。

「見える！　見えるぞ！　フロッグサラマンダーの一生が！　卵から孵《かえ》り、精一杯生きて大きくなっていき、成体へと変化してまた子を宿すそのサイクル。生命の力強さがここに集約していく……」

……なんだこのテンション。

「ば、馬鹿な！　食べたその場で筋肉が歓喜に震え、鼓動していく！」

バリィっと謎の胸肉に力を入れて服を破った審査員が告げる。

「おお……これは生命の宿る料理。美味い！　美味いぞぉおおお」

勝手にやってろ。


とりあえず、これでこの店は閉店することはないだろう。

俺は最後まで聞くことなく、勝手口から出ていった。


「お帰りなさい。どうでした？」

「ああ、まあ程々だな」

食堂を出た後、薬や素材を売り払って俺は金を手に宿に戻っていた。

ラフタリアが部屋で退屈そうに腕立て伏せをしている。

まだ子供のくせに妙にやる気が出てきてるな。

「ああ、土産だ」

「なんですか？」

と、ラフタリアは俺が食堂で作った、とある料理の入った袋を受け取る。

「揚げ物ですか？」

と、ラフタリアは袋に手を入れてポリポリと中和済みの骨フライを頬張《ほおば》る。

「美味しいですよ。なんですかこれ？」

「フロッグサラマンダーの骨フライ、元々毒があるそうだぞ。ほら、この前湿地帯の近くにいた奴だ」

ブーッとラフタリアが吹く。

「な、なんてものを食べさせるのですか！」

「毒抜きはしてるよ」

「そういう意味じゃありません！　なんでゲテモノ料理を作ったんですか！」

「イモリは栄養があるだろうからいいだろ。成長期のラフタリアにはさ」

「お腹が空いたからといって、さすがに毒のある魔物を食べたいほど私は飢えていません。ナオフミ様？　ちゃんと聞いているのですか――」

　どうも最近、ラフタリアが俺に歯向かうようになってきたな……奴隷紋に違反しない範囲ではあるが……面倒になってきた。

　ちなみにリユート村の飯屋はその後、審査員のお墨付きをうけて繁盛したとの話だ。

カルミラ島ビーチスポーツ大会

「波が起きてから沖が荒れっぱなしだな」

俺達は今、浜辺で沖合の方に目を向けていた。

三勇者共の治療が終わり、会議をしなくちゃいけない状況であるのだが、それは後日ということになった。

女王曰《いわ》く、敗北したという事実を認め、現実を見つめる時間を与えるためらしい。

沖合の遠くにずっと滞在する暗雲を見ていると不安にもなる。

カルミラ諸島は温暖で静かな海域で、嵐も来ることはできない……との話だけど……ああも不思議な光景を見せられるとなぁ……。

小さな嵐が水平線の先で起こっているのだ。近くに来ないのが不思議な光景なのだけど、誰も不思議に思わないのがここが異世界だということを認識させてくれる。

ただ、それ以外は穏やかで綺麗《きれい》な海だ。

間違っても現代日本じゃ見ることのできないエメラルドグリーンの透明な海で真っ白な砂浜も相まってハワイやグアムを連想させる。

いや……もしかしたらそれよりも綺麗かもしれない。

砂浜の砂に現代日本の世界にはない物質が混ざっているのか、時々七色に輝いている。

夜になると島が赤く輝くことも相まって、不思議な発光をしている時があるんだ。

だから夜でもそれなりに明るい。

「しょうがないですよ」

「わっほーい」

フィーロが退屈なのか海で泳ぎだした。

最近じゃあ、フィロリアル形態でも人間形態でもどちらでも泳げるようになっている。

水着を借りて砂浜で一時の休暇を楽しもうと思ったのだけど、遠くの嵐を見ていると気が休まりそうにないんだよなぁ……。

まあ、ラフタリアとフィーロの水着姿が妙な視線を集めているような気がしなくもないが。

それにしても、水着が随分と近代的だな。

ラフタリアが着ている水着もビキニとかで、日本の海で普通に歩いてそうな格好をしている。

「お姉ちゃんね。今フィーロが着ているのを着ようとしたんだよ」

「フィーロ！　言わないくださいって言ったじゃないですか！」

フィーロが着ているのはスクール水着だった。紺色だ。どこの誰だ。この世界にこんな水着を広めた奴は。

……過去に召喚された勇者が広めた、とかだろう。

「ちょっと前まで子供だったくせに大胆な水着にしたな」

「これしかなかったんですよ！」

「なるほど」

波と戦う使命優先のラフタリアだからな。そういうオチは想像していた。

……まあ子供の頃のラフタリアなら自然だ。

そもそもここは異世界だぞ。海に入るのに専用の衣類とか貰う習慣はあるのか？

日本も昔は全裸とかが普通だったと聞くし、全裸の可能性も……。

「ラフタリア、今まで海に入る時はどんな格好をしていた？」

「サラシにふんどしですよ」

「まあ無難……いや、無難か？」

無難ということで流しておこう。

「とりあえず砂浜にいるんだから何かして遊ぶか」

「何で遊びますか？」

「ラフタリアとだと……ボールでもあればビーチバレーをしてもいいのだか……よく見ると、勇者共がいるな」

気分転換なのか？　俺以外の勇者共の三人が砂浜で思い思いにくつろいでいる。

元康《もとやす》は……相変わらずナンパ＆自慢か？　サーフィンできるぜ！　とか聞こえたぞ。

まあ、お前はできそうだよな。なんでゲーマーなのか不思議だもんな。

樹《いつき》は……サングラスを付けてビーチチェアーで横になっている！

リスの着ぐるみを着た奴が給仕みたいなことをしてて、渡されたジュースを思い切り飲んでやがる。

お前はどこの富豪だ。キャラじゃないぞ。

で、錬《れん》は普段の格好で浜辺で楽しむ仲間達を羨《うらや》ましそうに見ている。

お前泳げないもんな。

あ、狩りに出かけようとして女王に呼び止められたみたいだ。

そのまま錬を連れた女王が俺の方へやってくる。

「どうした？」

「会議の前に友好を深めるために砂浜で何か催しをしようと思っているのですが、勇者様方の意見を聞きたいと思いまして」

俺が視線を向けると、錬は不快そうにしている。

が、特に何か言うつもりはないらしい。

元康も樹もそんな状況を嗅《か》ぎつけてこっちへ来た。

「この際ですから、勇者様方の世界のスポーツを楽しんではどうでしょう？」

うーむ……女王の意図がわからんでもない。

勇者共との友好とか、俺やラフタリアの身体能力の高さを勇者共にちゃんと認識させる意図があるんだろう。

が、こいつ等が頷《うなず》くのか？

「俺は別にいいのだがー……」

俺の言葉を確認したと同時に勇者共はそれぞれ頷《うなず》いて、目を鋭くさせる。

ああ、気になるし、反対する気もないのね。


「では始めましょう。勇者様方の世界ではどんなスポーツがあるのでしょうか？」

「サッカーじゃないか？　もしくはバスケ」

「ふん……野球だな」

「サバイバルゲームですよ！」

サッカー、バスケ、野球は、まあ……いいだろう。だが人数が足りない。

サバイバルゲームって……。

「ここは砂浜だろ？　それにちなんだ方がよくないか？ビーチバレーとかビーチフラッグとかさ」

「サバイバルゲームの何が不満なんですか！」

「機材の調達を考えろ、実銃とかでやる羽目になるぞ。まさしく殺し合いをしたいのか!?」

「くッ！」

「ではどんな競技なのか、ルールを教えてください」

「ああ……それはな――」

と、俺達はそれぞれ、砂浜でできるものという制限で色々な競技を説明し、女王の主催で始めることになった。

なぜか勇者達が審判役で競技が進行していく。

ま、島にいる冒険者も割と暇そうにしていたし、勇者の仲間同士が代表でチーム対抗戦とかをすることになって盛り上がりつつある。

ちょっとした運動会だな。

「次はースイカ割り」

「……」

まあ、ビーチでやるにはいい競技だな。

問題はスイカなんて異世界にないわけで。

とりあえず丸い果物なら何でもいいだろうとなった。

ルールを説明し、フィーロが目隠しをして離れたところで回転する。

「前、前だ！」

「後ろ！　後ろだ！」

俺の応援に反対のことを言う奴等が多いこと、多いこと。ま、そういう遊びだしな。

「こっちー！」

フィーロが迷いなく果物に駆けよって、思い切り叩《たた》き割る。

そりゃあもう力の入れ過ぎで辺りに飛び散りましたよ。ええ！

ふざけんな！

なんて、感じでいろんな競技が進行していった。

「では泥プロレスを開催します！　今回の勝負に勝てば二百点！　まだ挽回のチャンスがありますよ！」

カーンと謎のゴングが鳴り、気が付いたらラフタリアとビッチが砂浜なのに泥のリングで睨《にら》みあいをしている。

観客のテンションは最高潮に達し、応援する声に熱が入る。

特に……男共の声がうるさい。

思い出せ、どうしてこうなった？

確か元康が、泥プロレスとかほざいていたんだ。残った砂浜での競技は何があるだろうかと錬達と話していたので、気付くのに遅れた。

どうしたらこんなマッチングになるんだよ。

「おい元康！　砂浜でできる競技なのになぜ泥プロレスなんだ！」

「そうですよ！」

「いくらなんでもおかしい」

樹も錬も異議を唱えた。

この泥、どこから……って魔法か。

便利なもんだな。泥にするのだって大変だろうに……。

「ポロリ！　ポロリが見えるぞ！　錬、樹！　覗《のぞ》きで見れなかったから目に焼きつけるんだ！」

何を言っているんだ、コイツ。

「あ……そうですか」

「何を言っても無駄そうだな」

「ええ……」

錬と樹は元康の反応に諦めてしまった。

今回の競技はお前等の仲間は関わってないもんな。

特に樹、お前の仲間でリスの着ぐるみを着ている奴はオチ担当か？

今日のイベントで尽《ことごと》く『ふぇえええ』と叫びながら宙を舞ったりしてたぞ。

綱引きをした時、フィーロが思い切り引っ張って、そりゃあ凄《すご》い感じに……空を飛んだな。

ムササビみたいだったぞ。

「ぐぬぬぬ……」

「ふぬぬぬ……」

ビッチがラフタリアの顔に泥をかけ、目が見えなくなったところを背後から突き飛ばそうとしている。

「は！」

「させません！」

ラフタリアが力任せに体を捩《よじ》ってビッチの押し出しをかわしてを突き飛ばす。

するとピコーンと、ビッチがいた場所に罠《わな》というかランダムトラップが作動する。普通に競技をしたんじゃつまらないとの意見から、それぞれの仲間が女王に進言したものだろう。

今回のトラップはビッチが担当してたんじゃなかったか？

ああ、ラフタリアに恥ずかしい目にあわせようと設置した罠に自爆したのか。

「あ！」

ビッチの頭に向けて大きな平たい石で出来た皿が降り注ぐ。

ゴスっと良い音がしたな。

ざまぁ！

結果良ければすべて良し！

「あぐ――」

ビッチがビチャンと泥の中に前のめりに倒れる。

「ラフタリアお姉ちゃん、泥遊び楽しいねー！」

「そうですか？　ちょっとべたついていて、早く洗い流したいんですけど……」

「いいね。そのアングル！　エロス！　エロス！」

　興奮気味の元康が、愛するビッチが失神しているというのに、ラフタリアと泥遊びをするフィーロ、そして腰を浮かせて間抜けな体勢で泥の中に沈んでいくビッチを見ていた。

　まあ……いい退屈しのぎになったと、気分も良いうちにその日の催しは終わったのだった。

もしも霊亀の進行でメルロマルクの避難誘導が完了していたら……

霊亀がメルロマルクの城が見えるところまで来ている。

このまま進むと……まあ間違いなく城下町を通ることになるだろうな。

怪獣映画みたいにメルロマルクの城下町が破壊されていきそうだ。

フィトリアが来るまで一時間掛かるらしい。

「女王、避難誘導は済んでいるか？」

「既に完了しています」

ほう……どうやら事態を察して、城下町の連中を逃がしたか。

危険回避能力が高いことで……。

「避難誘導が済んでいるなら問題ないか。城と城下町は放棄だな」

何も無駄な苦労をしてメルロマルクの城下町を守る必要なんてないだろ。

国民さえ生き残っていれば再興することはできるんだからな。

どうせ波での被害とかも国民が自力で修復してきたんだ。俺も無駄な苦労はしたくない。

ささっと霊亀に乗り込んで、封印の方法なり倒し方なりを調べないといけないしな。

その間にフィトリアが到着して霊亀自体を倒してくれるかもしれない。

という流れになったところで、女王がハッとしたような表情になる。

「ま、待ってください。我が国の城と城下町が破壊された場合、復興に大きな時間を割くことになります。その場合、勇者様方への援助に支障を来《きた》しますがよろしいのでしょうか？」

若干つっかえたぞ。そりゃあ困るのはわからなくもないがな。

国の象徴である城と城下町が破壊されたらメルロマルクという国自体の価値も相対的に下がる。

波という災害が来ている最中に損害なんて出したくもないだろうな。

何だかんだで、女王の自国の被害を抑えたいという考えは俺もわからなくもない。

「我等は国も城を、町も被害にあっているのだぞ！」

「盾の勇者様に城を守っていただこうと無理な提案をしているのだな！」

「自国の被害だけは抑えようというのか！」

「このメルロマルクの雌狐《めぎつね》め！　そんなだから三勇教の暴走を許したのだ！」

みんな被害に遭っていて、今度はメルロマルクの番となった時に、住民の避難誘導が済んでいるにもかかわらず城と城下町を俺に守ってほしいなんてお願いしたらそうなるよなー……。

気持ちはわからなくもないんだけどさ。

「そうだと言ったら？　私は自国の被害を最小限に抑えるために盾の勇者であるイワタニ様に懇願しているのです。時と場合が違いますよ」

女王は扇で口元を隠して悠々と答える。

「なんだと!?」

「なんて身勝手な奴だ！」

他国の代表である連合軍の上層部は女王を指差して弾劾する。

「ではお聞きしましょう。貴方《あなた》達の国に霊亀が攻めた時、近くにイワタニ様はいたでしょうか？　城が攻められた時に無謀な突撃を命じたのはどなたでしょうか？」

あー……うん。

女王の理屈も一理あるな。

連合軍の上層部の国が攻められた時、俺はいなかった。

彼等は城が霊亀に落とされそうな時に突撃という無謀な選択をした。

俺が不幸になったのだからお前も不幸になるべきだ。なんていうのは、連合軍の霊亀の被害に遭った国の理屈だな。

そんな理屈が通るはずもない。ここに平等とかを持ち出してきたらそれこそおかしなことになってしまうだろ。

で、女王の時は近くに俺がいて、一時間待てば、霊亀を倒すことができるかもしれない伝説のフィロリアルが来る。

この状況と連合軍の状況とは大きな違いがあるよな。

なんて納得していると。

「この雌狐め！　お前は人の心というものがないのか！」

「自国の利益を最優先しおって！」

「霊亀の被害者の会に入会するつもりはないだけですよ。なんですか？　ここにいる皆が平等に霊亀の被害を受けねばならないのでしょうか？　私達の目的は霊亀を倒すことに他ならないのですよ」

女王が筋の通った話をしているのだが……何度もチラッと俺に視線を送ってくる。

助けて……ってメルティが俺に助けを求める時と同じ目をしてやがる。

こんなところは親子なのな。

なんとなくビッチを思い出すけどさ。

……はぁ。

まあ、城が壊されて困るのは女王とメルロマルクの連中、そしてメルティか。

避難をしたみたいだからメルティは大丈夫だろうが、ここで俺が見捨てたのがばれたらどんな顔をするのやら。

しかもフィーロの親友だろ？

フィーロも何かチラッと俺に視線を送ってくるし、この国からの援助が不明瞭になるのも困るしな。

「とりあえず、ベストを尽くすべきか」

「イワタニ様？　それは霊亀の足止めをなさってくれるということで間違いないのでしょうか？」

俺が渋々呟《つぶや》くと女王がその言葉に飛びついてきた。

「ああ、俺が召喚された目的はこの世界を救うこと、つまり……最小限の被害に抑える努力はそのひとつだ。フィトリアが到着するまでの間、できる限り足止めをしようじゃないか」

「イワタニ様の慈悲に感謝します」

「ぐぬぬ……」

「盾の勇者様の善意につけこみおって！」

「この雌狐が！　この戦いが終わった後、覚えておれ！」

女王への風当たりつえーな。

国同士の外交に完全な亀裂が入ったような気がしなくもないが、これも世界のためと考え、戦後に女王にがんばってもらおう。

ぶっちゃけ……女王も嘘《うそ》でもいいから避難誘導が済んでいないと言った方がよかったかもと思った。

結論――メルロマルクの風聞が悪化する。

もしも霊亀の甲羅が柔らかかったら……

フィトリアが来るまでの間、霊亀の足止めをして一時間。本当にしんどかった。

後方から土煙を上げてフィトリアが駆けてくる。

「遅くなった……よく時間を稼いでくれた。フィトリアも盾の勇者のがんばりに応える」

フィトリアが全身を大きくさせると、霊亀もフィトリアの気配を察して振り向いた。

「はぁあああああああ！」

フィトリアが跳躍してツメで霊亀の頭を思い切り踏みつける。頭が潰《つぶ》れたみたいだぞ。すげぇ！

圧倒的な状況になる気配がする。

俺達は足早にそこから離脱して連合軍の方へと戻ってから、フィトリアと霊亀の戦いに目を向ける。

「伝説のフィロリアル……やはり実在したのですね」

女王の言葉に頷《うなず》く。

疑っていたら、一時間耐久の足止めなんてしない。

「まあ、これで解決してくれたらいいんだけどな」

フィトリアが霊亀相手に攻撃を繰り返している。

「――――！」

霊亀が背中の棘《とげ》を天空に射出。

フィトリアはそれを察知して素早く後退……それでも降ってくる棘を弾《はじ》いて軌道を逸《そ》らしている。

器用だな。

「クラッシュチャージ！」

フィトリアが片翼を広げ叫ぶ、するとフィトリアが引いていた馬車がフィトリアの意志に呼応するかのように巨大化し、変形……する!?

馬車はチャリオットへと変化。フィトリアがチャリオットを引いて霊亀を跳ね飛ばすようにぶつかった！

またも霊亀の頭、両足を破壊する。

「はぁあああああああああああああああ！」

フィトリアはそのままぐいぐいとチャリオットを引く手を強めた。

ビシッと甲羅にヒビが入ったぞ。

おお!?

もしかしたら、もしかするのか!?

「いっけー！」

フィーロが思い切り手を上げて応援する。

更に力を入れたフィトリアの攻撃が霊亀の甲羅のヒビを広げ……甲羅を破壊しながら突き進んだ。

霊亀の甲羅が砕かれて二つに裂けた。

「「「おおおおおおおおお！」」」

連合軍の連中も歓声を上げる。

「やったか!?」

俺はオストの方へ顔を向けると、オストはホッとした様な表情で胸を撫《な》で下ろしている。

その足元から少しずつ光の粒子が出て、消えていっているのに気づいた。

「盾の勇者様、それとフィロリアルの女王様……どうにか私を倒すことが叶《かな》いました」

「礼はいいさ。どっちにしろ、勇者としてやらねばならなかったことだからな」

さっきの戦いはかなりしんどかったけれど、悪くはない結果だ。

「うふふ……そう言うだろうと……短い間でしたがわかるようになりましたよ」

「ぬかせ」

オストは満足したように笑みを浮かべている。

「ナオフミ様、ご無事ですか!?」

ラフタリアがそこに駆けつけてきた。

「とりあえずな。これで後は少し休めばいいか？」

「あの……オストさんが……」

「私はいいのですよ。私が消えるということは、霊亀が死んだということなのですから」

オストは霊亀の死骸に目を向けて呟《つぶや》く。

「役目を果たせない守護獣に存在価値などないのですから」

フィーロが悲しげな雰囲気を察してオロオロとし始める。

あー……うん。先ほどの耐久でオストはずいぶん、役に立ってくれた。

いなかったら俺も逃げていただろうな。

「あ、あれは――」

と、一歩踏み出そうとしたところで、オストが眉を寄せて霊亀の死骸を指差す。

ちょうどフィトリアが、血まみれの羽を魔法で拭《ぬぐ》ってから霊亀の死骸を確認していたところだ。

オストと共に、フィトリアの表情が強張《こわば》るのが遠目でもわかった。

なんだ？　何だかんだで冷静なフィトリアがあんな表情になるって、何か次があるのか？

俺からしても耐えるだけで手ごたえなんてなかったから何かあるんじゃないかと思っていたが、やはりそうか。

だが、遠くてよく見えん。

女王が双眼鏡を出したのでそれを借りて俺も見つめる。

えっと……。

甲羅の中に……見覚えのあるような剣と槍と弓が……それと水晶か？

あ、光となって消えたぞ。

フルフルとフィトリアが震えている。まさかと思うが……。

おい！　霊亀の中に三勇者がいたんじゃないだろうな!?

その場合、フィトリア、お前が勇者共を殺したことになるんだぞ。

「オスト、悪いが聞いていいか？」

「はい」

「さっき見えた武器……もしかして四聖、聖武器か？」

「……はい。どうやらそのようです」

フィトリアが脂汗を流して背を向ける。

「フィトリアしーらない！」

「こら！　逃げんな！」

ドドドドと、フィトリアが思い切り脱兎《だっと》の如《ごと》く走り出していった。

「あの……」

キラキラと輝いて綺麗《きれい》だなとは思うが、オストも状況に押されて困惑のまま消えていく。

「そのー……盾の勇者様、どうかがんばってください」

四聖が欠けると波が厳しくなるんだよな？

そもそも、なんでこんなところにあいつ等がいるんだよ。

いや、いるかもしれないけど、巻き添え喰《く》らって死んでんじゃねえよ！

「ど、どうなっちゃうのでしょうか」

ラフタリアが青ざめた表情で俺に尋ねる。

周りの連中も同様だ。

「俺が知りてーよ！」

俺達、この先どうなるの？

結論――シャレにならない結末へ向かっていく。

もしもたまごガチャで選んだ卵から孵ったのがバルーンだったら……

「銀貨一〇〇枚で一回挑戦、魔物の卵くじですよ！」

とまあ、俺は試しにと卵を購入した。

取ろうとしたのの隣を選んだ。

その後、色々とあってからリユート村に移動した翌日のこと。

「あ、孵《かえ》るみたいですよ」

俺も卵の方を確認する。

やがて……。

卵だと思っていたが、どうやらそれも魔物の一部だったようだ。

ひっくり返るようにプルンと、卵だと思っていた物体が膨れ上がる。

「ガブ！」

「これって……」

若干黄色っぽい見覚えのある造形、露骨に風船っぽい姿。

「ガブ？」

「バルーン……だな」

どうやら思い切りはずれを選んでしまったようだ。

まあ、所詮《しょせん》ガチャなどこんなもんだろう。

ふわふわと浮き始めたバルーンは敵意もなく俺とラフタリアの周りを飛んでいる。

ステータスも確認できる。かなり低い。

ウサピルとかならまだ売れそうな気がするが、バルーンって最弱の魔物っぽいから売れるか怪しいな。

バルーンに紐《ひも》を括《くく》りつけてラフタリアに持たせる。

完全に風船だ。

「えっとー……」

「何やってんだ？　狩りに行くぞ」

「あ、はい」

Lvを上げれば魔物も多少は戦力になるらしいし、いないよりはマシだろ。凄《すご》く高い買い物になってしまったような気がするけどさ。

「この子の名前はどうしますか？」

「バルーンだからなー……風船からとってフウとかにしておくか」

そんなこんなでフウを連れてラフタリアと共にLv上げ

に出かけた。

フウは碌《ろく》に戦っていないのにすくすくとＬｖが上昇して15にまで成長。

「ガブ！」

野生のバルーンと違って多少は攻撃力があるようだ。

リユート村近隣にいた魔物の頭に噛みついて絶命させていた。

そのままバリバリ食べるのはちょっとグロだけどさ。

「ガブ！」

誇らしげに血まみれの牙を見せて俺に笑みを浮かべないでほしいな。

そんなこんなでフウを連れてＬｖ上げをしていると、Ｌｖが25になった。

「あの……」

「何を言いたいのかはわかってる」

「ガブ！」

フウが……目に見えてでかくなっているんだ。

最初はボールくらいだったのだが、僅《わず》かな期間で二メートルくらいにまで成長した。

村人の連中も最初は驚いていたが、どうやら上手《うま》く育ったらしくアドバルーンという冗談みたいな魔物に成長した。

「でかいな」

ふわふわと違和感がある姿のまま、フウは紐で引っ張られるように空を飛んでいる。

こう……亀の配下に似たのがいたよな。

犬みたいな鉄球。

あんな感じになってんぞ。

出てくる魔物にも即座に気付いて噛みついて倒してくれる。

便利であるが、何か釈然としない。

そんな感じで一週間が経過した頃。

「本格的におかしくありません？」

「まあ……そうだな」

フウは更に巨大化。もう紐で吊《つ》るしていると俺やラフタリアが逆に引っ張られて浮く。

「試しにカゴでも結んでみよう。飛べるかもしれないぞ」

ということでリユート村で木箱をもらって、フウに結んで箱の中に入ってみた。

「ガブ？」

「飛べ！　空高く飛んでゆくのだ！」

「なんでカッコつけているんですか！」

ラフタリアがツッコミを入れる。俺だって飛べるとは思ってねえよ。

とは思ったのだけど。

「ガブ！」

ふわりと、フウは俺達を乗せたまま空高く飛び始めた。

「うわ！」

結構揺れる。驚きのまま俺達はフウに乗って移動を開始した。

で……バルーンは移動もある程度できるが、風が強いと流されてしまう性質がある。

気球状態……ゴンドラバルーン（仮）になったフウは風に乗って俺達を運んでいってくれる。

しかし、風に乗っているので降りれないらしい。

もうメルロマルクの国境っぽいのを超えた。

なんか矢や魔法で射られたが、風の流れが強かったのかあっという間にメルロマルクが見えなくなってしまった。

ラフタリアが大声でフウに抗議するけど、俺達には何にもできそうにない。

高すぎて落ちたら死ぬだろうし、かといってフウも自力じゃ降りれない。

そんな空での漂流生活だ。

世界は広いな……何もかもちっぽけに見えてくる。

「空に城とかあるかもな」

異世界なんだから、天空の城とかロマンがあってもいいかもしれない。

「ナオフミ様？　現実逃避をしてないで、どうにかして地上に降りる手段を考えましょうよ！」

「そうだな……お？」

雲の先になんか見えた。しかも徐々に近づいてくる。

アレは……王冠をかぶったバルーン？

キングバルーンという奴か？

やばいな、下手に接敵したら俺達は一巻の終わりだぞ。

と思ったのだが、キングバルーンは友好的で、王冠をフウにくれた。

するとフウは更に成長を始め……伝説の魔物と呼ばれるヒンデンバルーンになった。

ヒンデンバルーンは己の力で地面に着地することが可能だ。

今、俺達はフウの……飛行船の部分に乗って空の旅をしている。

結果的に良い買い物をしたな。

おや？　空色のフィロリアルが地上から俺達を見上げているぞ。

「グア！」

柄にもなく手を振る。

なんか空色のフィロリアルが悔しそうな声を上げているような気がするのは……気のせいかな？

結論——便利な移動手段を獲得する。

もしも無限迷宮に一緒に落とされたのがグラスだったら……

キョウの罠《わな》によって俺達は見知らぬ牢屋《ろうや》で目を覚ました。

「ここは……どこでしょうか?」

「さあな、敵国の牢獄とかじゃないことを祈るしかない」

辺りを見渡すと何の因果かグラスしかいない。

頼りになる相手ではあるが、波で何度も敵対した相手なので信用できない。

しかもだ。

異世界へ行った所為《せい》かＬｖが１に戻ってしまっている。

下手に抵抗でもしようものなら殺されかねない。

「警戒してるのですか? 同盟を組んでいるのですから戦いませんよ」

「どうだかな」

警戒を怠ってはならない。

何せ相手は何だかんだ言ってビッチと同じく女なんだからな。

ラフタリアが特別信用できるだけだ。

次点でフィーロやリーシアがいるに過ぎない。

グラスは俺の警戒を察したのか小首を傾《かし》げている。

「はあ……警戒心が強い人ですね。貴方《あなた》は」

「何度戦ったと思ってんだ! くそ!」

「とりあえず、ここから出ましょう」

「出られるのか?」

「ええ」

グラスが牢屋の格子に近づいて扇でスパッと斬りつける。

案外アッサリと格子は切り裂かれた。

「では行きますよ」

「……わかった」

ラフタリア達も近くにいるかもしれない。

そう思いながら牢屋の外に出て、辺りを確認する。

なんか隣の牢屋が妙に生活臭がするな。

「これは……」

「どうした?」

グラスが隣の牢屋の中のものを確認して、絶句して立ちつくしていた。

「ナオフミ、ここで待っていてもいいでしょうか?」

「なんでだ？」

「この部屋の主に、覚えがあるからです」

「探すとかしないのか？」

「見た限りでは先ほどまでいた様子。少し待てば帰ってくる可能性は十分にあります」

「……」

俺がグラスの台詞から逃げるかどうかを考えていると、道を遮られた。

「悪いようにはしません。下手に動くよりも安全だと思います」

「はぁ……断りようがないな」

Ｌｖ差とでも言うのか？　今の俺じゃグラスから逃げる術《すべ》すらもない。

なんて思いながら三〇分程度待機していると足音がして部屋の主が帰ってきた。

「キズナ！」

「あ、目が覚めたんだ。眠っている間に食料と水を確保しようと思ってたんだけど」

そこにやって来たのはパッと見、幼女。

どうやらグラスの知り合いみたいだな。

クールなグラスが頬《ほお》を綻《ほころ》ばせて抱きついている。

泣いてんぞ。そんなに嬉《うれ》しいのか。

なんて思っていると、グラスに絆《きずな》……俺とは異なる日本から召喚されたグラス側の四聖、狩猟具の勇者、風山《かざやま》絆を紹介された。

なんでも数年前から行方知れずだったらしい。

「驚いたよ。グラスがこんなところにやってくるなんて、一体どうしたの？」

「それはこちらの台詞です。突然行方知れずになって……世界中を探したんですよ」

「まあ、色々とあってね」

なんて感じで二人は俺を無視して、再会を喜んでいる。

会話に入る隙《すき》すらない。

で、グラスと絆の会話を聞いていると、ここは脱出不可能な空間で、絆はここでずっと立ち往生しているとの話だった。

「はいはい。お前等、話はわかったから聞け。とりあえず脱出の手段を考えような」

「そうだね。三人寄らば文殊の知恵とも言うし、ここから出る方法を考えよう。手段があるんだ――」

絆が話を進めようとしたところでグラスが首を傾《かし》げる。

「なぜここから出る必要があるのですか？」

「「は？」」

俺と絆が異口同音で問う。

「キズナ、私達の世界は波という驚異に晒《さら》されていて、四聖の勇者が全員死ぬと世界が滅んでしまうのですよ」

「そ、そうなんだ？」

「延命する方法は波で起こった他世界との融合現象時、他の世界に乗り込んでその世界の四聖を殺すことです」

「そんなことをしてたの!?」

絆がプリプリとグラスを叱《しか》りつける。

一応、グラスは俺に謝罪したが、他に伝えたいことがあるようだ。

「ですから、私達の世界を守るためにはここにいることに意味があるんですよ」

「どういう意味だ？」

「だって考えてもみてください。波で四聖が召喚されず、私達がここにいることを知る者はほとんどいない。脱出不能の空間にワザワザ来る者なんているはずないですよ。四聖を守るにはこれ以上ないってほどの最適な場所です」

グラスの奴、興奮してんな。絆のことがそんなに大事か。

「理屈はわからないこともないけど……世界のために、か……」

絆が微妙に納得してるな。

俺達が波に出なければ、死ぬことも世界が滅ぼされることもないとか凄《すご》く後ろ向きな発想だぞ。

「というわけで、ナオフミ。貴方《あなた》もここで永住すれば世界を守ることができるのですよ。脱出は諦めてください」

「ふざけんな！」

世界のためにここで一生を過ごすなんて提案を受け入れるのは完全に馬鹿そのものだと思うが……俺ができることは限られている。

とりあえず、絆がグラスの説得を終えるまでは立ち往生する羽目になりそうだ。

早くラフタリア達と再会したいというのに……そう思いながら無限迷宮で今日もサバイバルをしている。

結論――世界のために敢えて犠牲に？

尚文によるラフタリアの教育問題

「ラフタリアの嬢ちゃん。ちょっと買い出しに行こうぜ」

「私達は逃亡中ですよ？」

　現在、私達……私、ラルクさん、テリスさん、グラスさんの四人はグラスさん達にとって敵国である国から脱出するために、龍刻の砂時計を目指して潜伏しながら逃亡中です。

　そんな中、ラルクさんが気楽な様子で町へ買い出しに行こうと提案してきたのです。

　なぜかテリスさんやグラスさんが異議を唱えないので私が言う羽目になりました。

「大丈夫大丈夫、堂々としてりゃあどうってことないぜ」

「ええ、この国も私達のことを正面切って指名手配することはできませんからね」

「はぁ……」

　なんか手慣れた様子でグラスさんが後押ししています。

　この中で反対派は私だけのようなので、拒みきれませんでした。

　ナオフミ様との逃亡生活時でさえ、他人の目を警戒したものですが……。

　結果だけで言えば、ラルクさんの言う通り、特に騒ぎにはなりませんでした。

　皆さんの提案で私は耳と尻尾を隠して行動しているのですが、そのお陰でしょうか？

「これ、いくらになる？」

「そうですねー……」

　ラルクさん達は買取商人に武器から出した鎧《よろい》を買い取ってもらってお金にしようとしています。

　普通に買い取ってもらおうとしているので、私はフードから顔が見えるようにして買取商さんに顔を見せます。そしてちょっとねっとりとした声を出しながら鎧を指でなぞりながら言います。

「これ、私が愛用していたものなんですぅ。もう少し高く買い取ってくれませんか？」

　語尾を少し高めにするのがコツです。

　ちなみにナオフミ様の場合は、私を指差しながら確かに着ていたと言い張るでしょう。

「ちょ――」

なぜかラルクさん達が唖然《あぜん》としています。

買取商人が、私と鎧を交互に見てから興味ありげにラルクさんに目を向けます。

「では、これくらいでどうでしょう？」

値段を提示されて、ラルクさん達は想像よりも高値で売れたことを理解したようです。

「えっと、ラフタリアの嬢ちゃん？」

「なんですか？」

「……いや、なんでもない」

どうしたのでしょう？　ラルクさん達の様子が変です。

その足で、食料を買いに行きます。

「お？　なかなか美味《うま》そうだな」

果物を売っているおばさんのところで、ラルクさんが目利きをしながら購入を検討しています。

「そうですね！」

「うちの果物は新鮮だよ！」

私は果物の問題がないかを隈《くま》なく探してから、見つけた果物を手に取ります。

「本当ですね。ほら、虫食いがありますよ」

私の言葉におばさんが目を見開いています。

「虫が集まるということは新鮮で美味《おい》しい証拠ですよね！」

「あ、ああ。そうだね」

周りの人達が私の言葉を聞いて興味を持っているようです。

「私達、ちょっとお金が足りないんですけど、売って……くれませんか？」

ラルクさんからもらった小銭のうち、値札に書かれている金額の三分の二を見せます。

「そうだねぇ……いいよ。特別に割引してあげる」

私は小さくガッツポーズをとります。

これで食料を安く購入できました。ナオフミ様なら褒めてくださるでしょう。

「……」

何やらラルクさん達が首を傾《かし》げています。

私だけ値切るのはどうなのでしょう。

熟練の冒険者っぽいラルクさんならできるはずですね。

「何か他に必要なものがあったらラルクさん、私がナオフミ様直伝のポーズをするのでそれとなく会話で値切ってくださいね」

「……ラルク」

　グラスさんがラルクさんに声を掛けています。

　ラルクさんも、グラスさんの意図を理解したのか頷《うなず》いているようです。

「責任者は坊主だな。ちょっと坊主に問い詰めないといけないことがありそうだ」


　そんなこんなで刀の眷属器が私の手に宿り、ナオフミ様と再会、どうにかラルクさん達の所属する国へ戻ることができました。

　キズナさんが帰還したことでお祭りをするそうです。

　ナオフミ様達と一緒に祭りを楽しみながら屋台を物色します。

　そこでラルクさんがナオフミ様を見つけると近づいてきました。

「おい坊主、さっきはすっかり忘れてたが、ちょっと聞け」

「なんだ？」

「坊主、ラフタリアの嬢ちゃんになんてこと教え込んでんだ」

「ん？」

　ラルクさんは一緒に行動していた時の私の偉業をナオフミ様に説明してくださいました。

　どうですか？　ナオフミ様がいなくても私はちゃんとやりましたよ！

　そう思っていると、ナオフミ様は半眼で私を見つめました。

「もう少しちゃんと嬢ちゃんの教育をしろよ」

　なんですか？　まるで私が犯罪者みたいな言い方をして。

　そう内心憤慨していると、なぜかナオフミ様が私の予想とは大きく異なり、頭を下げました。

「客観的に見るとそうだな。今まで気付かなかった。ラフタリアにはよく教えておく」

「ナオフミ様？　どうしたのですか？　こういう時は「知らん。商売人として重要なことだ」と言うのではないのですか？」

「ラフタリア、よく聞いてくれ。それは俺がさせたが、悪いことなんだ。だから今後は……やらなくていいぞ」

「はぁ……？」

　なぜナオフミ様まで？

私が首を傾げているとキズナさんがその会話を聞いて呆《あき》れています。

「まあ、尚文《なおふみ》を見ていたらしょうがない……のかな？」

私はそれからしばらく、どうしてナオフミ様がラルクさんの注意を受け入れてしまったのかを自問自答することになるのでした。

フィーロのやきもち騒動

「ラフー」

「ははは」

　自分でも不思議なくらい笑い声が出るなぁ。

　やはりペットにはこういうのを望んでるんだよなー。

　ラフタリア達を探し始め、フィーロを回収してから数日、捜索の途中でフィーロのLv上げを絆《きずな》達と一緒にやっている。

　で、休憩している時にラフちゃんを撫《な》でたりと遊んでいるわけだ。

　ラフちゃんは慎ましくていいな。ラフタリアの髪の毛をもとに作り出したけど、髪の毛の持ち主みたいに慎ましい性格のようだ。

　あんまり構ってほしいと駄々をこねないから、俺が自発的に相手してあげないといけない。

　式神強化の技能で毛並みも段々良くなっているし、櫛《くし》で俺自身も揃《そろ》えてやっている。

　内からも外からも良くしていくことで誰からも愛されるペットになるんだぞ。

「むー……」

　そこに何か不満そう鳴く元ペットが一匹。

　俺の肩に飛び乗って、俺の髪の毛を引っ張る。

「なんだフィーロ」

　そう、フィーロが妙に不機嫌だ。

　普段は能天気に一人遊びすらしているというのに。

「ごしゅじんさま、ラフちゃんばっかり構ってるー!」

「ばっかりって……フィーロ、お前のLv上げのために寄り道をしながら移動してるんだぞ」

　何だかんだで低Lvってのは困るしな。

　大地の結晶でのLv上げもいいが、節約できるならするに越したことはない。

　金だって湯水のようにあるわけじゃないんだからな。

「ぶー!」

　妙に騒ぐな。何が不満だと言うのだ。

　まさか、自分だけ構ってほしいとか言う気じゃないよな?

「あんまりワガママを言うんじゃない。お前の相手だって十分してやってるだろ」

毎朝、置き抜けの運動のついでにフリスビードッグみたいに枝を投げて受け取らせたりしてる。

フィーロが退屈だと騒いでる時に、俺に余裕があったら遊んでやってるだろうが。

つーか……フィーロ、普段からお前の扱いはこんなもんだろう。

ラフちゃんを撫でるのがそんなに気にくわないのか。

俺は最初、お前をペットとして可愛《かわい》がっていたんだぞ。

それをピーチク喋《しゃべ》りだしたから人の枠で相手して遊んでやっているというのに。

その点で言えばラフタリアの方が慎ましい。

ん？　フィーロはペット枠でも人の枠でもラフタリア以下？　この考えはやめよう。

「違うもん！　ごしゅじんさまはラフちゃんばっかり撫でてるもん！」

「もんって……どうしたんだ？」

普段は使わない言葉使いになってんぞ。

なんかフィーロがカンカンに怒ってるような気がするが……何か怒るようなことをしたか？

なんとなくわかるような、わからないような……言葉が出てこないな。

「とりあえず、ワガママを言うんじゃない」

「ぶー！　ごしゅじんさまのバカー！」

と言いながらフィーロが羽ばたいて飛んでいった。

ま、その後は絆《きずな》の肩に止まってなんか俺の方をうらみがましく見てるだけなんだがな。

「いやー、微笑《ほほえ》ましいね」

「ああ、なるほど」

アレだな。妹が出来た姉の心境とかそう言うやつ。

フィーロにとってラフちゃんは妹分なんだな。

「フィーロ、お前は年下を思いやることを学ぶ良い時期なんだ。ラフちゃんの面倒を見るんだぞ」

フィーロが姉代わりとしてラフちゃんを受け入れるのに必要な経過儀礼ってやつだ。

俺も弟がいるし、先に生まれた身として覚えないといけない。

「ぶー！」

「ラフー？」

この二匹が仲良くなるには少し時間が掛かりそうだな。

なんて思いながら俺達は寄り道をし、野宿することに

なった。

　そんな、俺が寝る番の時。

　異常を察知して俺は目を覚ました。

　寝ている時に誰か近づいてきたな……

　とは思ったのだが、顔に何かモフモフとしたものが……。

「ごしゅじんさまはフィーロのなのー！」

　モフモフの物体が大きな声を出す。

　至近距離だったからうるさい。どうやらフィーロがハミングフェーリーの姿で……。

「ラフー？」

　俺の顔に乗っかってラフちゃんを威嚇しているようだ。

　飛び起きてフィーロを叩《たた》き落とす。

「わ！」

「何すんだフィーロ！」

　怒り心頭の俺に、フィーロはなんか涙目で俺に翼を広げて言う。

「ごしゅじんさまはフィーロの方が可愛《かわい》いよね!?」

「人の顔に乗っかって騒ぐ奴よりも慎ましい奴の方が可愛いに決まってるだろ！」

「そんなー！」

　俺に堂々と言われて、フィーロがシュンと大人しくなる。

　まったく、寝ている人の顔に乗るとかどんなクソガキだよ！　……人間のクソガキはそんな真似できないか。

「うう……」

「ラフラフ」

　落ち込むフィーロの肩をラフちゃんが軽く叩いて励ます。

「ラフー」

　それからラフちゃんは俺に向けて、フィーロをもう少し可愛がってねとばかりに何度も視線を向けながら鳴いてる。

　うん。ラフちゃんの方が大人だな。

「ラフちゃん……うん。フィーロもごしゅじんさまに可愛がってもらえるようにがんばるー」

　ラフちゃんが何を言ったか理解はできないが、フィーロも反省したようだな。

「和みますねぇ」

「そうだね」

「ペン」

　そんな様子をリーシアとクリスを撫《な》でる絆《きずな》が見て、そう呟《つぶや》いていたのだった。

関連書籍紹介

スピンオフ４コマ
『盾の勇者のとある一日』
(KADOKAWA)

著者：赤樫
原作：アネコユサギ
キャラクター原案：弥南せいら

「コミック電撃だいおうじ」にて連載中のまったりキュートな日常系？ほのぼのスピンオフ４コマ。単行本一巻も好評発売中だ。

世界を敵に回し、なにかとシビアだった尚文たちの旅。そんな中でも時には心温まることや笑っちゃうようなことが……そんな大切な一瞬一瞬を切り取った愛すべき４コマ♪　ラフタリアやフィーロのかわいらしさはもちろん、尚文の意外な魅力にも気づける作品になっている、かも!?

⬆➡ラフタリアやフィーロの表情も豊か。この漫画だけ見ていると、ほっこり冒険ライフ感も（笑）。

原作者コメント

アネコユサギ

原作者のアネコユサギです。

盾の勇者の成り上がりのファンブックですね！

改めて設定資料を見ると……凄く膨大だなぁと思う次第です。

作中では語らずにいた人物や街、
国の名前などが載った一冊となっております。

尚文の性格上、この辺りをしっかりと把握するとか聞くってしないので、明かせずにいたところですね。

忘れていた設定とかあったりしてヒヤヒヤすることが無数にある作者ですが、これからもどうかよろしくお願いします。

イラストレーターコメント

弥南せいら

イラストを担当しております、弥南です。
初の設定資料集とのことですが、すごい情報量ですね…！
地図や細かい世界観など、
設定を読んだり見たりすることが大好きなので、
まだ知らない情報もあるのではないかとワクワクしています。
もちろん今まで描写されていたストーリーやスキルなどの情報が網羅されていると思いますので、
振り返りながら読むのも良いですよね。
キャラクターのイラストもたくさん載っていますので、
そちらも楽しんでいただけると嬉しいです。

MFブックス

盾の勇者の成り上がりクラスアップ　公式設定資料集

2019年6月25日　初版第一刷発行
2022年3月10日　第二刷発行

編　MFブックス編集部
発行者　青柳昌行
発行　株式会社KADOKAWA
〒102-8177　東京都千代田区富士見2-13-3
0570-002-301（ナビダイヤル）
印刷・製本　株式会社広済堂ネクスト
ISBN 978-4-04-065504-8 C0093

原作　アネコユサギ
企画　株式会社フロンティアワークス
株式会社 TRAP
担当編集　平山雅史（株式会社フロンティアワークス）
斉藤和明 / 式 大介（株式会社 TRAP）
瀬戸智美 / 高橋めねぎ
ブックデザイン　岡 洋介（株式会社 TRAP）
デザインフォーマット　ragtime
イラスト　弥南せいら・藍屋球

本シリーズは「小説家になろう」（https://syosetu.com/）初出の作品を加筆の上書籍化したものです。

この作品はフィクションです。実在の人物・団体・事件・地名・名称等とは一切関係ありません。

MFブックス
新シリーズ
槍の勇者のやり直し
著:アネコユサギ イラスト:弥南せいら
『盾の勇者』シリーズ
待望のスピンオフ始動!!
コミカライズも
〈異世界コミック〉で
好評連載中ですぞ!
漫画:にいと
原作:アネコユサギ キャラクター原案:弥南せいら
http://comic-walker.com/isekai/

MFブックス既刊

転生無敗の異世界賢者 ①～②
～ゲームのジョブで楽しいセカンドライフ～
著：蒼月浩二／イラスト：福きつね
追放されたけど、最強職『賢者』で楽しいセカンドライフはじめます！

辺境の錬金術師 ①
～今更予算ゼロの職場に戻るとかもう無理～
著：御手々ぽんた／イラスト：又市マタロー
無自覚な最強錬金術師による規格外な辺境生活スタート！

迷宮帝国の作り方 ①～②
著：しゅうきち／イラスト：うおのめうろこ
チートな錬成術で村人全員が最強に!?

勇者パーティーを追い出された補助魔法使いは自分の冒険を始める ①～②
著：芝いつき／イラスト：カオミン
しがらみから解放された賢者は、奴隷たちと冒険に出る！

劣等紋の超越ヒーラー ①
～無敵の回復魔法で頼れる仲間と無双する～
著：蒼月浩二／イラスト：てつぶた
最弱と呼ばれる劣等紋の伝説《レジェンド》は、追放から始まる。

生産魔法師のらくらく辺境開拓 ①
～最強の亜人たちとホワイト国家を築きます！～
著：苗原一／イラスト：らむ屋
最高の生産魔法師、頼れる仲間たちと最強ホワイト国家を築きます！

逆行の英雄 ①
～加護なき少年は絶技をもって女勇者の隣に立つ～
著：虎馬チキン／イラスト：山椒魚
逆行した加護なき少年は、今度こそ幼馴染の女勇者を救う――！

女鍛冶師はお人好しギルドに拾われました ①
～新天地でがんばる鍛冶師生活～
著：日之影ソラ／イラスト：みつなり都
お人好しに囲まれて、彼女は今日も鉄を打つ！

偽聖女!? ミラの冒険譚 ①
～追放されましたが、実は最強なのでセカンドライフを楽しみます！～
著：櫻井みこと／イラスト：茲助
追放されましたが、伝説の聖女の力で国に帰ろうと思います♪

俺の『全自動支援《フルオートバフ》』で仲間たちが世界最強 ①
～そこにいるだけ無自覚無双～
著：ｅｐｉｎａ／イラスト：片倉響
自動で発動するユニークスキルで仲間を強化、敵を無力化！

酔っぱらい盗賊、奴隷の少女を買う ①
著：新巻へもん／イラスト：むに
二日酔いから始まる、盗賊と少女の共同生活。

亜空の聖女 ①
～妹に濡れ衣を着せられた最強魔術師は、正体を隠してやり直す～
著：ラチム／イラスト：武田ほたる
聖女、正体を隠して世直しに暗躍する！

一流『結界師』は世界を救う ①
～「引きこもりのおっさん」と呼ばれ解雇されましたが、転職先で大結界を作り英雄になりました～
著：筧千里／イラスト：にじまあるく
仕事一筋アラフォー結界師が、世界の危機を救う英雄になる!?

竜王様の最強国家戦略 ①
～竜姫を従えた元王子はスキル【竜王】の力で反旗を翻す～
著：虎戸リア／イラスト：Ｎｏｙ
謎多き【竜王】を巡り、いま世界は動き出す――！

「こぼれ話」の内容は、
あとがきだったり
ショートストーリーだったり、
タイトルによってさまざまです。
読んでみてのお楽しみ！

アンケートに答えて著者書き下ろし「こぼれ話」を読もう！

よりよい本作りのため、
読者の皆様のご意見を参考にさせて頂きたく、
アンケートを実施しております。

奥付掲載の二次元コード（またはURL）にお手持ちの端末でアクセス。

↓

奥付掲載のパスワードを入力すると、アンケートページが開きます。

↓

アンケートにご協力頂きますと、著者書き下ろしの「こぼれ話」がWEBで読めます。

● PC・スマートフォンに対応しております（一部対応していない機種もございます）。
●サイトにアクセスする際や、登録・メール送信時にかかる通信費はご負担ください。
●やむを得ない事情により公開を中断・終了する場合があります。